the foundations of

Research

the foundations of

Research

TOP
研究的必修課
學術基礎研究理論

Jonathan Grix 著 | 林育珊 譯

The Foundations of Research

序
1　楔子　2
2　導論　4
3　本書章節介紹　7

CONTENTS

第一部分　初。步。的。認。識。 The 'nuts and bolts' of research

研究的本質
第 1 章

1　本章的學習目標　20
2　為什麼熟悉「研究的語言」如此之重要？　22
3　研究的本質是什麼？　25
4　要培養什麼樣的能力？　27
5　為什麼要讀博士？　29
6　如何選擇適當的研究所？　30
7　如何做好時間管理？　32
8　先弄清楚論文的遊戲規則！　34
9　研究的基本組成要素　35
10　重點摘要與延伸閱讀　37

**研究工具。
研究方法。方法論**
第 2 章

1　本章的學習目標　40
2　研究工具：簡介　41
3　研究工具(1)：理論　43
4　研究工具(2)：模式　44
5　研究工具(3)：類型學　47
6　研究工具(4)：理念型　49
7　研究工具(5)：典範　52
8　研究工具(6)：概念　55
9　何謂「研究方法」？　59
10　何謂「方法論」？　62
11　重點摘要與延伸閱讀　64

第二部分　開。始。進。行。研。究。　Getting started in research

研究計畫與文獻探討
第 3 章

1　本章的學習目標　68
2　如何選擇研究主題與下題目？　69
3　研究計畫所需具備的 10 個條件　72
4　文獻探討：應用、目的和資源　76
5　文獻探討 (階段 1)：文獻初探　78
6　文獻探討 (階段 2)：「研究問題」和「研究假設」　81
7　文獻探討 (階段 3)：批判性且全面的文獻探討　86
8　重點摘要與延伸閱讀　89

分析層級與研究類型
第 4 章

1　本章的學習目標　92
2　分析層級與分析單位　93
3　結構與行為體問題　95
4　研究類型(1)：個案研究的類型　97
5　研究類型(2)：單一深入的個案研究　100
6　研究類型(3)：比較研究　103
7　重點摘要與延伸閱讀　106

研究基礎：本體論與認識論
第 5 章

1　本章的學習目標　110
2　為什麼要認識本體論和認識論？　111
3　何謂本體論？　113
4　為什麼我們需要知道「本體論」？　115
5　本體論觀點(1)：基礎主義與反基礎主義　116
6　本體論觀點(2)：客觀主義與建構主義　117
7　何謂認識論？　119
8　認識論觀點：實證主義與闡釋主義　120
9　本體論與認識論的關係　121
10　研究基本要素之間的關係　123
11　範例說明：「社會資本」　127
12　重點摘要與延伸閱讀　133

各種研究典範

第 6 章

1 本章的學習目標 136

2 三大研究典範 138

3 實證主義 140

4 闡釋主義 143

5 與闡釋主義相關的一些研究方法 146

6 後實證主義：批判性實在論 150

7 後現代主義 154

8 女性主義 156

9 學科與典範的主要研究觀點 157

10 實證主義典範(1)：新古典主義經濟學 159

11 實證主義典範(2)：理性選擇理論 161

12 實證主義典範(3)：國際關係之實在論 163

13 實證主義典範(4)：社會學之功能主義 164

14 實證主義典範(5)：歷史學之經驗主義 165

15 總結：學科、觀點、論述及跨學科 167

16 重點摘要與延伸閱讀 169

研究理論的型態與應用

第 7 章

1 本章的學習目標 172

2 介紹理論 175

3 理論的傳統觀點 177

4 理論的角色 179

5 實證主義典範的「理論」 180

6 實在論典範的「理論」 181

7 闡釋主義典範的「理論」 182

8 後現代主義典範的「理論」 183

9 理論的不同應用 184

10 後設理論 185

11 巨型或形式理論 186

12 中距理論或實質理論 187

13 紮根理論 188

14 整理：理論的角色 189

15 歸納理論與演繹理論 190

16 重點摘要與延伸閱讀 192

研究方法：
質性研究
與量化研究

第8章

1　本章的學習目標　194

2　量化研究　195

3　量化研究評論一覽　198

4　質性研究　199

5　質性研究評論一覽　202

6　質量二分法：一種錯誤的對立　203

7　研究方法與研究問題的配合　207

8　研究與調查方法　208

9　訪談的基本須知　209

10　訪談技巧(1)：結構化訪談　211

11　訪談技巧(2)：半結構化訪談　213

12　訪談技巧(3)：非結構化訪談　214

13　訪談技巧(4)：群體訪談或焦點團體　215

14　問卷調查　216

15　觀察法(1)：參與性觀察　218

16　觀察法(2)：非參與性觀察　219

17　文獻分析　220

18　檔案分析法　221

19　文件　223

20　論述分析　224

21　印刷媒體　225

22　三角檢測法　226

23　重點摘要與延伸閱讀　229

學術規範、
抄襲和研究倫理

第9章

1　本章的學習目標　232

2　抄襲　234

3　謹守學術規範：參考文獻的引用　236

4　研究倫理　239

5　研究倫理的數線　243

6　重點摘要與延伸閱讀　246

結論 246
第 10 章

附錄 一　研究的十大步驟　254

二　博士研究的步驟與階段　258

三　重要詞彙釋義　265

四　重要詞彙中英對照　286

五　關鍵字索引　290

序。

PREFACE

1 楔子
prolog

本書中的許多概念，都是在我執教於伯明罕大學社會科學院時的「社會研究導論」課程中逐步發展而成的，這課程基本上是依據我在前一本書《掀開研究所的神秘面紗》（Demystifying Post-graduate Research）的概念而設計的，而該書的構想則來自於一次與 Charlie Jeffery 教授在酒吧裡，談及該如何為一群德文研究所中毫無研究經驗的研究生解釋研究基礎要素時萌芽而生的。

依據上述所言，本書將繼續討論：學生及學者在實際進行研究之前，所必須了解的**研究方法及專業術語**。

高年級的大學生、研究生及研究者都需要熟悉研究的語言，好讓自己能夠做最佳的理解與推論，進而發表出清晰明確的學術成果。

不論你是即將做大學或碩士的畢業論文，本書針對第一次做研究的人，提供了**研究方法及專有名詞**的基本介紹；而對於博士生及研究者，本書則提供了**特殊研究領域的參考**，例如**本體論**（ontology）及**認識論**（epistemology）；但對於普羅大眾而言，本書可視為是一本研究方法的參考書。

這本書因著許多人的幫忙、提供建議及意見而得以出版。首先，我要感謝最先提出這個建議及給予鼓勵的 Willie Paterson，很幸運地，在整個寫書的過程及我個人的學術生涯中，可以得到 Willie 的支持；謝謝 Colin Hay 能夠幫忙核對兩章，他除了在**方法論**（methodology）上有豐富的學識之外，還能夠以精闢的見解讓我開懷大笑。

另外，感謝 Dave Marsh 所提供的意見；謝謝歷史學家 Steve Davies、Anna Brown 與經濟學家 Roger E. Backhouse 針對〈第五章〉所提出的建言（他們也提醒我將內容過於簡化的缺點）。而在問卷方面，我也從 Andrew Thompson 那裡獲益良多。此外，在「社會研究簡介」的部分，我也從與背景不同的學生討論中學習不少。

另外，在伯明罕大學學報中發表卓越研究成果的 Alec McAulay，好心地讓我借用一些過去曾發表在揭開研究生神秘面紗《掀開研究所的神秘面紗》中的資料。

衷心感謝兩位匿名的審查者提供了許多有用的建議及鼓勵，讓這本書的內容更充實。

最後，我要感謝讓我能夠保持頭腦清晰的 Louis 和 Hannah，與不斷支持我的太太 Andrea。在我的老朋友 Kevin 需要有人陪伴他到柏林旅遊之前，我一向是不相信所謂的奇蹟的，但就在我臨時決定陪 Kevin 一起去的柏林旅程中，我認識了 Andrea。

為此，我要把這本書獻給 Kevin。謝啦！我的好朋友！

2 導論
introduction

> 本書的目的，在於介紹研究的基礎，並進行相關議題的討論，希望能夠幫助學生熟悉研究中最重要的工具和術語，並且對專業用語有所了解。

一旦你掌握了一般研究中所需要的基本用語，那麼你就能夠在自己的研究中採用正確的理論、概念和方法。藉由對重要工具的了解，在研究中可能出現的很多困難或問題都將迎刃而解。

除了上述之外，認識構成社會科學研究的基本要素，也將有助於研究工具的適當運用。當你具備了精確的工具，並且了解適當運用的方法後，研究的過程就可以更快、更順利，而研究也更容易變成一件令人痛快的工作。

在後述的章節中，我們將介紹一些在人文科學中與各領域相關的研究用語，希望藉此進一步說明研究中的一些主要議題。

因此，本書的內容屬於**廣泛性和通識性的討論**，不分特定學科或範圍。換言之，我們將跨越各學科領域及各項相關假設，陳述社會科學中最普遍使用的工具。

本書所設定的讀者，包括了大三、大四的學生，以及在學的研究生。主要的討論範圍在社會科學以及人類學的相關領域，尤其是有關社會現象的歷史學。為了避免在本書中不斷地重覆解釋這個部分，我們將以「人類科學」一詞泛指這整個討論的領域。

儘管本書所討論的議題涵蓋了廣泛的學科領域，但還是有人會誤以為這些議題只屬於政治學家或社會學家所涉的範圍。

事實上，在人文科學範疇中，包括文化研究、歷史學、經濟學到社會心理學和國際關係等所有的研究基礎，都是學生們和學者需要認識，並且明確地了解及運用的部分。

以下的章節，除了說明研究基礎中主要的用語，同時也解釋了一些在人文科學中與研究相關的基本議題。這些議題包括了在研究中所謂的：

- 「二分法」（dichotomy）
- 質性研究與量化研究
  （quantitative vs. qualitative strategies）
- 結構與行為體問題（the structure-agency problem）
- 演繹與歸納的研究方法論
  （inductive vs. deductive research strategies）

正如表面所見的，這些二分法對於研究中的某些過程或程序上的辨明有相當的助益，然而事實上，它們應該被視為可為互補的個體，而不是對立的狀態。因此，在這個議題上我們也將提供一些範例來補充說明。

相較於大多數研究上時間的侷促，一個研究者其實更需要一些適當的指引來進行對知識的追求。要著手一個研究的進行，需要一些預先想到的**想法**（idea）、**概念**（notion）和**構想**（hunch）──而這也是**歸納法**（induction）與**演繹法**（deduction）不同的基礎來源（請參考〈第六章〉）。

缺少了上述的這些想法與構念，就無法在一開始時，成立一個研究問題或計畫，甚至推動整個研究的進行。事實上，一些偉大的研究者在生成理論的研究中，往往是帶著他們最初的構想進入所欲探究的領域。

另一方面，由於研究者對研究中理論所扮演的角色，以及「對研究步驟的關係與使用順序的看法不同」（Robson 1995: 18），因而出現的「量化與質化」絕對對立的立場，然而事實上是極少出現在現實的研究情境中（請參考〈第七章〉）。

縱觀以下的章節，我們即將討論研究過程中最重要的幾個基礎，並且釐清人類科學中常見的概念。

然而，與其他的討論不同的是，我們將從一個普遍化的角度來探討研究的基礎，而不去區隔人文科學中的每個學科範疇。

事實上，如果從這個角度來看，所有學科的研究基礎並無太大的差異，其所涵蓋的內容也就是進行研究要件的優先順序和重要程度、支持研究的哲學基礎，以及學科間不同的研究方法途徑（approach）。

最後，本書在章節的設計上採取邏輯推演的編排方式，以前一章為討論基礎，引導各章節內容的連貫。而在〈附錄〉的部分，我們精心列出了完整的〈重要詞彙釋義〉，可供參考，以及方便讀者搜查所需要的索引。

我們衷心地建議讀者——不妨在正式閱讀本書前，先參考〈附錄三：重要詞彙釋義〉，讓自己熟悉即將提及的語彙與概念。

3 本書章節介紹

structure of the book

1. 第一部分：初步的認識

　　本書共分為三大部分，第一部分介紹對研究應有的基本認識，包括認識何謂研究，以及研究的基本要素，分別於第一章的「研究的本質」和第二章的「研究工具、研究方法、方法論」中做說明。

2. 第二部分：開始進行研究

　　本書針對研究流程中逐步需要認識與釐清的各個環節，提出詳細的說明。包括研究計畫與文獻探討（見第三章）、分析層級與研究類型（見第四章）、本體論與認識論（見第五章）、各種研究典範（見第六章）、研究理論的型態與應用（見第七章）、研究方法：質性研究與量化研究（見第八章）、學術規範、抄襲和研究倫理（見第九章）等等。

3. 第三部分：附錄

　　本書附錄有研究各階段與步驟的整理、重要詞彙解釋，以及關鍵字的中英對照及索引。接下來，我們將針對每一章做重點說明，幫助你了解全書的架構，讓你更知道如何利用本書來幫助你完成你的研究。

第一章：研究的本質（The nature of research）

本書共分為 10 章，〈第一章〉首先介紹研究的本質（nature）。

一開始，我們將討論在研究中所使用的語言和術語，以及我們必須了解這些語言和術語的原因。

接著，我們將說明學士研究、碩士研究及博士研究的性質，與各別之差異，由於博士研究與前兩者有多方的差異，因此我們將針對博士學位有更多的介紹。

再者，我們將提供一些建議，讓你在選擇系所時有所參考，因為你必須在自己希望就讀的系所，與該系所所能提供的設備資源之間，做一個完美的搭配。

最後，我們將討論如何管理寶貴的時間，這在所有成功的研究過程中，是一個舉足輕重的重要因素。

此外，你也該讓自己熟悉即將展開的研究工作到底包含了那些層面與執行的項目，並且做好準備。在研究所中，最讓人驚訝又常見的狀態就是：很多學生在還不了解自己到底該做些什麼時，就把自己丟進論文之中了。

第二章：研究工具、研究方法、方法論
（research tools, methods, methodology）

〈第二章〉的主要內容是介紹並討論構成研究「基本要素」的所有重要工具，以及處理研究過程的專業用語。

其主要目的在揭開專業術語的神秘面紗，說明所有研究中必須提出的理論，進而分析問題。正如我一再強調的，只有在清楚的了解研究所必需的語言，以及該語言背後所指涉的基本涵義後，才能開始計畫研究的進行。除了仔細思考某個特定概念所可能涵蓋的各種意義，事實上，這些概念與詞彙的根源更值得我們去深究。

此外，〈第二章〉也將簡短地釐清並解釋了一些重要的觀念與名詞，

包括**類型學**（typology）、**理念型**（ideal type）、**典範**（paradigm）、**研究方法**（method），或是**方法論**（methodology）等等，至於**理論**（theory）這個重要的概念，將留待〈第七章〉專責討論。

在這裡，我們所討論的概念甚至是本書的所有內容，都無法代替整個研究方法的課程，我們的目的是讓你能夠對研究有所認識，進而願意涉獵相關課程。同時也能夠對自己的研究多加檢視，找出與個人計畫中最密切的研究要素。

◀第三章：研究計畫與文獻探討（Research proposal and literature review）

前兩章的內容將有助於讀者對〈第三章〉的了解。在〈第三章〉中，我們所討論的重心將轉移至**研究技巧**，以及**研究方法的基礎**上。

由於在研究進行中，研究者必須盡早將個人的研究主題聚焦，因此，本章討論的重點就在於：

☑ 發展能夠引導研究進行的**研究問題**或**假設**；
☑ 確定研究問題或研究假設的**方法**；
☑ 研究問題或研究假設與研究進行中，所使用的方法和資料間的關聯。

確定研究問題或研究假設的重要性，是不容忽略的，因為你無法在沒有明確的問題下，訂定一套完整的研究計畫。上面的說法並不表示你不能在實際進行研究的同時，逐漸發展出你的研究問題（歸納法）。事實上，是因為在現實的考量中，特別是在大多數的學生都有論文完成時間的限制下，學生們並沒有充裕的時間或資金來蒐集足夠的資料，以發掘研究問題，或進行特定現象的觀察。

除此之外，〈第三章〉也介紹了有關**文獻探討**的部分。其涵蓋的範圍包括研究最常見的起點（如熟悉研究主題），到**實地考察**與**資料分析**後的解讀。

第四章：分析層級與研究類型（levels of analysis and type of study）

本章將簡短地討論研究中所選擇的分析程度（level of analysis），這同時也導引出人文科學中最重要的主題「**結構與行為體問題**」（structure and agency problem）。

在概括地介紹過這兩者的基本概念後，我們將扼要地說明兩個在使用上最常見的研究類型（types）：**個案研究**（case-study）與**比較研究**（comparative）。

第五章：研究基礎：本體論與認識論（The building blocks of research）

〈第五章〉我們將討論構成研究基本原則中最基礎的論述概念：**本體論**（ontology）和**認識論**（epistemology）。

這兩個概念一直充滿著很多難以理解的謎團，而我們的目的就是要透過一個容易理解的介紹，告訴你這些概念指的是什麼，它們對研究的重要性，以及它們又是如何和研究中其他的重要基礎產生關聯。

為了說明以上這些問題，我們借用了**本體論**（ontology）、**認識論**（epistemology）、**方法論**（methodology）、**研究方法**（method），甚至與**資料**（sources）之間的指向關係來進行討論。

這個聽起來很複雜的指向關係，其目標很簡單：說明一個研究的起點，事實上就是個人對以下兩件事所所抱持的主要涵義：

a) 認為能夠、而且應該研究的東西
b) 該如何進行該研究

再者，本章也將藉此公開研究傳統學說對研究過程與方法的影響。在明確地了解了研究的基礎後，我們就具備一定的知識，能夠從無

數的策略當中，選擇符合現今社會現象的方法。反之，如果缺乏了這些基本的了解與認識，就可能陷入與過去不斷地爭辯的危險之中。

第六章：各種研究典範（The key research paradigms）

延續〈第五章〉的內容，〈第六章〉將分別地說明有關社會研究中主要之傳統學説（tradition）的概要，並且提供經濟學、政治學、國際關係、社會學和歷史研究中，各主要學説架構的範例。

雖然坊間有許多與研究典範相關的書籍，其中也有許多談論至非常瑣碎的部分，但本書將針對**實證主義**（positivism）**批判性實在論**（critical realism）和**闡釋主義**（interpretivism）等主要學説的綱要提出説明。

此外，我們也簡略地介紹了**後現代主義**（post-modernism）和**女性主義**（feminism）。雖然它們不像其他常見的學説架構擁有那麼悠久的歷史，但它們對研究思惟所帶來的刺激卻不容忽視，值得我們提出討論。

在第二節中，我們將概略地描述**實證主義**下的理論架構，包括其主要目的、假說、要旨、主要概念、限制範圍、所倡導的涵義，以及一些具發展性的研究工作。藉由這種廣泛的概述，將有助於進一步接觸即將在研究中碰到的術語與詞彙，也讓你能了解研究所使用的語言。

同時，我們也將依研究典派的次序（如實證主義、闡釋主義等等）來介紹這些內容，以比較它們在特定架構下的異同處。雖然這種將學術架構分類的方式略顯粗糙，但事實上要將這些架構硬套上特定的類別也頗具困難度，而且很難令所有人感到滿意，不過我們還是盡量將這個研究中令人難以理解，而且困擾的部分做一個完整的概述，希望能幫助你跨越狹窄的學科界線進行思考。

第七章：研究理論的型態與應用

（The types and uses of theory in research）

或許，在整個研究中最令人感到困擾的就是「理論」的部分。在〈第七章〉中，我們將利用整個章節來討論「理論」，以及它在研究中所扮演的角色。

不同於〈第二章〉所介紹的概念，「**理論**」無法被限定於某一個意義中，也因此無法以單一的簡單定義為之說明，我們所能做的就是詳盡地說明它是如何演變至至今，以及其所涵蓋的內容，包括一個與實證主義研究有關的**可測試性假設**（testable proposition），以及一個與實地調查現實相反的**假說性描述**（hypothetical statement）。

當我們了解這只是構成理論的方法時，我們就可以繼續討論其他的部分，也就是有關上述的研究學說架構，以及它們是如何形成理論的。同時，我們也將介紹研究中所使用的各種不同的理論類型。

第八章：研究方法：質性研究與量化研究

（Research methods: qualitative & quantitative）

〈第八章〉主要在討論**質性研究**與**量化研究**兩種研究方式。

在本章中，我們所介紹的是一些用來**蒐集**、**分析**實證資料的方法，包括了**訪談**（interview）、**參與觀察**（participant observation）、**文獻分析**（documentary analysis）與**媒體分析**（media analysis）。

我們的目的不是要介紹所有蒐集資料和分析的方法與種類，而是要介紹一連串實證的研究方法，同時說明研究中所做的任何選擇，其實都取決於研究時所遵循的基本原則中的邏輯以及方法論。

除了在人文科學研究中最常見的研究方法外，本章也將介紹研究中「**混合方法**」（mixing methods）與「**三角檢測法**」（triangulation of methods）的觀念，但這兩種研究方法並非全沒有問題，值得我們詳細地加以討論。

第九章：學術規範、抄襲與研究倫理
（Academic standards, plagiarism, and ethics in research）

〈第九章〉強調學生所必須注意的兩個研究重點：

1) 因為不當的參考文獻或摘要錯誤，而造成的**抄襲**事件。
2) 敏感的**研究倫理**問題。

研究倫理一直是研究中頗受重視的議題，而抄襲的問題也愈來愈受到注意，特別是現今的網路發展提供了許多隨可供下載的資料。因此，在這個章節中，我們將討論如何適當地使用參考文獻，以及如何避免剽竊的問題發生。

在進行所有實證研究的工作的過程中，**研究倫理**扮演非常重要的角色，特別是研究中牽涉到人的部分。

在討論過社會研究中倫理的本質後，我們將提供適當的範例供你思考，同時也將配合各種不同的研究類型提出相關的倫理問題，例如運用保密資料，「借用」訪談記錄，與詐騙研究（如穿著警察制服喬伴成警察人員）等。

在這個部分，我們將進入研究的核心，探討你對專業學術標準的認知，以及它們將如何影響你的研究計畫。

第十章：結論（Conclusions: Summary of key points）

最後，在〈第十章〉的結論中，我們將總結本書重要的部分做完整的一回顧。

附錄一：研究的 10 大步驟
附錄二：博士研究的步驟與階段

〈附錄一：研究步驟〉將說明一個研究過程中所有可能出現的步驟及順序。希望能夠幫助你在研究的進行，並且將其盡量簡化。

我們列出了一個可適用於各種需要與環境下的研究過程所需的指導方針。正如我們一直強調的，學生們最好在一開始就非常清楚自己研究的方向，而一個成功的研究策略，就是在你能掌握研究的狀況下，將整個研究過程分解成數個容易理解且易於管理的階段。

事實上，學生們可以從中發現，雖然每個研究的邏輯都不盡相同，但所有的研究過程有其固定的邏輯，而其中每個階段也都環環相扣，彼此相互影響。

附錄三：重要詞彙釋義

另一方面，在〈附錄三：重要詞彙釋義〉我們匯集了一些經常在研究中使用，並且容易被誤解的詞彙。在本書正文中所有出現的專業詞彙，都可以在〈附錄三〉的〈重要詞彙釋義〉中。

本詞彙表可以當做是你在閱讀本書或其他相關文章時的參考，也可以成為研究課題中的指南。我們之所以選擇這些詞彙，乃是因其在人文科學研究中具有一定的重要性，同時它們在大多數研究的基礎中也佔有舉足輕重的地位。

附錄四：重要詞彙中英對照

本書另外整理出〈重要詞彙中英對照〉，讓讀者可以從英文用語去找中譯詞，方便搜尋資料。

◀附錄五：關鍵字索引

本書最後附有〈關鍵字索引〉，以方便讀者搜尋資料，幫助你在研究過程中，隨時都可以參閱本書，讓本書的功用做最大的發揮。綜觀本書，我們希望能夠提供清晰、實用的研究基礎，並且藉此讓大家知道，了解這些基礎將幫助你進行更棒的研究。

第一部分

The 'nuts and bolts' of research

初。步。的。認。識。

研究的本質。

THE NATURE OF RESEARCH

1 本章的學習目標

introduction

1	了解到研究的語言和使用工具，是何等之重要！
2	了解什麼是研究的本質！
3	如何選擇最適合你的系所？
4	如何在研究過程中，做最佳的時間管理？
5	全面掌握研究中會進行的工作，以及會面臨的挑戰！

〈第一章〉最主要的目的，就是讓你一開始就熟悉**研究的本質、研究中所使用的工具**，以及其中的**專有名詞**。

不論你進行的是學士、碩士或是博士的研究，我們的目的就是破除研究的神秘色彩。

本章的重點在說明研究的本質，以及許多常見於人類科學研究中的詞彙和研究方式。以下的建議，適合即將撰寫**長篇論文**或**結構性研究報告**的研究者，其中部分強調的重點對於研讀高學位，如博士班的學生非常重要，但不盡然適用大學學生或其他研究生。

但儘管如此，本章所陳述的要點對所有的研究來說，仍然佔有舉足輕重的地位，不容忽視。除此之外，本章還將介紹大學、碩士以及博士各不同階段研究的差異。

首先，我們將介紹研究中所使用的語言及專業詞彙——亦即這些語彙在研究中被運用的方式，以及學習這些常見用語的重要性。事實上，熟悉一般的研究用語，將有助於釐清我們在閱讀研究報告、研究方法與相關書籍時，總會不斷出現的「理論」與「學說」等概念。

爾後，我們將討論研究的本質，將學士、碩士與博士不同的學位做一區隔。由於博士學位與前兩者學位有許多差異之處，因此我們將另闢一節進行討論。本章最後的三節，將分別探討：

1) 研究所的選擇
2) 時間管理
3) 如何讓自己熟悉即將面對的工作

以上所有的要素都與本書的重點——研究的本質——息息相關。事實上，**相關系所的選擇**，對研究生來說更是關係重大，對有意繼續深造的大學生而言，也是不可忽視的議題。

至於**時間管理**，其對研究生與大學生來說，更是極為需要掌握的關鍵因素。

最後，我們將討論的重點放在**你應該完成**的工作上。在我們以複雜深奧的說明來進行討論之前，我們必須了解研究在技術層面上的呈現：**一篇論文應該是什麼樣子的？**

2 為什麼熟悉「研究的語言」如此之重要？

"language" of research

> 雖然我們都聽過「知識就是力量」這句話，但值得我們仔細思考的是──知識所被討論、論辯和傳遞的方式。

在人文科學中，每個學科領域都有許多不同的論述，如經濟學、史學和文化研究。在這許多的論述之中，唯一的共同點就是**研究的基本語言**。

在人文科學研究中，研究者往往在專有名詞或術語的使用上，各有其不同的方式，這也難怪學生們無法確切地掌握他們所需要的專業工具。不同學科的學者會對研究中的術語，賦予不同的意義和解讀。一個人的「理論」（theory），可能是另一個人的「分類學」（taxonomy）；而某個人的「理念型」（ideal type），可能又是另一個人的「理論」。

當你對一般研究中所使用的**參照標準**不夠了解，甚至一無所知時，就可能寫出一篇籠統、缺乏精確性的論文。

學習這些遊戲有助於簡化整個過程，使所有的事情更明確，同時也掃除因未知所帶來的恐懼。為了能夠不逾越人文科學的界限，我們極力主張──在你開始進行研究前，必須要非常熟悉研究的工具與術語，以及它們所代表的意義。

如果你願意花上一點時間學習研究中所使用的語言，了解這些詞彙和概念所代表的意思，並且知道如何運用，那麼許多學術工作，特別是研究所階段可能出現的謎團，就會開始消失。

KNOW YOUR TOOLS

　　這聽起來可能沒有太大的意義，但事實上，很多學生，甚至經驗豐富的學者都無法區分一些重要的詞彙——例如**本體論**（ontology）（亦即關於：有什麼可以知道的？）與**認識論**（epistemology）（亦即關於：我們知道什麼，又該如何知道？）——認識這兩個重要詞彙和它們在研究中的位置，對了解整個研究過程是非常重要的。

　　這些特殊的詞彙（像是本體論和認識論），常被認為含糊難懂的部分原因，乃在於用來解釋它們的那些語言本身不夠清晰明確，讓人愈讀愈感到疑惑。

　　有鑑於此，人文科學中這些跨領域的詞彙需要在意義上達到一致性，以避免隨之而來的困惑。然而，既然多樣化是人類科學的活力來源之一，因此也不要將上述的一致視為是方法學上的統一，相反地，這是為了滿足釐清跨學科詞彙的需要。

　　除了上述的理由外，以下還有一個簡單的例子可以說明，研究者為什麼需要認識社會研究中那些標準的詞彙及概念。

　　試想，一個分不清楚鏟子、水準儀和鑿子的泥水匠，這些都是他的工作中最重要的器具，少了它們，工匠根本無法砌牆。而這每一項工具都有其用途，如果他在工作時誤用了，或是顛倒了使用的順序，譬如用鑿子來砌磚，那後果將不堪設想。

> 同樣地，在研究中，特定的工具都有其特定的目的。任何人若想正確地使用，就必須先了解它們的涵義、用途，以及使用方式與時機。

一旦缺乏了對社會科學研究語彙的認知，將導致學生在詞彙與措辭上的誤用、濫用和誤解。再者，也可能引起對研究所依據的假設的混淆。

有鑑於此，研究者必須對這些假設和發展這些假設的學說，有很清楚的認識。只要我們熟悉研究中所使用的語言，那麼就可以有效地釐清這些困惑。

然而，沒有任何有關研究語言的討論，可以避談研究報告中一連串有關「學說」和「理論」的問題。這些詞彙常被誤用或濫用，而增加了研究的神秘色彩，以及對其結果的難以理解。

舉例來說，使用「變項」、「關聯」、「測量」、「共變數」和「假說」（參考 Ragin 1994: 11-13），代表了一種正式、具學術性的判斷。但事實上，僅僅使用特殊的語言，並非精準研究的保證。

如同我們在後面章節所提到的，很多研究者為了避免落入特定的學說架構中，往往刻意在進行研究和發表研究結果時，拒絕使用這樣的語言（特別是「實證主義」——請參考〈第五章〉）。

3 研究的本質是什麼？

the nature of research

1. 研究報告的一般性元素

　　大學的專題報告與碩士論文其實有很多相同之處。兩者都是維持一段時間的研究，長約一萬字至一萬五千字的成果報告。

　　一般說來，一篇完美的大學專題報告已經非常接近，甚至等同碩士等級的論文；而在碩士階段，學生們應該要能夠獨力地選擇個人研究的計畫，並且獨力地加以完成。

　　碩士論文雖然偏重於理論性質，但通常也包含了少量的個案實證研究。所謂的實證研究，通常指的是持續一段時間的**實地調查**。而這也是少數大學生才有時間或資源可完成的工作。

　　儘管如此，在一篇嚴謹的大學專題報告裡頭，我們仍然可以看到部分與碩士論文相同的特質與元素：

1) 對問題清楚的陳述
2) 明確的**研究問題**或**研究假設**
3) 研究中所使用的**方法**
4) **資料**的描述
5) 相關問題的因應與結果分析的說明

　　以上所提及的每一個部分，也是我們即將在後面章節所討論的內容，它們彼此都具有邏輯上的關聯。

2. 什麼是研究？

　　讓我們先將所有論文的差異放在一邊，回到原本的問題上：**研究是什麼？**

　　一般說來，不管在大學、碩士或博士各個階段的研究，都有下列的共同點：

		〈參考章節〉
1	你有一個必須探討的問題，或是有待解決的困擾。	〈第三章〉將討論如何擬定發掘問題
2	你需要利用特定的研究方法，過濾許多不同的數據資料來回答問題。	〈第七章〉將介紹最常見的研究方法
3	你需要一個能夠回答研究問題的方法論。	第二、三、四、五章將討論構成研究的基礎
4	你需要思考個人的研究對該領域將有何貢獻：是發掘新知？是釐清既存的研究？還是提供未來進一步的研究方向？	

事實上，碩士班的學生通常已經有處理博士候選人必須面臨的問題的經驗，因此一篇嚴謹的碩士論文與博士之間的距離，並不像學士與博士之間的差距那麼大。然而，學士與博士間的距離雖然非常大，但也非遙不可及。

博士論文最明顯的獨特性，在於它強調在博士班階段時，除了研究的訓練課程外，極少有教學的課程。

對博士班的學生來說，他們必須要有高度的**自律**，以應付微少的指導與結構化的課程或工作，而在博士班所缺少的這些東西，卻正是在大學或碩士階段所會提供的訓練（註：這個部分並不適用於美國，因為美國博士課程仍需選修必修課程）。

再者，博士班的學生也必須經歷一場嚴格的**口試**，為他們所提出的報告答辯。

當然，自律是每一種研究的必備條件，而且如果你一開始就對該領域有著濃厚的興趣，那麼自律也就容易得多了。因此，對有意繼續進修碩士甚至博士的大學生而言，找到自己的興趣所在，更是刻不容緩的工作。

4 要培養什麼樣的能力？

the nature of the doctoral process

> " 毅力和全神貫注雖然很重要，但若是缺少了一顆
> 對凡事追根究底且包容的心，不能夠接受批評與
> 意見的意願，或是缺乏了傾聽他人、向他人學習
> 的精神，光是靠努力和專注，也是徒然的。 "

◀學習的重點在哪裡？

只要具有一定的聰明才智和某種程度的付出，任何人都可以成功地完成博士學位，但這並不表示獲得博士學位很簡單。

在完成博士學位的過程中，可能遭遇的第一個困難是——**你必須從學習過程中，不斷地接觸新的訊息，並且在從討論和辯論的過程當中，重新評估並修正個人一直深信不疑的想法。**

關於博士學位，第一件要思考的是其所代表的意義。博士論文並不是一部偉大的巨著，不是用來研究某個領域中所有的研究

結果（許多教育體系，例如德國，會針對這個部分頒授更高的博士學位）。

事實上，世界上有許多偉大的思想家，他們在得到博士學位後，還有很多的時間可以進行類似的研究。

舉例來說，愛因斯坦（Albert Einstein）和馬克思（Karl Marx）在他們的博士論文中，對其研究的領域並未有太多的貢獻——相對地，他們利用了那段時間學習相關的技能，並且表現出他們對於該領域已經建立的專業理論，能夠完全的徹透與精熟（Phillips and Pugh 1994: 35）。

◀要培養什麼樣的學術能力？

修習博士學位，應該被視為一種**學習**過程。在研究這門藝術中，學生是以學徒的身分，培養以下幾個主要的學術能力——

1) 探究理論和概念的根源。
2) 研究如何應用理論，將現實與理論結合。
3) 學習如何於有限的時間之內，在大量的資料當中辨識出自己所需要的資料，並且加以組織。

博士學位所給予的必要訓練，不僅能帶給學生在學術上的益處，也可以幫助培養個人的特質，例如敏感度、求知的精神、積極主動，或是自律的能力，而這也是攻讀博士學位的人所不可或缺的條件。

5 為什麼要讀博士？

why do a PhD?

為什麼要讀博士？——倫敦大學教育學院教授 Denis Lawton 在回答這個問題上，提出了重要的論述——當你對某個現象或事件感興趣時，並不表示你就必須為它寫出一篇博士論文來；你應該要有能力寫出另一本著作，而這本著作不會有博士候選人所必須克服的限制。（Lawton 1999: 3）

如果你的興趣能與你的才能結合，那你成功修得學位的可能性就會高出很多。儘管我們並不是要強調，寫博士論文就是為了成功，「博士」的頭銜也許是非常高尚的，但這並不足以成為一個讓你花三年以上的時間埋首苦讀的好理由。

> 身為一名研究者，你應該致力於為既有的知識增加更多的新知，如果你做不到，那你就無法完成一篇博士論文。

你所應該避免的，就是在一堆已經高聳如山的專題論文中錦上添花，這就像知名學者 George Steiner 所說的，「丙書的內容真正來源，只不過是甲書與乙書對同一個主題所提出的意見」。（Steiner 1991: 39）

相反地，你應該努力的是盡可能接近 Steiner 所說的「現況」（the immediate），或是發掘或解釋某一個事件。

研究的重點不該只是對事件的評論加以分析，而是對事件本身加以闡釋（interpretation）。

你需要第二手資料（其他人對議題的看法）和第三手資料（因議題而衍生的議題），運用它們來為自己的研究定位，並引導研究的進行，建立自己的研究成果，但其最終的目的——還是以重要或新的資料，或新的闡釋來補充上述的資料。

6 如何選擇適當的研究所？

the right place to study

◀考慮系所的特色

如果你即將完成大學學業，並且打算繼續進修，那麼現在就是你考慮適當的研究所最好的時機了，因為一開始就選對正確的系所是非常重要的。除了仔細地思考「學校所提供的」與「你想獲得的」兩者之間的契合度，你還需要考慮其他的因素。

假設你所屬意的研究所已經有兩位研究生，一位正在研究以馬克思主義來詮釋卡夫卡的「城堡」，而另一位正以計量分析法來探討美金與德國馬克間匯率的變動模式，那麼這並不是一個適合你進行伊拉克戰爭對歐美關係影響研究的環境。除了該研究所可能缺乏歐洲研究或美國研究的專家外，你的研究也將受到種種的限制，包括無法得到你所需要的指導，或沒有適當的討論機會，讓你能夠報告個人的研究進度。

◀考慮指導教授

再者，千萬不要因為某個國際知名的學者來影響你對研究所的選擇。如果該研究所有一半以上這樣的教授，或許不至於產生任何影響，否則那些重要學者往往是所有研究生心目中最佳的指導教授人選，而通常他們的確也收了許多碩士或博士班的研究生，甚至還有繁忙的會議行程（例如他們可能在你有需要時，卻到國外開會），讓你很難找到時間與他們討論。等到他們看完你的進度報告並且提供建議時，你可能已經等上好幾個月的時間了。

對研究生來說，指導老師的建議是個人發展中極重要的部分；反之，如果一個研究所中有一些具有才幹的老師，那麼你就可以隨時找到人和你討論自己的構想，而你的研究目標也可以與研究所的研究方向得到一致性。

◀你與教授的危險關係

　　事實上，別忘了研究生與指導教授之間可能還有下列的危險關係：

- 你進行的其實是教授個人的研究計畫。
- 你沒有辦法發揮原創的精神（因為教授已經想到或做過了）。
- 對自己的判斷缺乏自信，過度依賴教授，特別是其專業知識。

❝ 不論你計畫研讀的是哪一種學位，你都需要一個非常清楚碩士與博士課程內容，而且對你的研究領域有興趣的人，同時也了解你對成功完成學業的渴望。❞

　　而針對研究式課程，最理想的狀況就是尋求聯合指導（相關資訊請參考 Wisker 2001: 22-8〈選擇適當的研究所〉）。

7 如何做好時間管理？

matters of time

◀1. 盡早開始進行

　　良好的時間管理，在研究中尤其顯得重要。就大學生所撰寫畢業專題來看，最主要問題就是他們必須提早完成其他功課或作業。除此之外，學生也必須在著手進行報告前，給自己一段思考的時間，其主要的原因就是**蒐集相關資料與研究數據**。事實上，這些準備工作所花的時間，將遠超過撰寫報告的時間。

　　愈慢開始進行論文報告的結果，就是到了最後匆促趕工，所以你應該盡早規畫自己的時間，並且盡早進行寫論文所需要的前段準備工作。

◀2. 良好的生活作息

　　在生活作息上，要盡量避免熬夜讀書寫作，然後睡到隔天下午的壞習慣。充足的睡眠與固定的讀書寫作時間，可以為你帶來更好的工作效率。此外，記得留一點時間給課業以外的活動，一味地埋首在課業中，而不給自己任何休息的機會，只會導致一連串的問題。

> 你必須讓自己有機會從學習中喘口氣，這樣你才有機會找回乍現的靈感，回想自己所讀的內容，並且檢視自己已寫下的東西。

再者，如果你為了多讀一、兩個小時的書，而放棄了原有的習慣和社交生活，那麼所造成的結果可能事與願違。每個人都必須讓自己的生活維持一定的平衡，雖然這種平衡的狀態因人而異。

> 如果你希望自己大學畢業後能夠繼續進修，那麼你最好現在就開始養成這些好習慣。

3. 避免過度的完美主義

過度完美主義的性格，也會造成時間管理上的失控：例如，一個只想蒐集資料卻不願動手寫的完美主義者，到最後可能會被埋在一堆資料底下，而提不出一點成果來。他們也可能無法獲得與指導教授討論的益處，而出現離題的危險，也就是脫離了原本打算研究的主題。

> 在某些狀況下，要求完美是好的，但在嚴格的時間限制下，它卻可能成為阻礙學習與發展的絆腳石。

4. 全心全力的投入

另一個造成時間延誤的理由，可能來自於無法專注於目前正在進行的工作。

分心的原因有很多，包括必須工作以維持財務的平衡。對在職的學生來說，保住工作是一個重要的考量，一旦支撐研究的動力中斷了，就很難再回到原有的常軌了。

> 研究所的課業尤其需要長時間持續的專注與全神貫注，而學生在開始學習前，也應該問問自己：我是否真的願意投入這樣的心力與付出？

就正面的意義看來，研究是一種逐步累積知識的過程，伴隨而來的還有成就感和自信。也因此使得整個研究所的過程更愉悅，甚至還能夠在研討會上發表專業報告。

8 先弄清楚論文的遊戲規則！

familiarize yourself

對於未知、神秘與複雜性的恐懼，只會妨礙工作的進行。藉由我們對研究過程的剖析，以及構成最佳學術成果因素的解釋，將能夠幫助你克服這些恐懼。

事實上，有很多的方法都可以使研究過程變得更愉悅，更有效率，還可以讓你充滿幹勁地工作，這些方法包括：

1) 學習評估個人計畫的可行性
2) 了解大學專題報告或碩博士論文的組織結構。

在學習開始前，先花點時間讓自己熟悉這些即將面對的事物，將可以節省你往後的時間。

那些完全不考慮學校對格式、甚至字數等相關規定，就開始猛寫論文的學生，到最後往往會被那些在開始之前會先讓自己花時間去了解各種規定的學生給追過去。

當你仔細了解後，你會發現一個非常令人驚訝的事實：很多學生對於完成論文所必須具備的內容條件，其實毫無所知，而對博士班入學手冊上所謂「對人類的知識有所貢獻」這類的句子，更足以使許多聰明的學生裹足不前。

> 我們要強調的是，如果你不知道自己所努力的目標需要哪些要件，那麼你就無法擬定完整的計畫。

想像一下你正要參加一場短跑，但是卻不知道自己到底要跑多遠。如果比賽最後的規定是十公里，那根本就不適合短跑選手參加。換言之，你必須在開始進行任何工作前，先了解自己即將面對的是什麼。

9 研究的基本組成要素

components of research

研究的基本組成要素

1　序論（introduction）

2　文獻探討（literature review）

3　研究方法或方法論（methodology）

4　個案研究或實證部分（case-study/empirical section）

5　評估分析（evaluation）

6　結論（conclusion）

7　附錄與參考文獻（appendixes and bibliography）

當你熟悉了這些論文的結構，很快地一個固定的模式就會自然地呈現出來。以下，我們提供了一個範例來說明研究的組成要素（但是請記得，這只是眾多研究模式中的一種，而這種模式也非制式不變）。

此外，藉由參考過去系所內學長姐的論文（你可以在系所圖書館或學校圖書館內找到），你可以學到一些事情：

1) 一般的論文長度是多少？

2) 在相關領域中，實證數據與文獻探討的比率如何？

3) 相關理論的途徑又有哪些？

以上的「研究的基本組成要素」，適用於許多標準的社會科學類論文或研究報告。然而，在人文學科中，以上所強調的要件可能就沒有那麼地絕對，只是開頭與結尾是絕對不可或缺的。

此外，你也必須將自己的研究與廣泛的文獻（上述的第二部分）做一連結，而研究計畫中也應該包含了研究方法的部分（上述的第三部分），和個案研究或研究對象（上述的第四部分）。

最後，你還必須對研究結果做一個評估分析和總結。其中主要的差異，就在於在社會科學中，上述的每個要件與其他要件間都具有非常明顯的區隔。

我們所要提醒你的就是——你應該讓自己熟悉所有即將面對的工作內容與步驟，一旦你對自己的目標有了初步的了解，那麼你就可以致力於破除不必要的迷思與焦慮，也開始在心裡畫好研究邏輯的藍圖。

你可以參考上述的範例，將研究計畫分成幾個不同的主要部分，那麼你就更能掌握到構成研究的基本要素了。

> 當你已經了解學校或研究所對論文的要求之後，你就可以開始從這方面來思考論文的格式與表達的方式了。

通常學校的圖書館所或系所都會提供一本有關論文規定的指南手冊，其中可能包含了版面的設定（邊距），字體的大小，註解與參考文獻的編排和字數（確認附錄、圖表、參考文獻和註解是否必須涵括在內）——請務必在你要撰寫之前，就確認好以上的問題。

你應該直接以學校或系所規定的格式來擬定研究計畫，甚至設定電腦格式（字型、字體、段落以及版面等等），你可以套用這樣的格式來完成後續的工作。這樣一來，當你到了最後階段，要將所有的要件資料組合成一篇論文時，就可以省去許多麻煩。

提早設定格式，並不表示你所寫的東西都不能再變動，相反地，你需要再三地確認所有的段落章節，甚至不斷地修改，直到確定完成為止。

10 重點摘要與延伸閱讀

summary and reading

▶▶ 重點摘要

　　在〈第一章〉中，我們提供了一些開始動手研究前必須考量的建議，其中以下的重點特別值得你思考：

[1] 大學專題報告與碩士論文、博士論文的性質及差異。

[2] 學習研究專用的「語言」的必要性，以及為什麼一開始就必須學習這些用語的原因。

[3] 考量自己打算進修的學位。

[4] 審慎考量適當的系所，包括經濟上的限制。

[5] 培養固定的工作模式，以達到最佳成效。

[6] 盡快讓自己了解該系所對論文或研究報告的規定，以確定自己必須完成的工作（參考該學位所提供的範例）。

▶▶ 延伸閱讀

Burnham, P. (ed.) (1997) *Surviving the Research Process in Politics*, London and Washington, DC, Printer.

Graves, N. and Varma, V. (eds) (1999) *Working for a Doctorate. A Guide for the Humanities and Social Sciences*, London and New York, Routledge, especially chapters 1, 4 and 10.

Phillips, E.M. and Pugh, D.S. (eds) (1994) *How to Get a PhD: A Handbook for Students and Their Supervisors*, Buckingham and Philadelphia, PA, Open University Press, chapters 1-4.

Wisker, G. (2001) *The Postgraduate Handbook. Succeed with your MA*, MPhil, EdD and PhD, Basingstoke, Palgrave Macmillan, chapter 1.

研究工具。研究方法。方法論。

RESEARCH TOOLS, METHODS, METHODOLOGIES

1 本章的學習目標

> 1　認識研究中所會使用的主要工具：諸如理論（theory）、
> 　　模式（model）、類型學（typology）、理念型（ideal type）、
> 　　典範（paradigm）、概念（concept），以及概念的濫用。
> 2　認識研究方法（method）與方法論（methodology）。

> " 你應該將這些工具視為建立研究用語的鷹架，正如我
> 們在前面所強調的，如果你了解了研究所需要的語
> 言，那麼你就可以做出一個精確又清晰的研究成果。 "

　　在本章中，我們將介紹人文科學研究中一些主要工具與用語，
並加以解釋，以揭開研究的神秘面紗。我們在經過審慎的考量後選
擇了這些工具與詞彙，而這些工具與詞彙也是大多數學生在進行研
究的過程中最容易碰到的問題。

　　本章即將討論的工具與詞彙常常為人所誤解，隨意地使用，甚
至隨便地交換運用，造成研究綱紀上的混亂，以及在規則間的解讀
錯誤。

2 研究工具：簡介

the tools of research

在我們的看法中，各學科領域特有的專業術語與概念確實存在，而且它們也有各自所代表的涵義。例如經濟學中的供給與需求（supply and demand），政治學中的政權轉移（policy-transfer），或是社會學中的社會階層（social stratification）——然而，一般的研究術語和概念，不管是在任何學科領域中，都具有相同的基本意義。

事實上，除了專業理論的概念外，上述的說法也將適用於我們即將介紹的工具。雖然以下的工具都具有一個可以跨越學科的普遍性義涵，但理論的概念卻不是那麼容易明確界定——這是因為理論在社會研究中所扮演的角色所致——這個角色的複雜，是因為它在不同的學術領域中有不同的用途，會出現不同的哲學架構（參考〈第五章〉）。

因此，我們將有關理論的相關議題與其在研究中所扮演的角色，留置到〈第六章〉再進行詳細的討論，而不在此介紹說明。

有一個介紹研究的各種基本概念的好方法就是利用數線。將研究工具一一陳列出來數線的兩端，分別為用來「**解釋**」（explain）社會現象的工具，以及用以「**描述**」（describe）社會現象的工具。

當然要以此來了解每項工具實在是太過簡化了，但我們可以沿著這條數線分別地進行討論，包括——

- 1. **理論**（theory）
- 2. **模式**（model）
- 3. **類型學**（typology）
- 4. **理念型**（ideal type）
- 5. **典範**（paradigm）
- 6. **概念**（concept）

解釋 explanation					描述 description
理論 theory	模式 model	類型學 typology	理念型 ideal type	典範 paradigm	概念 concept

　　數線上所呈現的用語，可被視為是社會研究中用以達成各種不同目的的工具。一如本書中簡要的分類方式，上面的數線只是一個概略導引，並非詳盡的說明。

　　我們將依這些工具在解釋社會現象上的功能依序列出，而這所有的工具都可以被看成是用來分類的方法，換言之，它們協助研究者讓各種不同的社會現象合理化，並且將它們進行分類、了解和解釋。

　　以下各個單元，將分別就數線上所指出的各種研究工具，一一做介紹與分析。

3 研究工具(1)：理論
theory

2

研。
究。
工。
具。
、
研。
究。
方。
法。
、
方。
法。
論。

　　延續上一單元提及的「研究工具」，接下來的各個單元，我們將討論數線上各別詞彙的原始定義，並且提供一些範例，以說明它們在研究中運用的狀況。

　　理論（theory）是社會研究中最複雜的工具，而**概念**（concept）卻是其中最單純的。但這不表示一些概念或「概念群」（concept-clusters）就不能用在複雜的議題中。（所謂概念群，是指由以一個以上的概念所構成的詞彙，例如「有條件的忠誠」）

　　在研究中，「**解釋**」（explanation）並不代表就比事件的「**描述**」（description）更好或更重要，重點是，在不同學術領域中的研究，都有其不同的目的與目標。

　　例如，從事歷史研究的學者通常都不會用某個特定的「理論」或「模式」，卻可能利用「類型學」、「理念型」，或一系列的「概念」來描述、並了解特殊的事件。

　　很多歷史學家和許多其他領域的學者堅持只進行研究的工作，而將「理論化」的工作留給**方法論者**，但諷刺的是，他們又常常對知識的本質或狀態提出理論性的主張。（有關歷史學家的討論可參考 Fulbrook 2002）

　　依照我們所提出的——所有的研究都來自於「**後設理論**的假設」（詳細討論請參閱本書第四、五章）。

　　另一方面，也很多政治學者希望能夠藉由**模式**與**理論**的運用，來解釋甚至預測未來的事件或行為者的行為。

4 研究工具(2)：模式 Whethers

model

「**模式**」（model）就是某樣東西的表徵，舉例來說，一架模型飛機就是真正飛機的複製品。模式可以是一種**描述**，也是「**探究的工具**」，如地圖和配線圖，就是用來描述的模式的最佳範例。前者標示了陸上主要的特徵，或是地形分佈的狀況，而後者則精確地指出電纜線路所在之處，而配線圖的準確度更是攸關生死。

◀「模式」的特色

然而，在社會研究中的「模式」，卻並非完全的精準，但這個不準確卻也不會造成過大的危險。有些學者會利用一組方格與箭頭的方式，來表現模式中的要素，以及要素之間的重要關係。因此，模式讓這些關係之間一些可經實證檢測的假設，變成一種「公式化的表述」。

◀模式的應用

在政治學，特別是經濟學上，很多的學者將「模式」的使用當成是精確研究的保證。「模式」可以幫助我們預測人們的行為，例如人們投票的趨勢，而這些有關社會研究用來解釋人們行為的能力上的假設，也往往與**實證主義**的研究架構，以及那些在實證主義中操作的學者們息息相關。（參考〈第五章〉有關這個部分以及其他學術架構的說明）

然而，仍然有一些學者既不相信實證主義者所提出的假設或是他們所使用的術語，而且也不使用那些用來研究人類行為的模式方法。

對他們來說，在研究中使用哪些模式並不重要，重要的是，你認為你的模式能告訴我們哪些社會現實。

2

研。
究。
工。
具。
、
研。
究。
方。
法。
、
方。
法。
論。

▶「模式」的作用是什麼？

「模式」就是——

✓ 一種「來自現實的抽象表現」，能夠簡化整理我們對現實的觀點。建立之後，還能夠完整表現出現實的基本特質。

✓ 模式是現實的呈現，它描述了現實世界與研究問題中相關的特定要素，詳盡地說明了「要素之間的關係」，並且使這些關係間可經實證檢測的假設，變成一種公式化的表述。

(Frankfort-Nachmisa & Nachmisa 1992: 44)

◀製作模式

「模式」和「理論」一樣，是「現實的抽象表現」，也是一種呈現概念間之關係的好方法。而「模式」（方格與箭頭）也常被用來「描述假設」。

模式中的方格與箭頭本身並不具有意義，但是在研究中，我們常利用它們來描述一個變項（例如個人的飲食吸收狀況）對另一個變項（例如體態）的影響。

如果研究者發現文獻中提到這兩個變項間的關係，那他就必須在心裡開始想像這個關係應，

而如果他能利用模式，那他就可以得到這個關係的畫面。

這樣的技巧其實非常重要，特別是當你開始在影響個人體態上找到更多其他影響因素時，例如居住環境、養育方式、工作型態及原始體重等等。

" 如果你能運用模式的方式，而不是單純地將這些概念儲存在腦袋裡，那麼這些影響因子都可以變成圖示的方式，以協助我們進行思考，藉此，你也可以想出更多的關聯及因果關係。 "

◀不要與功能主義相混淆

到目前為止，你應該要注意，不要將「模式」、「研究典範」或「研究傳統」，來和「研究觀點」（research perspective）這些詞彙合併使用。例如，把「**功能主義**」（functionalism）引用為一種社會研究中的「模式」。

為了減輕困惑，以更精確地使用這樣的詞彙，我們必須說明「功能主義」在很多學科領域中，特別是社會學，其實是一種研究觀點，也是「紮根理論」的絕佳範例之一，它隸屬於一種特殊研究典範。（請參考〈第四章〉、〈第五章〉中有關功能主義的說明）

相形之下，「模式」就是一種加諸於原始資料上現實的呈現，可供研究者找出變項之間可能的關聯。

▶ 何謂「紮根理論」？

「紮根理論」（grounded theory）一詞係由 B.G. Glaser 和 A.L. Strauss 於 1967 年所提出，其目的在於發現**原始資料間的概念和關係**，然後將之組織成一個理論性的解釋架構。

「紮根理論」是一種質性研究的方法，其主張研究者必須走入實地，才能知道真正發生了甚麼事，強調資料間進行比較的必要性，在透過資料與分析不斷的互動過程中，進而發展並建構理論。紮根理論方法與步驟通常為：

1. 理論取樣（theoretical sampling）
2. 編碼（coding）
3. 比較分析（comparative analysis）
4. 尋找通則（empirical generalization）
5. 建立理論（building theory）

5 研究工具(3)：類型學

typology

偶而我們會把「**類型學**」（typology）和「**分類學**」（taxonomy）這個詞彙交互使用。而對「理念型」（ideal type）來說，它們都是分類的系統之一。它們由一種「**可適用於實證觀察中的分類系統**」所建構成，這樣一來，得使不同類別中的關係可以被描述。

這些工具可以被視為用來將我們觀察所得的資料，加以組織和系統化的大架構。要特別注意的是，「類型學」並不提供任何的解釋。它們將實證現象分門別類地置於不同類別中，藉此描述所得到的結果。

> 它們對研究者最大的助益就在於──將各種不同的事實加以邏輯化，有時甚至是用武斷的方式來組織分類，使研究者能夠更了解一些複雜的事件。

Bailey 曾對此說明過，「類型學最主要的優點，就是簡約。一個架構完善的類型學，可以奇蹟般地從混亂中找出順序來，它可以將由一群看似完全不同的事例，或是混雜而成的迷團，整理為各種有次序，而且較具同質性的種類。」（Neuman 2000: 44）

然而，在比較政治學中，類型學的角色稍微有些不同。根據由亞里斯多德最早所提出的分類系統──類型學主要是藉由找出所有國家所共有的特質，及他們之間的差異，以減少這個世界的複雜性。（參見下頁）

在現代的文獻中可以發現，研究分析在本質上通常是偏統計性的，而分類也因此可被視為是建立理論過程中最起始的步驟。為此，我們特別將這個研究工具置於理念型之前介紹。但事實上，它們都屬於近似的分類工具。

▶ 亞里斯多德在政治型態上的分類

正式來說,「類型學」的意義是企圖透過兩個或更多變項之間的交互作用,發展出另一個變項,而這也是亞里斯多德在他對政治型態分類上所努力的方向:

> 參考統治的形式(不是公善的,就是腐敗的)(**變項一**),並且將組成決策團體的各個統治者(可能單一、數個或許多)(**變項二**)列為考量。亞里斯多德提出了六種不同的政治型態(**變項三**):君主政體、菁英統治和政府體制(公益的政治型態),以及專制暴政、寡頭政治和民主政體(腐敗的政治型態)。

Aristotle (384-322 BC)

(更多內容請參考 Heywood 2002: 27-8)

6 研究工具(4)：理念型
ideal type

「**理念型**」（ideal type）就像理論，是一種以抽象的形式對現象的描述。而和「類型學」或「分類學」一樣，理念型並不提供任何的解釋。

「理念型」並不該被當成是一種理想的標準，相反地，它應該是被視為——在真實世界裡，並不存在著一個理智概念上的完美典範。

「理念型」最初是由現代社會學家始祖韋伯（Max Weber, 1864-1920）所提出來的，韋伯曾如此說道：

> 理念型並不是一種對真實世界的描述，其目的乃在於——給予這種描述本身一個清楚明確的述說方式。

然而，由於德文的轉譯誤導，使得這個概念引起了非常大的誤解，造成了許多困擾。

由於韋伯在當時深受經濟模式建立的影響，理念型成了一種概念的代表，例如勞動階段就是研究者可以在一般群眾中，用來比較現實狀況的對象（實證證據）。

因此，「理念型」就是由「在實證觀察的行為或組織中之重要部分所型塑而成的假設性概念」，這些概念將研究中的主要變項獨立出來，而把分析中不那麼重要的現實部分置於一旁。

然而，「理念型」通常並不討論變項間的關係。下一頁的例子說明，將提供一個簡化、但標準的理念型範例——我們採用了德國政治理論家 Carl Joachim Friedrich（1901-1984），以及波蘭政治學家 Zbigniew Kazimierz Brzezinski（1928-）針對極權政體的所做的理念型說明。

▶ Friedrich 和 Brzezinski 的極權主義理念型 (1956/1965)

在這個「理念型」中,一個極權主義的獨裁政體呈現了以下的特質:

1. 一個在該社會中生活的所有人,都必須遵守的複雜意識型態,而該思想體系乃由官方組織所形塑而成,其中並涵蓋了所有人類生存所需的基本要素。
2. 單一個由一位領袖(即獨裁者)所領導的人民政黨,而且該政黨由總人口中的少數比例(最多只到 10%)所組成。
3. 由政黨和秘密警察所控制的恐怖體制,包含身體或精神上的虐待。不但為領導人鞏固其政黨,同時也扮演監督角色。
4. 所有的大眾傳播工具與管道,都由政黨和政府所控管。他們會在技術上管制,並且以近乎完全獨佔的方式進行管理。
5. 會對所有武裝戰鬥武器的使用,進行技術上的限制,並且以近乎完全壟斷的方式,來進行管理。
6. 透過舊時存在的團體所成立的官僚體系,來集中管理和發展國家整體的經濟。

他們甚至進一步提出,「這六個構成極權政體特殊型態或模式的基本特質,形成了一組特徵,而且彼此相互地交結影響,就像在有機的生物體系常見到的一樣,因此它們不該被獨立地探討,或成為比較對照的焦點」。

(Friedrich 和 Brzezinski, 1956/1965, 21-2)

由於上面這個理念型的意識型態角度,源自於某個特定的思想體系,而使得它受到嚴重的批評,同時也僅運用於過去冷戰時期。但藉此你可以發現,這個理念型充其量只是一種衡量或評價標準,或是分析中的啟發性的工具。

2

研。
究。
工。
具。
、
研。
究。
方。
法。
、
方。
法。
論。

▶ 韋伯的理念型

根據韋伯的說法，理念型乃：

> 不是一種對現實的描述，它的主要目的在於，對那樣的描述提供一個明白、清楚而且中庸的表現。……理念型是由一個或多個觀點中片面的主張所形成的，同時根據那些片面的主張，且多是零碎抽象，某種程度上存在於眼前，但有時卻又不存在的具體個象，就被型塑成一個統一的分析概念。在其概念的精粹度上，這個心理上的構思結果，並無法在現實中以實證的方式被發現。

Max Weber (1864- 1920)

（Weber 1949: 90）

韋伯自己也承認：「理念型的概念，可以幫助我們訓練研究中歸咎過錯的技巧——它不是假設，但它提供了通往假設的概念」。（Weber 1949: 90）

事實上，韋伯個人之所以聞名，也是來自於他對組織和民眾特殊特質的偏頗主張，包括他在「官僚政治」（bureaucracy）和「神授魅力」（charisma）上所提出的理念型，就曾在學術界引起一段時間的流行。

7 研究工具(5)：典範
paradigm

◖1. 典範的第一重意義

在人文科學裡頭，「典範」（paradigm)的使用有三個不同的解釋。第一個是由孔恩（Thomas Kuhn）所提出的，他將典範描繪成是一種智力活動的制度化，使學生在實際運用時得以進入各自的科學社群之中。孔恩解釋道：

藉由選擇典範一詞，我希望能夠說明一些真正在科學運用上能被接受的範例，這些範例涵蓋了法規、理論、應用及儀器等等，並提供科學研究中源自前後一致、條理清楚且處於特定學說架構中的模式典範的研究。主要是要幫助學生讓他們為之後即將進入的特定科學社群做好準備，因為他們所即將參與的，是一群學術基礎襲自相同模式的研究者，這使學生之後在做研究時，其研究中所採用的基本原理不會引起異議。（1996: 10-11）

在人文科學中，「典範」意指一個已建立的方法，而學者們在這個方法中使用了共同的術語，以及在公認的典範假說、研究方法和實際應用上所建立的共同理論。典範可以被視為一套基本的信念系統，用來處理最基本的問題，其代表個人對世界觀、世界的本質觀點，用來回答本體論、知識論和方法論上的問題。

◖2. 典範的轉移

某個特定的典範常會被其他典範所取代，或被併入使用，這樣的現象通常就被稱為「典範的轉移」(paradigm shift)。在學術規範中，取得優勢的典範確實存在著，卻也常受到挑戰。然而，我們在這裡所討論的典範並非是指自然科學的科學典範，因為人文科學的特色是其多元性的理論，這些理論共存於各自的學科中。

2

研。
究。
工。
具。
、
研。
究。
方。
法。
、
方。
法。
論。

▶ **典範轉移的範例**

　　從 1960 年代末期和 1970 年代的初期開始，在總體經濟學中，新古典主義典範（或思想學派）取代了它的前輩「凱因斯學說」，成為主要的學說典範。雖然對於這兩個典範的倡導者來說，這兩個典範中所關注的重點差異有限，但這兩個典範都奠基於各自的本體論與認識論假說上，也反映出了各自所強調和重視的特定要素。

　　新古典主義的經濟學家提倡的是自由市場的優點，以及國家微不足道的角色；相反地，凱因斯學者們則認為，在刺激經濟上，國家需要扮演一個更積極的角色。

　　▪ 技術上來說，上述所提到的「典範轉移」範例確實也討論了經濟學研究中的不同觀點（更多討論請參考〈第五章〉）。

◀ 3. 典範的第二重意義

　　「典範」的第二種使用方式，通常出現在學生和研究者「針對某一特定研究主題」時，用來對其研究途徑（approach）做出概略而廣泛的描繪。

　　舉例來說，在談到共產主義的瓦解時，學術文獻可以畫分成「由上到下」（top-bottom）和「由下到上」（bottom-top）兩種研究典範。前者特別關注「握有權力的菁英分子」，而後者所關心的焦點是「人民在政權維持與解體中的角色」。

　　在上述兩者之間，你可以看出某些途徑較注重事件中的結構問題（也就是對於組織的解釋方式），而某些則比較關注行為者（有關「結構與行為者的問題」請參考後面的討論）。

　　在對特殊現象的粗略分類系統中，這是常見的一種方式——但它與孔恩所說的自然科學典範並沒有太大關聯。

在這第二重意義中，「典範」的功用在於幫助研究者能夠集中在研究的發現上，並且將其結構化，否則最後寫出的論文會使人無法辨別出其研究方向是什麼。

◀4. 典範的第三重意義

「典範」這個詞彙的最後一種使用方式，就是用來說明「*研究方法本身*」的各種不同途徑，例如是採取實證主義典範，或是採取闡釋主義典範等等，這些途徑和本體論及認識論相關。我們之後在〈第五章〉介紹主要的學術觀點時，其所提及的「典範」就是指這一層意義。

▶ 典範、規範和觀點

你需要區別以下三個觀念——

✓ **典範**（paradigm）：這應該具有更廣泛的定義，如研究中的實證典範。（這在不同的學者間有很大的差異，請參考〈第五章〉）

✓ **規範**（discipline）：這通常運用在傳統的學科領域中，如經濟學、歷史學、政治學。（規範通常也包括了許多的次規範，但其並非典範本身）

✓ **觀點**（perspective）：學術的觀點通常是有關—— a) 某個領域中特定的途徑（approach），如政治學中的新制式主義或理性選擇；b) 超越狹隘學科領域的途徑，如女性主義或後現代主義。

2

研。
究。
工。
具。
、
研。
究。
方。
法。
、
方。
法。
論。

8 研究工具 (6)：概念

concept

「**概念**」（concept）是理論、假設、解釋和預測的基礎。一個概念可以被視為是經過精簡後，以一句或數句話來表達的構想或想法。在我們所建立的抽象數線中（第 42 頁），概念位於最不複雜的位置上。

一個概念包括的是一個特定的觀點，和已經固定的假說，或是看待實證現象的方式，而且還可以被視為是一個受到學界所認同的詞彙。

但要注意的是，所謂的認同乃僅止於認同詞彙的存在，而非其涵義，因為還有很多學者仍然在這個議題上進行嚴格的論辯。

一般來說，概念是一種立基於特定的假說上所產生實證現象的抽象表現，可以被當做是解釋的一種簡略表達方式。舉例來說，「書」這個概念表達了一種讓人們可以閱讀的書寫系統，若非如此，那麼「書」的這個概念就無法產生意義。

▶ 概念範例：「信任」

研究中所使用的概念，通常在實證世界中都有指示對象，所以必須被謹慎地定義。假設，你想檢測某個特定的社群、城鎮或國家中的信任程度，那你必須對所欲探究的信任類型，做出嚴謹的分類，因為信任是一個多面向的概念，為了更精確起見，最好將它畫分成數個次類別。

顯然地，為了賦予各種不同類型的信任可操作性，我們需要對其進行畫分的動作，例如人與人之間的信任就，與組織內的信任明顯地不同。再者，廣義的信任超越個人和團體成員，甚至擴展到陌生人的信任，這些也都完全不同，卻不一定會與上述兩個變項毫無關聯。此外，人民之間平行的信任關係，也與菁英分子和平民間的信任完全不同。

例子：忠誠度的概念

讓我們思索一下「有條件的忠誠」（conditional loyalty）這個概念，這在我探討德意志共和國大部分的公民與該國統治者之間關係所做的研究中討論過。這簡單的概念，是用來建議大部分的公民「除非有特定的狀況發生」，不然不會承受到統治者的脅迫。

我的目的是要探究——隨著時間而降低的「忠誠度」，並且說明其原因，這可以用來解釋為何政權會瓦解。

藉著闡述 Albert O. Hirschman 有名的「忠誠」典範（以下有更詳盡的敘述），我可以證明，為何公民對於政權的忠誠度，只有在消費津貼與在政府單位中安插一職時才會產生。

這小小的例子，可以讓大家瞭解：一個單一概念的詞句就可以達成的功效，以及詞句中到底可以包含多少的訊息。

重點是，對於所謂「條件」的內容，必須要盡量描述精準，當然，這也包括在你在下筆當時的社會、經濟和政治的環境。

> 在研究上最困難的工作之一，就是「操作概念」將之轉換成資料蒐集時可測量的變項。

「隱喻」的概念

另一個更精彩的概念，就是「隱喻」（metaphor）。隱喻可以被用來描述一個機構、國家或一個人的特質。舉例來說，William E. Paterson 就曾對於德國人的行為作了個很經典的隱喻，他說——1990 之前的德國人，就像是小人國裡的巨人格列佛，被多方的爭論及承諾包圍著，因而在前期的幾年中不斷地重複好戰的行為。

1990 年，在東西德統一之後，Paterson 寫了一篇頗具啟發性的文章「無拘無束的格列佛？」他在文中又提出一個令人感到頭痛的問題——德國的統一，是否會將一個歐洲的德國，帶往一個德國的歐洲？（Paterson 1996）

從上述的例子可以明白看出，一個很簡單的比喻，就可以被用來說明社會現象中複雜的關係。

◀概念的濫用

研究者一定要小心，不要錯誤地引用那些曾被用來描述特殊現象，內容卻不完整的概念。以下的情況可能會發生，譬如說：由一個作者所提出的原始概念，但其在引用時卻未真正地去回顧原始出處，以證明他所提出的主張，更重要的是，他也沒有考慮在此概念被提出之後，整個社會情境可能發生的變化。

因為這類的過度使用及濫用，一些範例中的概念及詞彙已經變得空洞或難以定義。下面我們將以「利害關係人」（stakeholder），和 Albert O. Hirschman 所提出的「離棄、發聲和忠誠」（exit, voice, and loyalty）為例（原始理論請參考 Hirschman 1970，概論請見 Grix 2000: 18-22）。

在英國，「利害關係人」這個名詞因 Will Hutton（1996; 1999）和工黨而變得普遍，其指的是人人都擁有社會的股份，與社會的關係利害與共。這個名詞在不同的情境被廣泛的使用著，而其原始涵義已經有點模糊不清了。

而 Albert Hirschman 所提出的「離棄、發聲和忠誠」，這個理論已如社會資本般的被廣泛使用（詳細的討論請見〈第四章〉），其解釋僅次於德意志共和國的瓦解所代表的涵義。Hirschman 於 1970 年所提出的原始理論已很少被提及，而理論中的第三點「忠誠」也幾乎沒有被討論過。

◀概念「過度簡化」的危險

另一個有關概念的危機，就是將概念簡化為一個涵蓋一切的名詞。例如「公民社會」（civil society）是個難以定義的詞彙，卻被視為是某個求之不得的東西。

「公民社會」的概念非常有趣，因為它經歷了 1989 年象徵共產主義結束的和平革命，就像文藝復興一般。然而，這個概念主要只和西方資本主義社會聯想在一起，而且只擴展到那些從獨裁走向些許民主的國家。甚至，如果西方國家宣稱這些剛起步的民主國家，在其公民社會尚未發揮效能之前，將不會給予援助，那麼，這個概念還可以因而成為一種不成文規定。

當研究者考慮到國家、文化，以及曾被極權統治過的居民之間的差異時，這可能就是個問題了。一個在文化、政治、經濟、社會及心理等情境下所發展出來的概念，如何可以被借用且掌握到另一個情境的複雜性呢？

然而，本節的重點並不是要告訴你所有的概念都有特殊的脈絡，無法運用在其所發展的情境或區域之外；相反地，我們是要提醒你：

> 能夠超越領域界限，才是一個良好概念理論的特點。

◖叮囑

在此，我們要再叮囑你一次——你必須要有警覺，如果你未能考量：

a) 概念的由來（例如其所產生的情境）；

b) 原始概念出現後整個社會環境的改變

那麼，你所引用的概念將隱藏許多危機。

9 何謂「研究方法」?

what is method?

接下來對研究語言的說明，我們將討論**研究方法**（Method）和**研究論**（methodology）這兩個在研究中常因先入為主的想法而被誤解，也因此未曾被詳細地解釋，造成誤用的主要詞彙。

所有研究的起源，都始於古希臘人所稱的*方法*（methodos）。「method」一方面指「通往知識的途徑」（the path towards knowledge），另一方面則指「對尋求知識漸增的意見」（reflections on the quest for knowledge gathering）。

許多重要研究的根源都來自於古希臘哲學家，舉例來說，蘇格拉底、柏拉圖和亞里斯多德運用在分類系統、國家類型和統治模式等等的「證明」方法，都可以對他們周遭的社會現象提出合理的解釋。

而在本書中，對於「研究方法」與「方法論」這兩個常被混

淆使用和誤解的詞彙，我們採用的是 Norman Blaikie 更現代化的定義。

基本上，「研究方法」比「方法論」更容易解釋、了解。簡單來說，「研究方法」就是「**用來整理分析資料的技術或方法**」。（Blaikie 2000: 8）而一分研究計畫對研究方法的選擇，必定和研究者所提出的**研究問題**，以及蒐集資料所需的**資源**息息相關。

研究方法有各種不同的**形式**和**規模**，它的範圍可以從訪談、統計推論、論述分析、歷史檔案的研究，到參與觀察。（常見的研究方法請參考〈第七章〉的介紹）而研究者對研究方法的選擇，往往也受到個人在本體論、認識論的立場，以及研究問題和研究者所進行的研究類型，例如個人態度或組織變動的影響，而做出不同的決定——但是研究方法本身不應該受到本體論和認識論的限制，而其選擇也應該依照研究者所提出的研究問題來決定。

▶「研究方法」與研究問題及資料來源的關聯

假設，我想了解在歐洲委員會（European Commission）中某個特定議題的政策是如何制定的，那我就必須想辦法蒐集有關這個題目的資料，而其中一個方法就是——去訪問那些執行政策的人，如果方便的話，甚至可以去訪談委員會的主要決策人士。

而在和重要人士訪談中（參考〈第七章〉中的結構化、半結構化或非結構化），我通常可以讓自己更能深入了解該決策過程的方式，以進一步來提出問題。假如我夠幸運，那那些受訪者就能夠告訴我一些特別的資料，或指引我該進一步訪談的對象。

由此看來，我的提問會涉及——

    ✓ **訪談技巧**   ⇨這也是一種研究方式

    ✓ **訪談稿件**   ⇨來自於訪談所得的原始資料

    ✓ **可供分析的重要資料**   ⇨資訊的來源

結言之，研究問題（RQ）應該要能夠引導出我們的研究方法（M）和資源（S）（也就是 RQ-M-S），但我們在本體論與認識論的觀點，往往先影響我們所提出的研究問題。

在很多研究者的心目中，特定的研究方法，必定和特定的本體論和認識論假說息息相關，就像你可以試著去問一個支持「理性選擇」（rational-choice）理論的學者，問他對論述分析（discourse analysis）有什麼樣看法。

在這裡，我們要強調的是，將研究方法與特定的本體論假說結合在一起的，就是「以特定方式來使用特定研究方法」的研究者，換句話說，承帶著既有的包袱來追求學術成就的，並不是研究方法，而是研究者本身。

在學術界中，有著「研究方法」與「優良的研究」緊密結合的現象，甚至變成了經典與代表，反之，某些研究方法就會被視為不良的研究。然而，儘管如此，我們還是不能忘記，**所謂的優秀學術成就，並不只是某個研究方法所產生的結果**，而是你藉由那個研究方法協助你蒐集到資料之後，你對資料所進行的多方查證、對照和分析所得結果。

要判斷一份研究的好壞，應該依據構成研究的每個要件是否具邏輯性地連結在一起，而不是根據研究者所使用的方法。

> 一篇缺乏「研究方法」的大學報告、碩士論文或博士論文，實則就是一篇充滿矛盾的自我說詞。

在研究中，研究方法具有兩個重要的功能：

- ✓ 提供研究者蒐集資料，或深入了解某個特定議題的方法。
- ✓ 能夠使其他研究者模仿已經使用過的研究方法，重現前人的努力成果。

前者在分析某個特定的主題上，能夠幫助我們集中縮短調查的範圍，而後者則對研究的效度影響非常大。

研究方法可以出現在牽涉到數量和數量化的量化研究中，也可以運用在以詮釋受試者主觀經驗，如個人看法的質性研究中。（有關研究方法更深入的討論請參考〈第七章〉）

10 何謂「方法論」?

what is methodology?

簡言之,「本體論」所討論的是真實(reality)的形式與本質是什麼?「知識論」所討論的是知識與認知主體的關係是什麼?以及知識的本質是什麼?至於「方法論」,則是是討論如何找出認知主體認為是可相信的認識方式。

「方法論」(methodology)牽涉到科學研究的邏輯,並分析研究方法的原則,特別是探討一些特殊技巧或方法上的**適用範圍**與**限制**。「方法論」這個詞彙與科學、研究方法的研究,以及知識產生的方式都有密切的關聯。

雖然「方法論」與「研究方法」一詞常交替使用,甚至也被誤認為和「認識論」、「途徑」或「典範」的意義相近,但這些都無法幫助我們更清楚地了解「方法論」的義涵,要了解這個詞彙的意義確實具有一定的困難度。

事實上,**認識論**應該被視為是一個涵蓋廣泛的哲學性用語,其包含人類知識的起源、本質和範圍,以及有關知識蒐集方法的一些假設。但另一方面,一個研究計畫的**方法論**,則是有關「**某個特定的研究該如何進行**」,換言之,也就是最為一般人所了解的研究方法與其使用上的討論。

在研究中,我們需要「方法」(method)來幫助我們探討研究的問題,常用的方法有觀察(observation)、訪問(interview)和問卷調查(questionnaire)等等,然而,究竟應該要如何進行這些研究方法?進行的順序又是如何?這就是「方法論」(methodology)上的問題了。

簡言之,「研究方法」是指研究過程中,針對小地方來探討資料的蒐集,而「方法論」則是對全方面考量研究的進行。

「方法論」這個詞彙所強調的是學者們在研究策略上的「選擇」。在一份碩士論文或博士論文

中，方法論的章節往往被本體論和認識論所取代，這種現象特別出現在有關政治學的研究中，而這也成了學生們在開始進行專業領域，享受其中樂趣之前必須要努力完成的艱難關卡。

　　學生們的方法論往往受到某個本體論與認識論假說的影響，在他們的方法論中通常也包含了研究問題或研究假設，一個與主題相關的概念性途徑，以及研究中所欲使用的研究方法和使用的理由，當然，還有最後的資料來源——以上所有這些要素，都以一種邏輯的方式相互連結在一起。因此，一篇論文或研究報告的方法論，包括了以下這些重要成分：

1) 它告訴你該如何去找到回答研究問題或研究假設的答案

2) 討論研究中所採用的概念途徑

3) 談及所引用的研究典範（詳細內容請參考〈第五章〉）

4) 研究中所使用的研究方法及其限制與適用範圍

5) 說明參考的資料來源

　　對研究所的學生來說，學生們必須努力讓他們的報告符合該領域中現有研究成果的標準，從廣泛的文獻中深入了解該議題，並且發展出一個與該議題相關的全新觀點。

11 重點摘要與延伸閱讀

summary and reading

▶重點摘要

　　本章所著眼重點在研究前的階段。在本章中，我們針對在研究進行前應該知道的一些**重要工具**和**用語**，做一個概略的說明，希望你能夠了解，如果你打算成功地完成一篇高品質頗具分量的研究報告，那麼了解這些研究工具和用語就是必須的，同時還要具備挑選適合研究所需的概念性工具的能力。如果你不知道或不了解有哪些東西可供選擇，那你就無法做出最好的決定。以下是本章討論的重點：

[1] 花時間了解你所需的「專業器材」。(可利用〈附錄三：重要詞彙釋義〉)

[2] 讓自己熟悉未來在研究中會遇到的主要概念。

[3] 審慎地評估你在研究中打算運用的概念，考量它們的本義以及它們是否適合你即將運用的情境，並為它們提供適當的證明，避免「概念濫用」所造成的傷害。

[4] 隨時留意研究問題、研究方法以及你所使用的資源三者間的關係。

▶基礎與延伸閱讀

Blaikie, N. (2000) *Designing Social Research*, Cambridge, Polity Press, Chapter 1.

Frankfort-Nachmias, C. and Nachmias, D. (1992) *Research Methods in the Social Sciences*, London, Edward Arnold, 4th edn.

Gerring, J. (2001) Social Science Methodology. *A Criterial Framework*, Cambridge, Cambridge University Press, chapters 1 and 2.

King, G. Keohane, O. and Verba, S. (1994) *Designing Social Inquiry. Scientific Inference in Qualitative Research*, Princeton, NJ, Princeton University Press.

Kuhn, T. S. (1996) *The Structure of Scientific Revolutions*, Chicago and London, University of Chicago Press.

第二部分

開。

始。

進。

行。

研。

究。

第 3 章

研究計畫與文獻探討。

RESEARCH PROPOSAL AND LITERATURE REVIEW

1 本章的學習目標

introduction

1	了解你該如何選擇研究主題，以及下題目。
2	如何寫研究計畫。
2	開始進行研究所使用的語言，包括非常重要的文獻探討（三個階段）、研究問題和建立假設。

本章從研究者展開研究程序說起，文中會介紹開始進行研究時所會使用的語言。要**決定研究主題**有各種不同的方式，而本章將提供範例協助你將原始的概念一一聚焦，並將重點放在其中最常見的**文獻探討**上。

相信每個人都聽過「**文獻探討**」這個名詞，但並不是所有人都知道它的作用。事實上，所有的論文或研究報告都必須與現有的研究結果接軌，藉由詳細分析文獻探討的內容，了解學界在某領域中的探討狀況，並讓自己的研究目的愈來愈明確。

密切地配合文獻探討，是激發研究問題與研究假設的方式之一，發想出更精確研究問題的目的，就是希望建立進行**研究步驟**的順序性，並且協助你將研究主題聚焦，讓你在完成學位所需的期限內可以完成研究論文。**時間的限制**是嚴苛的，但它對訓練思緒卻非常有益。

本章將詳細地探討與建立研究假設相關的專有名詞和語彙，我們並不推崇某一種研究方式或認識論，相反地，我們希望能夠釐清一些語彙的涵義（例如「自變項」）。

2 如何選擇研究主題與下題目？

selection of a topic

◀聚焦於特定主題的四撇步

要達到確切釐清研究問題，並且聚焦於特定的主題上，並沒有所謂的萬全方法，但我們仍提出四個通則，希望能幫助你將個人最初的構想進行聚焦，使它們成為一個可行且可控制的研究計畫。然而我們要申明的是，我們所建議的「盡快選擇研究主題」這個概念是來自於實用主義，並未偏好任何的認識論或本體論。

[1] 從文獻探討下手

最常見用來開始進行研究的方法，就是進行**文獻探討**。文獻探討可以讓你對研究主題或題目相關的學術狀況有所了解，讓你評估這個研究計畫的可行性，並進行聚焦的工作。（要了解可引用的資料，請參考後述文獻探討部分）

[2] 先擬訂研究問題或研究假設

另一個著手進行研究的方式，就是擬訂**研究問題**或**研究假設**（為滿足處理性，將這些問題與假設限制於三到四題）。

這個方法本身可以引導你進入研究的領域，提供進行研究的正確方法。這包括了**分析的類型與程度**（例如是以組織架構還是行為者為主）。切記，研究問題必須受到評估研究結果方法的限制。如果你的研究問題無法做到這樣，那麼它們可能太過一般化了，需要再特定一點。

當你在確認研究中的主要概念時，你同時也被迫進行比較與重新檢視所有的邏輯關係，因此你需要參考相關的文獻，將你自己的想法置於適當的學術位置中，讓個人的想法與更廣泛的學術論辯進行比較。

[3] 著寫研究計畫

　　另一個著手進行研究的方法就是試著草擬一份研究計畫，或描繪出所欲進行的研究輪廓，同時問問自己一些問題，像是：

✓ 這整個研究看起來會是什麼樣子的？
✓ 這份研究報告最後要如何整理發表？

[4] 綜合使用

　　當然，你也可以將上述的方式混合使用，而混搭使用也是大多數研究進行時的模式之一。

　　接下來，我們製作了兩份可以當做檢核表使用的表格——「**如何發想研究主題或題目？**」和「**檢核你的研究主題和題目**」。在選擇研究主題與下題目時，它們將派得上很大的用場。

如何發想研究主題或題目？

☐ 1　你想解決一個前人所還未解決的問題

☐ 2　你想說明一個前人尚未說清楚的事實

☐ 3　你想證明一個前人尚未證明過的主張

☐ 4　你想重新定義或驗證一個已發表的研究成果

☐ 5　你想建立一個新的理論或模式

☐ 6　如果你尚未有靈感，你可以參考學術性書籍、論文或研究報告等

☐ 7　從最新最好的期刊尋找題目

☐ 8　搜尋博碩士論文

☐ 9　參加學術演講或研討會

☐ 10　從實務的研究需求切入

☐ 11　從日常生活或社會現象中去尋找

☐ 12　請教指導教授或專家

3

研。
究。
計。
畫。
與。
文。
獻。
探。
討

檢核你的研究主題和題目

☐ 1 你對這個主題真的感興趣嗎？（這是要特別強調的，因為你有興趣的主題才會激發你的熱情，並在可能滿頗為漫長與瑣碎的研究過程中，讓你保持活力與敏銳度）

☐ 2 是否符合你所屬系所的專長領域？

☐ 3 主題內容是否具體明確，不會籠統空泛？

☐ 4 是否具有創意？

☐ 5 主題是否符合時代，不會過時？

☐ 6 研究是否切合實際？

☐ 7 是否具有研究價值？能否做出什麼貢獻？（例如增進既有的理論知識、提供解決問題的方法等等）

☐ 8 是否具有學術或技術上之創新性？

☐ 9 是期刊雜誌或國際會議比較願意接受的題目嗎？（這可能可以讓你的研究成果的被接受度高一些）

☐ 10 能否獲得足夠的研究資源？

☐ 11 是你的學業或專業能力足以承擔的嗎？

☐ 12 研究所需的時間和經費，是你足以負擔的嗎？

☐ 13 你設定的主題和研究方法，會造成倫理或道德上的爭議嗎？

☐ 14 題目是否切合內容，且足以一語道破研究的重點？

☐ 15 題目是否太大？或太小？

☐ 16 題目是否不會太長？（15 字以內為佳）

☐ 17 避免使用縮寫或自創新譯詞

3 研究計畫所需具備的 10 個條件

research proposal: ten points

當你選擇出主題的大方向之後，你需要在主題的各個領域裡頭，一步一步地縮小範圍，集中你的主題，而在你**聚焦研究主題**的過程中，首先遭遇到這個問題可能就在撰寫**研究計畫**（research proposal）時，但這卻有助於你了解自己所欲進行的工作，並且加以確定。

在寫「研究計畫」的過程，是一個很好的著手點，而且這也是給你自己在進行研究時一個粗略的「參考索引」（欲進一步了解如何擬訂研究計畫請參考 Punch 2000a），但是切記，由於研究是一種「概念、想法與資料往返來回修整的過程」，因此一開始所擬訂的研究計畫，通常和最後呈現的結果不近相同。

研究計畫的內容，通常包括研究動機、研究目的、研究方向等。由於只是計畫，故不需要寫出研究結論及建議。

然而，如果你之前已經曾做過相關的研究，並得到了初步的結果，那你就可以說明這個初步的結果，並分析和預期研究可能會得到的成果或各種可能性。

在最初發想研究計畫時，你首先要自己這三個問題：

1. 你的研究目的是什麼？
2. 這個研究有什麼重要性？
3. 你要怎麼實際進行這個研究？

在下一頁，我們列出了一份清晰、完善的研究計畫所需具備的 10 個條件。但要注意的是，清單裡頭的內容和各項標題並不是一成不變的，這些是基本的原則與方針——你的目的是要將你所要研究的事情陳述清楚，所以為了達到這個目標，你應該配合你的研究主題，做適當的增加、修改或調動。

3

研。
究。
計。
畫。
與。
文。
獻。
探。
討

研究計畫所需具備的 10 個條件

〔說明與舉例〕

1	研究題目的背景分析、研究動機與研究目的 ▶ rationale behind the project	☐ 說明此研究題目的緣由及背景 ☐ 規畫一個藍圖 ☐ 提供該主題的背景資料 ☐ 界定研究範圍 ☐ 你為什麼要做這個領域的研究，目的為何？ ☐ 你要解決什麼問題？ ☐ 為什麼要解決這個問題？說明問題的來龍去脈，問題的嚴重性和重要性如何？ ☐ 當你做完這份研究之後，會帶來什麼好處？ ☐ 你打算做些什麼？預計如何做？ ☐ 你最終想要達到怎樣的成效？ ☐ 要清楚地指出你這份研究的重要性在哪裡
2	簡短的文獻探討 ▶ a brief literature review	☐ 介紹別人所做過的相關研究，這些研究文獻做了些什麼？有何優缺點？（要加以分析） ☐ 他人對文獻的討論有什麼看法或不同觀點？ ☐ 引導出你想要做的題目 ☐ 你的新觀點與舊理論有何不同？有何關連？ ☐ 記住，不應只做文獻引述，而是要有所「探討」，並陳述自己的觀點，愈仔細明確愈好 ☐ 說明你會如何與前人的研究接軌 ☐ 如果你要做的主題是別人沒做過的，或是你想改進別人研究的缺失，或是將前人的方法應用在不同的層面或領域，諸如此類等等，都要明確寫出來 ☐ 檢查是否有無遺漏重要文獻 ☐ 檢查所援用的是否為二手文獻（也要盡可能找到第一手文獻） ☐ 檢查文獻本身的可信度，掌握作者的權威性和可靠性，要弄清楚原始的發想者究竟是誰，以及其定義究竟如何

3	研究內容與 方法論 ▶ the context of the project and methodological approach	☐研究動機與研究目的已經提過你想要做什麼， 以及你想要解決什麼問題，這裡則進一步詳細 說明，<u>並引進相關的知識</u> ☐確認研究的基本議題，並<u>指出這些議題的各個</u> 面向或觀點 ☐說明你所要使用的解決方法或研究方法 ☐說明你所要運用的理論和途徑 ☐說明大概的程序與步驟
4	研究問題與 研究假設 ▶ research quetstion and hypothesis	☐指出與研究問題相關的既存知識系統 ☐你希望找出什麼？或是你的研究可以為哪些問 題提出解答？ ☐你的研究問題也應該說明你在分析時所使用的 程度與單位，以及結論的通則性（更多資料請 參考後述的個案研究） ☐說明研究範圍與限制
5	研究方法 ▶ method of enquiry	☐你要用什麼方法來做研究？ ☐你要如何或用什麼方法蒐集、分析資料？ ☐研究方法是否能呼應你的研究主題與需求？ ☐可行性如何？有什麼樣的限制嗎？ ☐說明預計採用的方法、模式、實驗或程序等等 ☐確定你在研究計畫中已經說明該研究方法將如 何對研究問題進行了解
6	欲運用的資源 ▶ sources	☐你要運用哪一類的資源？
7	該研究的重要性 與效用 ▶ significance and utility	☐你的研究為什麼很有價值？ ☐你預期研究完成之後所得到的什麼樣的成果？ ☐這樣的成果有何益處？ ☐研究結果會對誰有幫助？ ☐預期的效益又有多大？

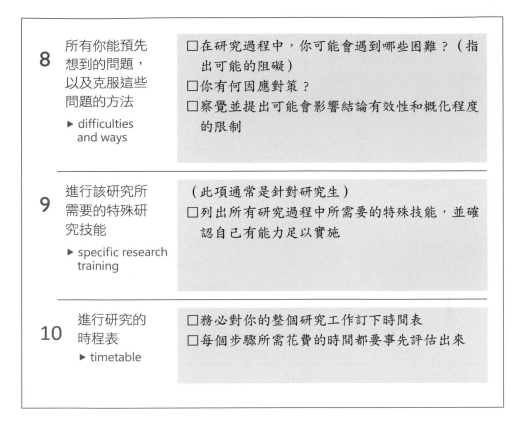

3

研。
究。
計。
畫。
與。
文。
獻。
探。
討

8	所有你能預先想到的問題，以及克服這些問題的方法 ▶ difficulties and ways	□ 在研究過程中，你可能會遇到哪些困難？（指出可能的阻礙） □ 你有何因應對策？ □ 察覺並提出可能會影響結論有效性和概化程度的限制
9	進行該研究所需要的特殊研究技能 ▶ specific research training	（此項通常是針對研究生） □ 列出所有研究過程中所需的特殊技能，並確認自己有能力足以實施
10	進行研究的時程表 ▶ timetable	□ 務必對你的整個研究工作訂下時間表 □ 每個步驟所需花費的時間都要事先評估出來

　　當你切實地著手上述的建議時，你就已經準備好要開始進行研究了。然而，在初步研究計畫中，不管是研究主題或是其中所涵蓋的研究問題，對真正要執行的研究來說，可能都不夠清晰、明確。研究問題若是太過模糊，將無法幫助你對可能大量出現的資料進行研究。因此，**研究計畫必須盡可能地清楚明確。**

4 文獻探討：應用、目的和資源

the literature review

文獻探討的應用

現在，讓我們進一步思考**文獻探討**這個在開始進行研究時最為人聽聞，卻最不為人所了解的步驟所扮演的角色。

不論在社會科學或人類學中，對所有的論文和研究報告來說，查閱某個特定主題中的**二手文獻**是很常見的一個動作。在這當中，第一件要注意的事就是，檢視文獻不是研究中一個獨立的步驟，相反地，研究者必須不斷地查閱相關的文獻，直到送出論文的那一天——即使在此時，他最不願意知道的事，就是又有一份最新的相關研究出爐了。

這個檢閱文獻的動作具有許多的目的，也在研究許多階段中都會被運用到。這就像一條以背景文獻探討為主軸的數線，數線的一端以文獻初探為開始，而在末端研究成果發表之前，以「確認」（check）或「瀏覽」（skim）文獻的方式做為結束。在這個數線前進的過程中，每一次的文獻探討的層次和目的都不相同。而有關這些不同的階段，我們將在以下做更詳細的說明。

文獻探討的目的

除了幫助研究者著手進行研究外，文獻探討的目的還包括：

1) 有益於釐清和集中研究問題。
2) 使研究者接觸熟悉相關領域中的研究途徑、理論、研究方法和資源。（這通常是博士論文所要求的必要條件，也是口試時委員問題的焦點）
3) 有助於了解研究領域中相關的重要議論、專有名詞及概念。
4) 有助於研究者了解特定領域中，或與特定研究主題相關的所有知識和研究歷史。

5) 有助於研究者發現文獻中的不足，顯示你的研究將對該領域提出一定的貢獻，並有益於你選擇合適的研究途徑與方法

6) 幫助研究者在廣泛的既存知識基礎中，考慮個人研究的位置。

7) 協助你以個人的學術成就在該領域中成為專家。（特別對博士生而言）

要去哪裡找文獻？

在文獻探討中，最重要的就是檢視你所選擇的領域或其相關主題的重要文獻。在你進行檢閱前，你必須知道到哪裡找到可以供你查閱的資料。

有很多不同的地方都可以找到資料文獻，包括一般的學術資源：如圖書館內的目次、摘錄、光碟、論文和研究報告、過期的學術期刊（書面資料和網路資源），以及特殊的資料中心。

目前在資料搜尋上有許多的資源，而科技與資訊也隨時在更新，因此，你可以請教專業的圖書館員，尋求他們的協助與建議，因為他們的工作就是指引使用者如何從這些複雜的書目中，找到所需要的資料。

此外，還有另一種二手資料是來自於學術水準較高的著作（針對單一主題的詳細研究），或是數位作者的聯合著作。

網路資料的使用

別忘了，在處理**網路資料**時，你必須註明所引用的網址，以及下載的時間。事實上，很多網路資料並不能做為學術用途，除非這些資料來自於一份具有公信力的期刊、辭典、百科全書（如大英百科），或是公認的機構（有關抄襲的問題請見〈第八章〉）。

5 文獻探討 (階段 1)：文獻初探

the literature review (1)

文獻探討的三個階段

階段	目標	參考及內容
〔第一階段〕 文獻初探	了解該主題已被探討過的有哪些部分，而又有哪些部分是尚待研究的。	第 79 頁
〔第二階段〕 研究問題 和研究假設	到了這個階段，你應該可以從上述的第一階段聚焦出文獻的重點。在此階段，文獻探討的目的在建立概括的「研究問題」或試探性的「研究假設」。（為了處理上的便利性，研究問題或研究假設最好局限於三至四題）	第 81 頁 •要選擇研究問題還是研究假設？ • 研究假設與「變項」
〔第三階段〕 批判性且全面的文獻探討	你必須牢記自己的研究問題和假設，不要只是列出該主題中相關的書籍、文章和學者。你必須清楚地說明它們的優缺點，以及它們與你的研究方向和想法有何關聯。	第 86 頁

文獻探討：一趟既是前進，又是回顧的行程

　　一旦你知道自己為什麼要做文獻探討，也知道該到哪裡蒐集相關資料，那就可以進行「如何」這個步驟了。持續不斷的文獻探討過程，可被粗分為以上的三個階段。（以下將分成三個單元各別說明）

　　雖然學生身處在各種壓力下（包括時間或經濟），習慣以簡便的方式來處理所有的事情，但是在每個階段期間，你還是必須找出時間**實際地閱讀整篇**文章或書籍。「**瀏覽式**」的文獻探討，這只能在你已經非常熟悉該主題，而且了解其中的主要概念、學說以及各種不同的見解後進行。

（第一階段）一開始的初探

☐1　　在研究的一開始，最好就依個人在研究主題上已經具有的想法或興趣，對學術文獻做一個初步的探討。

☐2　　在這個階段，你最初的想法可以很快地就得到**確認或修正**，幫助你逐步地獲得該領域的知識。如果你進行得順利無誤，那麼這個步驟將能夠讓你廣泛地認識現有的研究與文獻資料。

☐3　　每個人閱讀資料的速度與獲取資料的途徑，都不盡相同，因此在這個階段的文獻探討並不需要設定嚴格的時間限制，只要你遵照教授為這個階段所設定的完成期限就可以。但這也會依你所攻讀的學位而有所不同，以博士學位來說，六至八週不間斷地搜索資料與閱讀，已足以讓你對該領域相關的文獻有個概括的了解。

☐4　　你不妨請教該領域中經驗豐富的學者，請他給你有關文獻資料上的建議。在經過與指導教授的討論後，你甚至可以透過電子郵件向一些從未謀面的學者請教。有一些學者，特別是那些作品或成果常被引述的專家們，通常都很樂於協助研究生。

□5 你可以在一些相關的專業協會的名人錄中找到那些專家學者的電子信箱及聯絡方式，例如「美國政治學協會名冊」（the American Political Science Association Directory），或是「政治學協會名冊」（the Political Science Association Directory）中，都刊載了美國與英國在政治學和國際關係上一些學者專家的聯絡方式。

□6 你也可以在其他的學科領域中應用同樣的方式：只要找出主要的專業協會，你可以考慮申請入會，享有一些會員權益或是直接瀏覽該協會的網站。

□7 你也可以利用 google 搜尋引擎來找出某個學者，或其所屬的機構或協會。如果你已經知道那些專家學者所屬的學術機構，那你就可以輕易地從該單位的網站上找到他們的電子信箱，試著請他們指引你一些適合你閱讀的重要資料或文章，包括他們所發表的作品，以及還有那些是該領域中相關的主要爭論與學說途徑。

□8 當你已經找出那些相關的主要文獻，並且取得它們或將它們影印下來後，你就可以開始閱讀了。仔細地留意那些文章中的註解，這些註解可以指引你該領域中還有哪些重要的資料。

□9 即使在這最初的階段，你也應該開始根據不同的學說途徑、研究方法以及成果結論，將這些文獻概略地分類整理。當你吸收這些蒐集而來的文獻後，你就準備好要繼續文獻探討──也就是研究工作中的下一個階段了：建立「研究假設」或擬定「研究問題」。

6 文獻探討 (階段 2)：「研究問題」和「研究假設」

the literature review (2)

◀1.「研究問題」和「研究假設」

在你開始對研究領域中相關的文獻進行全面性的查閱前，你需要找出一個方法來將你的研究聚焦，而聚焦的最好方法——就是將你的想法和「感覺」轉換成「研究問題」（research question）或「研究假設」（hypothesis），來引導你的研究繼續前進。

擬定「研究問題」或「研究假設」並沒有一個公認通行的辦法，但是大多數的研究者都相信，你的確需要找出一個方法來進行整個研究——你個人的興趣、意見、過去的研究或個人經驗，都將引導你進入你所希望探討的領域。

一開始的文獻初探可以幫助你在特定的學術領域中，選擇一個範圍較廣的主題，而到了這個階段，你應該已經準備好要為你

所選擇的研究範圍提出個人的看法或主張。

這個部分必須配合我們在〈第五章〉所討論的實證哲學研究設計，這樣做的目的是為了要協助你可以在初期的階段，就將你的主題聚焦。

記得，進行這個步驟，並不表示你必須就此確定研究主題，不可以再做任何的更動。事實上，在整個研究的過程中，你隨時都可以再調整自己的研究問題與想法。

有愈來愈多的趨勢認為，「研究問題」或「研究假設」必須要和現實世界相關，也必須對現實世界的現象具有一定的重要性，特別是在社會科學中。在人類學與社會科學的領域中，「研究問題」必須傳達其對已存的學術文獻所能提供的貢獻。

2. 要選擇「研究問題」還是「研究假設」？

以下，我們就以一個範圍較廣的「研究問題」來當範例：先讓我們假設即將進行研究的領域是傳播媒體的表現。在這麼大的一個研究範圍內，我們特別對在美國媒體中所表現的德國形象感到興趣，尤其是從 2003 年的伊拉克戰爭以後。為了要引導我們後續的研究及閱讀資料的方向，我們必須提出下列的問題：美國媒體中所呈現的德國形象，會影響美國人對德國的態度嗎？你需要決定該用一個「研究問題」來引導研究工作的進行，還是一個比較抽象的「研究假設」工具，儘管這兩樣工具都能夠引導你進行全面性地文獻回顧，並幫助你選擇適當的研究方法與研究資源。

然而，如果你可以擬出一個「研究問題」，那麼就不要堅持一定要用抽象的「研究假設」。在這個階段很重要的一個工作就是——你要如果能將你的研究問題「公式化」，那麼這個研究問題就像是一棟建築物的地基，而整個建築物的型態與設計就將奠基在這個基礎上。

「研究假設」之不同於「研究問題」，主要就在於「研究假設」通常與理論較相關，而且它本身就針對研究問題提出一個假定的答案，並且將在之後的實證研究中進行測試。

至於是要選擇採用「研究問題還是「研究假設」，將依你所希望進行的研究類型而有所不同。舉例來說，一個敘述性的研究只需要一個簡單的研究問題就足夠了，但如果你希望該研究要夠**解釋**（**explain**）某個現象或事件，那麼上述的「研究問題」就可以轉換為「研究假設」的型態。

從媒體表現的文獻裡頭，你將可以一再地讀到「媒體效應」這個相關議題，事實上，它也是所有有關媒體影響力的研究中主要的討論重點。實際上，這個受到爭議的論點就是在討論媒體是否只影響了那些被動的消費者。但不管怎麼樣，在這個初步的階段，你可以提出一個試驗性的「研究假設」，像是：在美國，媒體對德國負面的報導影響了美國人對德國的看法。

3.「研究假設」與「變項」

因為「研究假設」必須要經過系統化的測試，因此假設中的概念在某種程度上也必須要能夠被檢測或評估。

在研究中，「概念的操作」，也就是為了要將這些概念轉換為度量單位，並發展出「變項」。簡單地說，就是將「概念」以數量或類型的各種型式來呈現。

然而，我們並沒有任何固定的方法可以為研究假設找出適當的變項，就像我們也沒有任何制式的方法，可以在一開始就找出研究問題或假設。

你必須要知道，「每一個概念都可以用許多不同的方式加以檢測，而每一種方式也都有其相對的限制，因此研究者所轉換出來的單位，可能只是概念的一種不完整的呈現方式」。

在建構「研究假設」時，你可能會遭遇到一個風險，那就是你一方面可以從中找到研究的方向、特性及焦點，但另一方面，它也可能分散你對資料中其他部分的注意力。

▶ **何謂「研究假設」？**

「研究假設」（hypothesis）陳述了兩個或多個想法間的關係，以及相互間的影響。Verma 和 Beard 對「研究假設」及它在研究所扮演的角色，做出了以下的總結：「一個必須透過後續調查研究來證實的「嘗試性假說」。因為它描繪出研究該問題時所需的調查方法，因此假設可以被視為是研究者的導引。在很多情況下，「研究假設」是研究者對變項之間所存在關係的直覺表現。」

（引自 Bell 1993: 18）

回到前面所舉的媒體研究假設上，我們以下列的圖示來表示：

```
┌─────────────┐          ┌─────────────┐
│ 負面的媒體   │    +     │ 公眾態度     │
│ 報導（X）    │──────────│ （Y）        │
└─────────────┘          └─────────────┘
```

※一般來說，研究者在這樣的圖示上，不會只用來表達兩個變項的關係，而是會加上一個「控制變項」，而這個變項通常被認為將影響我們真正想要研究的變項。

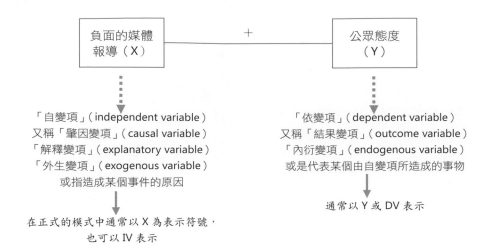

「自變項」（independent variable）
又稱「肇因變項」（causal variable）
「解釋變項」（explanatory variable）
「外生變項」（exogenous variable）
或指造成某個事件的原因

在正式的模式中通常以 X 為表示符號，
也可以 IV 表示

「依變項」（dependent variable）
又稱「結果變項」（outcome variable）
「內衍變項」（endogenous variable）
或是代表某個由自變項所造成的事物

通常以 Y 或 DV 表示

這個簡化的「研究假設」落在兩個概念「負面的媒體報導」和「公眾態度」之間，加號表示代表了一個正向的關係，在這個簡單的範例中標示「負面的媒體報導」的框框，被視為所謂的「自變項」（independent variable）。

在本例中，就是造成公眾態度改變的原因。而後者在正式的模式中，就是所謂的「依變項」（dependent variable）。研究者必須了解，每一個「依變項」也可以是「自變項」，而每個「自變項」也都可以成為「依變項」，研究者可以自行決定其重心擺放的位置。因此，你也可以假設是美國公眾的態度導致了媒體的負面報導，或者將其因果關係倒置。

你所提出的假設不一定要如同上述的模式，但利用框架與箭頭的圖示與圖表，可以幫助我們將我們所欲探討的關係視覺化。

就引導研究來說，上述的假設其實太過浮泛，然而它的確切作用卻是將你進一步所必須探討的文獻聚焦，同時提出一連串影響你研究進行的重要問題，包括：你所指的媒體是哪一類的媒體？在哪些期間的報導？以及你所謂的公眾態度又是什麼等等。這樣一來，你就可以藉由回到文獻探討初期時所閱讀的文獻中，找到這些問題的答案。

進一步的文獻探討，可以找出下列重要的議題或是相關研究的資料：

☑有關美國媒體普遍的報導狀況。

☑討論在美國媒體對德國各種不同的報導 (包括印刷媒體、電視、廣播、網路)。

☑美國民眾對其他國家，特別是德國的態度。

☑以不同的學術角度探討該主題，包括媒體研究，傳播研究到政治研究，地域研究和社會學。

從這個範例中各種不同文獻分析來看，我們可以自上述的前三項中找出三個約略的範圍，接下來依據上述的文獻探討，讓之前的假設更加明確化，使我們更能聚焦於所欲研究的範圍中。

另一方面，我們也必須鎖定研究事件所發生的時間範圍。就這個範例來看，你必須選定一種特定的媒體類型，並且以三年為期，來列出下列的假設：

現在我們將研究的時間定為 2000-03 年這段時間，而我們所欲檢測的研究假設就是：美國媒體對德國的負面報導，影響了美國人民普遍對德國的態度。

而這個假設只是一個引導研究的暫時性推測，隨著我們對文獻資料更深入的檢閱和研究的進行，這個推測也將進行修正。

7 文獻探討 (階段 3)：批判性且全面的文獻探討

the literature review (3)

> 文獻探討的目的，是希望你能與現有的研究結果接軌，並藉由批判性的分析，來發展出你個人的研究方向和看法。

掌握文獻

延續上一單元對媒體的研究例子，在對研究假設的修正後，你已經準備好要進行全面性的文獻探討了，而這將使你能夠：

1 更熟悉研究主題的相關文獻。
2 在美國印刷媒體對德國的報導，與美國人民對德國的態度兩個議題上所做的主要討論與問題，可獲得進一步的了解。
3 確認你初步假設中的 X 對 Y 的確有所影響。
4 了解該領域中其他更有經驗的學者專家如何分析該主題，以及他們所使用的理論、研究方法和資料來源。

5 進一步將你所調查的重點聚焦於某些特定的媒體或報紙。
6 確認在現有的文獻中尚無太多使用同樣研究假設的研究存在。

如前所提，你必須把文獻探討視為一個不斷前進又持續回顧的過程，而整個研究過程的本身也是一樣。事實上，我們所指的就是組成文獻探討與研究計畫的步驟——在整個研究的過程中，都必須不時地反覆前後檢視再前進，你必須依據每一個階段其先後步驟，以及它們彼此影響或連結的狀況，來考量接下來的工作。

而批判性文獻探討對研究的初期非常地重要，因為它將為你的研究設定一些界限與範圍。

◆文獻探討第三階段的任務

　　研究所的學生們必須將自己的研究計畫與該領域中其他研究做比較，也必須說明為什麼他們所採用的方法或途徑是最適合。想要完成這個步驟，並將你的第一章架構完成，那就必須根據不同學科領域的途徑、闡釋或思想學派，來進行文獻的探討與了解。

　　這就類似我們在〈第二章〉所提到典範的應用，這個方法有很多的優點，它不但可以依據其他研究者的研究結果提出個人的看法，也可以讓讀者知道你對該領域的認知是非常廣泛的。

　　批判性的檢閱文獻資料，也可以讓你了解——別人研究結果的優缺點，使你能夠將自己與其他人做一比較，並且為自己的研究立場定位，說明你所選擇的方向，讓讀者了解你所進行的工作。

　　你應該避免簡單隨便地附上幾項註釋，假裝就是參考書目，這樣來代替應有的批判性文獻探討。因為這個文獻探討的目的，是希望你能與現有的研究結果接軌，並藉由批判性的分析，來發展出你個人的研究方向和看法。

　　所以，你應該說明每份文獻中令人爭議的地方，介紹他們的起源及發展，詳細地描述雙方的論點，並概要地論述各別不同的立場，而不應該只是用簡單的一覽表，把你所涉獵的每一本書的內容列出來給讀者，呈現出一個空泛的閱讀摘要。

　　事實上，你所得到的資料範圍，可能從不同的學科領域對該議題的看法，到各種型態的文件，如正式的專題論文或新聞雜誌的報導，甚至還有各機關組織、政治團體或印刷媒體正式出版的刊物等等。因此，我們上面所提到的結構化方式，將有助於你將各種不同的文獻資料有順序地整理出來。

　　在你以修正後的研究假設進行了進一步的文獻檢索後，現在，你可以再回到你的計畫，重新再一次釐清你所提出的主張和看法。

　　到目前為止，研究進行到了這個階段，你應該要很清楚這個領域中一些重要的研究途徑和趨勢，而你也需要仔細地評估這些主流的方向，以及它們的研究問題、研究計畫的適當性。

3

研。
究。
計。
畫。
與。
文。
獻。
探。
討

你不需刻意地在個人的研究中避免發展出新途徑，或是採用混合途徑來進行研究工作。畢竟，使用不同的變項來檢測研究假設，與限定研究中的認識論與本體論的立場，是並行不悖的。（參考〈第四章〉中完整的討論）

在這個階段中，研究問題與研究假設的重要性將更加顯著。為了選擇一個最適當的研究途徑或理論架構來編排所有的資料，你必須很清楚所謂「什麼」（what）與「為什麼」（why）的問題。

簡單地來說，在上述的範例中，我們已經選擇了美國媒體對德國的報導為「自變項」（也就是「什麼」），並且將其聚焦到在 2000 年至 2003 年之間美國報紙對德國的負面報導，這也可被視為是本假設中造成或影響美國民眾對德國態度的因素。

有基於此，我必須選擇特定的報紙媒體來做為研究的目標，並且找出方法來測量它們所造成民眾對德國態度改變的影響。再者，我還必須解釋所謂的「態度」、「媒體效應」和「媒體影響」究竟是什麼。

基本上我必須要證實，在愈來愈多對德國負面報導的狀況下，是否伴隨了民眾對德國負面態度的增加。如果能夠被證實這個關係，那我就可以主張「愈來愈多的德國負面報導」與「對德國態度的惡化」這兩者間有關聯（correlation）。

正如你所看到的，一旦你開始進行研究問題或研究假設的驗證時，這就是一連串密不可分的連續動作，包括你要如何回答、確認或反駁這些問題或假設。（有關反駁或證明假設錯誤的更完整討論，請參考 Popper 2000: 27-48 和 Bell 1993: 70）

而接下來的另一個步驟，就存在於你所提出的研究問題或研究假設中：你要進行的分析層級與單位為何？以及你將選擇哪一種研究途徑和實證方法？

在接下來的單元，我們將繼續探討這些問題。

8 重點摘要與延伸閱讀

summary and reading

▸▸ 重點摘要

本章所強調的一個重點，就是「研究過程本身所具備的邏輯性」。換言之，就是文獻探討將如何自然地帶領我們確定研究的範圍，並且加以聚焦，同時還為我們指引出明確的**研究問題**或**研究假設**。

[1] 文獻探討是一個不斷前進的過程，其中可分為三個階段：初探階段、研究問題或研究假設階段，以及評論性的全面探討階段。

[2] 你應該利用研究問題或假設來引導你進行閱讀和研究，但別忘了這些指引也可能讓你偏離某些重要的影響因素。

▸▸ 基礎與延伸閱讀

Hart, C. (2000) *Doing a Literature Review*, London, Sage.

Kumar, R. (1999) *Research Methodology. A Step-By-Step Guide for Beginners*, London, Thousand Oaks, CA and New Delhi, Sage.

Landman, T. (2000) *Issues and Methods in Comparative Politics. An Introduction*, London and New York, Routledge.

Pennings, P., Keman, H. and Kleinnijenhuis, J. (1999) *Doing Research in Political Science. An Introduction to Comparative Methods and Statistics*, London, Thousand Oaks, CA and New Delhi, Sage.

Punch, K. F. (2000a) *Introduction to Social Research. Quantitative and Qualitative Approaches*, London, Thousand Oaks, CA and New Delhi, Sage.

Punch, K. F. (2000b) *Developing Effective Research Proposals*, London, Thousand Oaks, CA and New Delhi, Sage.

Yin, R. K. (1994) *Case Study Research. Design and Methods*, London, Thousand Oaks, CA and New Delhi, Sage, 2nd edn.

第 4 章

分析層級與研究類型。

LEVELS OF ANALYSIS AND TYPE OF STUDY

1 本章的學習目標

introduction

1	說明分析層級與分析單位。
2	介紹結構與行為體的問題。
3	認識兩種研究類型：個案研究與比較研究。

本章將討論開始進行研究所必須考量的重要條件和爭議。首先，我們將重點放在研究過程中**分析**的單位（unit）以及**程度**（level）上——簡單地說，就是有關我們到底是在研究「**誰**」和「**什麼**」，以及必須研究到什麼樣的層級。

廣義地來說，就是我們所研究的是個人、團體還是組織。如果研究者開始混淆了對個人和組織的分析，那麼研究結果就會有很大的差別了，因為某一個分析單位或層級所得到的結果，是無法就這樣直接地推論到另一個單位或層級上的。

在討論過所有研究者都必須注意的「**結構與行為者的問題**」後，將介紹兩個最可能碰到的研究模式：**個案研究**和**比較研究**。在此，要再一次地重申，我們並不打算深入地探討這兩種研究類型，而是希望你對它們以及它們所使用的詞彙建立基本的認識。

2 分析層級與分析單位

levels of analysis

所有的學生和研究者最後都會碰到一個問題，那就是分析的層級（the level of analysis）。

如果你已經有了初步的研究問題或研究假設，那麼你的研究問題或假設就能夠指引你應該進行的分析層級，包括結構與行為體（structure-agency）問題，以及你應該採取的研究類型（type of study）。以下各單元，我們將依次分別討論這三個問題。

「分析單位」

你所針對的「分析層級」將與你所選擇的「分析單位」息息相關，而所謂的**單位**（unit），包括了個體、團體、組織、社會階層及機構，而這些單位的選擇，將會影響到你在研究中所使用的**方法與資料**。

有關分析單位很重要的一件事就是——你必須牢記每一個單位都有它獨特的屬性，也因此當你從一個單位轉換到另一單位時，將容易讓人產生混淆。

換句話說，當你以個人為分析單位所推衍而出的通則，將與你以團體為單位所得到的結果完全不同。

分析層級的不同，所導出的證據合理性就不同，而且會影響在研究最後階段時資料的闡釋。

然而，在同一個個案研究中，你也可以採用不同的分析層級，因為那就好比是以不同的假說為基礎，並利用不同的視鏡來觀察現象，這樣反而可以對特定的事件提供更豐富的解釋與說明。（另見下頁「多重層級分析」的說明）

微觀層級與巨觀層級

在人類科學中，常見的兩種分析層級包括了：

☑ **微觀層級**（micro-level）：
個體的，或以「行為者」
為中心

☑ **巨觀層級**（macro-level）：
系統的，或以「結構」為
中心

一個直接探討「為什麼個體會投票給某個特定政黨」的研究，可以鎖定以個體為主，而以問卷調查或訪談的方式，尋問他們為什麼要投票給甲、乙、丙等政黨——像這樣的研究，就屬於微觀層級。

但如果你希望研究中加入「為什麼某個政黨能夠吸引選民投票的分析」，那麼你的分析就提升到組織的層級了——像這樣的研究，就屬於巨觀層級。

多重層級分析

只要你能夠清楚地分辨自己正在進行的層級，你當然也能夠在你的研究中運用各種的分析層級，而這種模式也被稱為「多重層級分析」（multi-level analysis）。

你可以將分析單位混合運用，但是你必須在研究中清楚地區分出它們的不同，並且留意它們與你所操作的層級間的關係。這樣一來，你才不會單位錯置，也就是發生「以彙總的資料所得的結果來解釋個體」的錯誤——在研究方法專書中，這種現象被稱為「生態上的謬誤」（ecological fallacy）。（但這個名稱在這裡與生態維護或環境保護毫無相關）

4

分。
析。
層。
級。
與。
研。
究。
類。
型。

3 結構與行為體問題

the structure and agency problem

在社會研究中，在那些認為「所有的政治活動都可以以微觀層級的方式來解釋」的學者，與另外那些認為「所有的政治活動都可以以巨觀層級的方式來解釋」的學者之間，似乎有所分歧。

有關研究該鎖定「結構」（structure）還是「行為體」（agency）的爭議，牽涉到了一個在人類科學中更廣泛而且無解的本體論爭議，而這個問題就成為所謂的「**結構與行為體問題**」。

簡單地來說，這個兩難的問題圍繞著一個難解的謎——究竟是人類所處的社會情境，引導、決定、限制、促成了人類的行為？還是個體（行為者）本身型塑了他們所處的社會情境與組織？

> ▶何謂「結構」與「行為體」？
>
> 根據 Stuart McAnulla 的說法，結構與行為體的問題乃：
>
> 基本上來說，這個議題的論點就是——身為行為者的我們在形塑個人命運上所會遇到的極限，以及我們能夠對抗那些影響個人生活力量的範圍。換言之，就是外在力量影響我們命運的程度。
>
> 「行為體」所指的是個人或團體在影響環境上的能力（不管是刻意或其他因素），而「結構」則是指「情境脈絡」，亦即那些圈宥出行為者之行為範疇的環境條件。
>
> （2002: 271）

在學術文獻中，對於結構與行為體的問題有很多不同看法：有一些學者如 Anthony Giddens 就認為，結構與行為體型塑了一種雙重性（duality），根本就是同一回事，而這個概念也廣泛地運用在他的「結構化理論」中。

另外，有些學者認為，結構與行為體間並沒有相互依存的關係。相反地，他們將結構與行為體視為兩個獨立的議題，例如他們用「二元論」（dualism）來取代「雙重性」。但儘管如此，結構與行為體還是避免不了與彼此扯上關係。

Colin Hay（以 Bob Jessop 的研究為基礎）利用一種「策略-關係的途徑」（strategic-relational approach），進一步闡明了這個爭議。他認為，正如 Giddens 所說的，結構與行為體兩個相互牽制影響，但它們也可以因為分析而被分開來各別看待。然而「結構化理論」（structuration theory）在運用於實證現象時，卻出現了很多的問題。基於這個理由，Hay 提出了以下的看法：

要看待結構與行為體最好的方式，就是將它們視為鉤冶銅板時所使用的合金當中的金屬成分，<u>而不是將其視為銅板的兩面</u>。從對研究者有利的立場來看（策略-關係的途徑），它們的確無法以個別的姿態出現，必須透過彼此的互動才能存在。儘管有分析上的區隔，但在實務的操作上，兩者是完全地交織混雜的，正如我們只能看到金屬鎔合後的成品，而無法從合金中看出個別的金屬成分。（Hay 2002: 127）

別忘了，結構與行為體的議題在本質上是屬於**本體論**的範疇。請另參考〈**附錄三：重要詞彙釋義**〉，以及〈第四章〉中批判實在本體論的相關範例。

就結構與行為體問題本身而言，沒有人可以告訴你：在一個研究中，你應該偏重結構層面，還是行為體層面。事實上，也沒有一個正確的答案可以回答這個問題。要尋求這個平衡的重點，就在你於所採取的本體論立場，而你必須在研究中清楚地表達你的個人觀點。在〈第四章〉中，我們將進一步討論研究者本身的本體論立場對其研究策略，包括對研究對象（目標）的影響。

4 研究類型(1)：個案研究的類型

type of study (1) : case study

4

分。
析。
層。
級。
與。
研。
究。
類。
型。

對研究者來說，有很多不同的「研究類型」可供採行。這個研究方法的選擇，將直接與以下三者相關：

1. 你所欲探知的事情
2. 你認為可能可以探知的事
3. 有什麼已存的事情是可以探知的（例如你所採取的本體論立場）

在眾多的研究類型中，最常見的是「**個案研究**」（case study）與「**比較研究**」（comparative approach）。一般來說，這兩種方式都會與其他研究類型相互搭配使用，如歷史研究、描述性研究或行為研究。

「個案研究」是研究生最常使用的研究方法，而「比較研究」則常見於橫跨數國的比較分析研究中。

◀個案研究

最常被引用的學者 R. K. Yin 解釋道：**個案研究**就是一種實證研究——在真實生活的情境中，調查一個當代的現象，尤其是當該現象與現實情境中的界線不是那麼明顯時。

在這當中，情境（context）是不容忽視的，因為鑽研某個特殊事件的主要目的，就是要確認、發掘、拆解隱藏在你所研究的事件人物或政策中背後的環境因素。

廣泛地來說，個案研究又可分為以下三個類型：

1) 敘述性（descriptive）
2) 探索性（exploratory）
3) 解釋性（explanatory）

「個案研究」的三大類型

〔使用與目的〕

1　敘述性
descriptive
- ▸ 一般應用在較偏歷史主題的研究報告論文中。
- ▸ 其目的並非用來解釋研究主題中某些特定因素所產生的影響或作用,而是針對一個特定的事件、人物或過程,給予詳細的報導或描述。

2　探索性
exploratory
- ▸ 主要是為檢測一開始所設立的假設,查驗相關資料的可得性,並加以取得,確認研究中的相關變項,並為未來更深更廣的研究進行評估。
- ▸ 小型的探索性個案研究,是你在為學位進行正式研究前的最佳試金石,因為你需要在將自己投入一段長時間的實地研究或田野調查前,以確定你所提出的問題是否正確,或是你的研究個案是否恰當,以及你是否已經可能握有一些資料,可以用來回答自己所提出的研究問題。

3　解釋性
explanatory
- ▸ 在社會科學研究中,解釋性個案研究或許是最普遍的一種類型,透過這種操作,可以使研究者從單一個案的研究結果,推論至其他個案中,以達到通則化（generalization）。

> 無庸置疑地,你所選擇的個案研究類型,將會嚴重地影響到你所運用的**研究方法**,以及你所蒐集到的**資料型態**。

要如何做選擇？

一旦你認定「個案研究」是你進行研究最好的方式，那麼你就必須問問自己：你所需要的是單一深入（in-depth）的個案研究？還是一系列的個案研究（即多重個案研究）？

要決定哪一種個案研究類型對自己最好，你可以參考該學術領域中一些經驗豐富的學者所進行分析的手法。

學生們常以多個個案來開始進行研究，而到最後卻只剩下寥數個事例。請記住，如果你不打算進行比較分析，那麼仔細地將一個個案徹底地研究，絕對勝過你草率地帶過五、六個個案，卻無法深入地探查，提不出任何有價值的研究。

在社會科學中，單一的個案研究（single case-study）常為人所輕視，其主要的原因就是缺乏通則性。但是這個問題已經不像過去那麼為人所重視，接下來的單元我們將就「單一深入的個案研究」來做介紹。

4
分析層級與研究類型

5 研究類型 (2)：單一深入的個案研究

type of study (2)：single case-study

單一個案研究（single case-study）常見於大學的研究報告、碩士論文中，甚至也有愈來愈多的博士論文開始利用這樣的研究方式，因為它不但可以使得整個研究計畫的可行性更高，而且可以讓學生有機會表現自己在理論和方法學上的知識。

何謂單一的個案研究

單一的個案研究，是一種透過對單一個案完整的分析來了解現象的方法。這種個案的對象包羅萬象，它可以是一個獨立的個體，一個城鎮，一個團體或政黨，一塊區域，一個社區，一個特殊的歷程、決策或政策等等。

個案研究並不限於任何特定的研究方法中，而它們也不是研究方法。相反地，它們應該被視為一種用來「編組社會資料」的組織化策略，「用以維持社會中被研究對象的一致性、單一性和統一性」。

> ▶ 為什麼要使用「單一個案研究」？

首先，就其本身條件而言，我們可以從單一個案的研究中，知道這個被研究的事件可能是非常獨特的，是特有的，或是還未被探討的，所以對這樣的事件進行一個深入的了解，是深具價值的。

再者，唯有深度的個案研究，才能夠對一個全新、或不斷出現問題的領域中的重要部分，進行深入了解。

為了要發掘其中的重要特質，發展對其的認識，並且為未來更深入的研究發展出一些概念，個案研究就是最好的選擇。

（Punch 2000b: 155-6）

優點與功能

一個尚待研究領域中的深度個案研究，可以被帶入現存的文獻和研究中，或是與其進行比較，以深入了解某個學界的領域，也可以在已經經過充分探討的區域與研究之間，建立相等的模式。

深度的個案研究，能為特殊理論的發展提供一定的貢獻，特別是能因此找出跳脫地域限制後，與其他事件之因果關係的相似處或關聯性。

然而，研究者必須注意，「不要讓自己太過沉溺於個案研究的細節當中」，相對地，應該提醒自己正在進行的工作，只是一個大學術研究中的一環。

舉例

舉例來說，如果你所做的是某個鄉鎮的深度研究分析：推動地方民主活動中，人民所參與的角色。

那麼，根據你所研究的深度和允許的時間，你可能能夠與一些相關的領導人士、當地的議員或鄉紳進行訪談。

同時，為了補充菁英訪談的內容，你也可以分析當地媒體中的政治意見，並且蒐集與該地相關的統計數據，例如：有多少人會行使他們的權利進行投票？有多少人會參加議會以外的政治活動？多久一次？

你可以發現，在單一個城鎮或地區裡頭要蒐集與這個議題相關的資料，並不是很困難。而如果你希望為這類的研究增加更多的價值，你也可以對另一個鄉鎮進行同樣的研究，而這個鄉鎮可能和原本的研究對象具有相近的歷史背景（假設兩個都有繁忙的港口），但在經濟上的富裕程度卻有一定的差距。

藉由我們上述所討論的，你可以分列出不同的類型來說明：為什麼 A 鎮的發展會比 B 鎮的發展好，以及影響的因素，例如人民參與政治的程度對經濟發展的影響等等。

◀了解你的限制

然而，如果你將這樣的研究運用在 10 個以上的鄉鎮，那你可能就有麻煩了。首先，是你個人的心力問題。因為每個地區的居民社會、經濟和政治背景都不同，在這麼大的差異性下，要進行廣泛的比較，其實是很困難的。

其次是經濟上的考量，這麼大的活動需要可觀的協助資源，除了蒐集補充資料外，你不可能再去進行五百個人的訪談工作。

還有，你需要時間進行規畫訪談的內容，執行訪談，再將每個訪談的內容進行分析，而這些耗費的時間，將遠超過你完成一篇論文所允許的時間。

6 研究類型 (3)：比較研究

type of study (3) : comparative study

大多數比較研究的書籍都強調，人們習慣以日常所見的準則來做為比較的基礎，而不管是量化研究或質性研究，要做到完全不使用任何的**比較**來進行，是件頗困難的事──因為我們所做的判斷，大多會與我們在研究時所帶入的**過去經驗與知識**進行對照，當這種直覺式的比較不斷的發生時，「比較研究」就可被視為是一種特定的研究方式，而這種現象在政治研究中尤為常見。

就其定義來看，「比較研究」必須涵蓋一個以上的個案，不管是跨時間對同一主題的研究，或是針對不同的主題進行研究。

「比較研究」（comparative study）可以以**主題**的方式進行，例如利用深度研究來比較法國人與英國人的喝酒習慣，或是兩個國家的福利制度。而在跨國性的比較研究中，研究者通常會測量數個國家之間的「變項」差異。

> ▶ **為什麼選擇「比較研究」？**
>
> 在比較研究中，可以達到以下兩個面向的研究結果：
>
> 1. **檢測假設**：包括在交叉比較中建立欲檢測的假設，這對某些研究者來說，是進行比較研究時，一個必須的起始點。
>
> 2. **進行預測**：要進行起來較具難度，譬如研究者希望利用數國的比較結果，為未來的政治發展或結果提出個人的看法。
>
> （Landman 2000: 10）

我們可以下列的舉例描述，來解釋「比較研究」的基本原理：

☑ 說明其他國家的背景知識和
統治組織：藉由比較，研究者
可以將某個國家置於一個更
大的情境中，以找出各國間的
異同，發展出更深入的知識或
資訊。

☑ 將各國之間的異同與「分類」
聯結，進行比較研究的研究者
就可以建立出一套各國及其
選舉制度或福利政策的分類
制度。

語言能力的重要性

一些指數，如國民生產毛額或
出生死亡平均壽命的統計數據，可
以轉換成變項，並且以統計的方式
進行分析。而如果你打算進行跨國
性的比較，並且你希望利用統計數
據以外的資料，那麼你就必須將**語
言**的問題納入考量——因為在實
際操作中，你必須闡釋其他人的看
法或說明。

勉強的英語能力或許還能應
付大學的研究報告，但是對研究所
來說，尤其在做「比較研究」時，
不足的英語能力可能會造成研究
上的阻礙。

"在研究所的階段，你
所進行的研究類型以
及你所使用的研究方
法，將會與你所需要
的**語言能力**相關。"

▶「比較」——出乎自然之性

根據 Pennings 等人的說法，
比較可以被視為：

發展對社會及政治知識
最重要的基礎之一，是能夠
洞悉所發生的事物和事件是
如何發展的，而大多時候更
是建構出事件緣由，以及其
對人類意義的陳述。

簡而言之，「比較」就是
我們體驗現實的方式之一，
最重要的是，我們要如何評
估它對我們和其他人的生活
所造成的影響。

（1999: 3）

◀與類型學的關係

正如以上所介紹的,「類型學」(typology)是「比較研究」中常見的工具,其主要的目的是用來比較個案。

類型學通常以第一個個案為基準,進而與其他各種不同的個案進行比較,然後註明主要的特徵,並將其一一列出,所列出的表可以做為進一步研究時所使用的工具。

即使沒有這樣刻意將類型學標示說明,很多的學者仍然會從他們所蒐集的資料中**分類**,再從中挑出他們所需的資料,以進行比較,最後再理解應用於研究報告之中。

7 重點摘要與延伸閱讀

summary and reading

▶▶ 重點摘要

　　本章延續上一章提到的**研究問題**或**研究假設**，進而談及**分析的層級**與**研究類型**。本章重點總結如下：

[1] 不管你是在一個鄉鎮裡研究三個個案，還是在一個國家中研究三個鄉鎮，或是你正在以某個國家與其他三個國家進行比較，你都必須牢記，你所進行的研究型態，都與你所選擇的分析層級、單位，以及最後結論的通則化程度有關，你必須為自己在這個部分的立場提出有利的說明與辯護。

[2] 非常重要的是，你必須確定這些研究類型、分析層級和單位，都能夠對你希望回答的研究問題，或你打算確認、甚至反駁的假設進行深入的探討。

[3] 你必須仔細地考量**結構與行為體**的問題，並且牢記你在研究中所提出的想法。

[4] 你應該在上述的過程中不斷地重複檢視的動作，而你最初的假設與一開始的直覺（gut feelings）也需要再檢視。

▶▶ 基礎與延伸閱讀

Hay, C. (2002) *Political Analysis*, Basingstoke, Palgrave Macmillan, chapter 3.
Kumar, R. (1999) *Research Methodology. A Step-By-Step Guide for Beginners*, London, Thousand Oaks, CA and New Delhi, Sage.
Landman, T. (2000) *Issues and Methods in Comparative Politics. An Introduction*, London and New York, Routledge.
Pennings, P., Keman, H. and Kleinnijenhuis, J. (1999) *Doing Research in Political Science. An Introduction to Comparative Methods and Statistics*, London, Thousand Oaks, CA and New Delhi, Sage.

Punch, K. F. (2000a) *Introduction to Social Research. Quantitative and Qualitative Approaches*, London, Thousand Oaks, CA and New Delhi, Sage.

Punch, K. F. (2000b) *Developing Effective Research Proposals*, London, Thousand Oaks, CA and New Delhi, Sage.

Yin, R. K. (1994) *Case Study Research. Design and Methods*, London, Thousand Oaks, CA and New Delhi, Sage, 2nd edn.

▼

4

分。
析。
層。
級。
與。
研。
究。
類。
型。

第 5 章

研究基礎：本體論與認識論。

THE BUILDING BLOCKS OF RESEARCH

1 本章的學習目標

introduction

1	認識本體論與認識論與其所引發的議題。
2	了解本體論、認識論、方法論、研究方法,以及資料來源之間的關聯。
3	認識這些關係在實務中的可能會面臨的狀況。
4	以「社會資本」的論辯為範例來做說明。

在第四章裡頭,我們將探討研究最基礎的學術理論——本體論與認識論。**本體論**(ontology)與**認識論**(epistemology)對研究來說,就像是一棟房子的地基:它們建構了整個建築物的基礎。但根據現在很多學者的看法,我們並不需要擔心這些立足點的問題,因為這些問題應該留給哲學家,或是那些老是想著存在論和知識論的人去傷腦筋。

根據 Clough 和 Nutbrown 的說法,如果所有的學生都在他們的研究中詳細地闡述其本體論與認識論的背景,那麼所有的研究方向將不斷地被更動;特意地釐清所謂的研究立足點,其實是一件浪費時間的工作,因為這在過去已經由很多學者在不同的報告中做過了。

依據這個邏輯,他們進一步認為,如果我們檢視所有的實證研究,就明顯地可以看到這個世界的許多本質:其運作的方式,以及我們該如何說明我們知道這些事情的假說。然而,事實上,所有的研究並非依人們所提出的方式進行。下一個單元我們將說明為什麼要清楚認識研究中的本體論和認識論。

5

研。究。基。礎。：本。體。論。與。認。識。論。

2 為什麼要認識本體論和認識論？

introduction

> 本體論和認識論可以被視為建立研究的基礎，而方法論、研究方法以及資料來源，更是緊密地奠基在我們的本體論和認識論假說之上。

如果我們希望呈現的是一個非常清晰重要且具邏輯性的研究，並且能夠與其他學者的研究接軌或提出反證，那我們就需要：

1) 了解構成他們研究的**主要學說與假設**
2) 解釋他們研究問題的**方法**
3) 了解他們在**資料**上的選擇

我們也必須了解，當我們發現研究問題與研究方法搭配完美時，本體論和認識論之間其實是無法切割或改變的，因為——

a) 很多的組合並非遵照邏輯概念；

b) 研究的基礎並不是一件隨時可以更換的毛衣，反之，它是一層依附在研究之上的皮膚。(Marsh & Furlong, 2002)

以下的幾個理由，解釋了為什麼我們需要對構成研究的本體論和認識論有清楚明確的認識：

1. 為了了解研究主要構成要素間的互動關係。(包括方法論與研究方法)
2. 為了避免討論在理論上受爭議的議題，以及實際觀察社會現象時所產生的困惑。
3. 為了能夠了解他人採取的觀點，同時捍衛個人立場。

為什麼我們需要對這些詞彙有非常清楚的認知，並且在研究中維持一致性？

身為研究者，如果我們不了解一份研究在本體論和認識論的觀點為何，那麼我們可能在缺乏考量的狀況下，因為某本體論立場所不認同的因素而批判對方。

例如，批評一個實證學家在研究時未考量社會中隱藏的結構（像是族長制度），但事實上實證學家所採用的本體論和認識論，並不認同這樣的看法，也不認為需要考量這樣的組織架構。這就是一個非常典型的爭議──要做到清楚地了解研究假設立場，不但需要對學術術語非常熟悉，研究也必須清楚地表達他們在本體論和認識論中所採取的立場。

本章將以幾個方向來說明研究地基並不是如想像般地可以隨便選用或丟棄的東西！舉例來說，就好像星期二我們決定以實證哲學的態度來進行研究，但是到了星期五，我們又變成了闡釋學派。

為了說明這個重點，首先我們將針對「本體論」和「認識論」這兩個重要的名詞提出說明，接

> ▶ **了解本體論的矛盾**

Clough 和 Nutbrown 提出了不同於一般的建議：

> 很多的研究者……並非挑選一個研究典範來研究他們所有的問題，而是選擇以一般標準的途徑或闡釋的方向。在我們的研究生涯中，我們的研究一直都存在著實證主義與闡釋主義兩者。……這個重點在於，只要它們適合我們的研究所需，那麼我們就調整自己的研究態度。

（2002: 19）

著我們從過去的相關研究中介紹一些重要的研究要素之間的「指向關係」。（這些要素就是本體論、認識論、方法論、研究方法及資料來源）

為說明這些關係在實務中是如何運作的，以及特定的本體論觀點如何影響後續的研究步驟，我們將以「社會資本」（social capital）一詞所引起的討論與爭議來做為說明範例。

3 何謂本體論？

what is ontology?

> 「本體論」是所有研究的起始，主要**探討存在的本身**，以認識一切事物的基本特徵，也是研究者在**認識論**與**方法論**觀點的根據。

本體論（ontology）乃人們「對客觀存在的概念和關係的描述」。哲學家對於本體論典型的定義為：對於整體世界的真實存在事物（be-ing）進行探究，並提出其存在之原理的知識系統。

「本體論」其實就是呈現了**我們看待這個世界的方式**。本體論是所有研究的起點，也是後續動作所依據的基礎。

Blaikie 提出了一個比較完整的定義，他指出，所謂的本體論是「對社會現實的**本質**提出主張和假說，主張哪些是存在的，它看起來如何，它的組成單位為何，以及這些組成單位間彼此如何互動。簡單地來說，本體論就是那些我們認為構成社會現實的東西」。（Blaikie 2000: 8）

▶ 什麼是本體論的觀點？

所謂研究者個人的本體論觀點，乃是對下列問題的回答：

☑ 所欲調查的是社會與政治上的哪些本質？
☑ 或是說，我們可以從哪些存在的東西中獲得知識？

上述的問題很重要，就相當程度而言，這個問題的回答將決定我們即將進行分析的內容。你個人在本體論的觀點是不可能以實證的方式被反駁的，只有在上述問題獲得解答後，研究者才能夠討論我們所知道的社會與政治的現實中有哪些被認為是確實存在的。

有一些研究者誤將「本體論」與「認識論」（epistemology）混淆，甚至認為「這兩者中的任一個，不管在邏輯上或其他方面先於另一個的觀念，都是不合理的」，但我們認為，在邏輯觀念上，「本體論」應該先於「認識論」，雖然這兩個概念總是無可避免地連結在一起，但事實上它們應該被分開來看待。

當你有了本體論這個基本的概念後，就不難了解埋藏在不同社會情境下的不同學派，是如何使研究者對世界產生分歧的看法，以及在社會研究的特定途徑下所衍生的不同假說。

而現在最重要的討論，就是要讓你察覺、了解並承認你個人的本體論觀點，並為其提出適當的說明。

4 為什麼我們需要知道「本體論」？

why need to know ontology?

Lewis（2002: 17）簡單地將我們需要了解本體論的原因，總結如下：在我們對政治或社會進行有條理的思考時，不可能不對社會的存在產生一些評論，因為所有要將政治現象概念化的嘗試，都必然會和社會存在論本質的概念產生關連。

清楚地考量對本體存在的概念，有助於釐清一些出現在理論、觀點和爭議中的重要特質。這對以下幾個方面很有助益：

1) 它能夠使個人的直覺更完整地連結發展

2) 有助於表達爭議中內部的不一致性

3) 它能使研究者更準確地辨別出可能的研究途徑之間的所存在的差異

不管你是否察覺到你的本體論觀點為何，實際上，甚至在你決定研究的主題之前，它早已經就存在了。我們對這個世界是如何構成的，以及社會情境中最重要的成分，都有自己的看法，很多學生被困在這個迷宮裡，他們不明白，去弄清楚社會現實的抽象本質究竟有何用意。

然而，正如我們所知道的，只有清楚地了解和認知到——本體論中的確有各種不同的觀點，而這些不同的觀點都可能產生不同的研究結果——我們必須有這種體認，這樣我們才**能夠開始與其他研究者的研究產生連結**。

就像 Mason 所指出的,「不願意承認這些議題的原因，通常是因為不了解、或不清楚本體論原本就有多種不同的面向」（1998: 12-3）。

5 本體論觀點(1)：基礎主義與反基礎主義

foundationalism and anti-foundationalism

本體論的各種不同觀點，通常因其依據的**基礎主義**（foundationalism）與**反基礎主義**（anti-foundationalism）而有所差異。

◀基礎主義

基礎主義者相信，「真正的知識必須依賴一連串堅實、不容質疑而且毫無爭論餘地的真理，這些真理逐漸地演繹成我們的信念，因此維護這些真理，也就是維護那些它們所遵循基礎的真實價值」。（Hughes & Sharrock 1997: 4-5）

基礎主義的中心思想認為，現實（reality）獨立存在於我們的知識之外。正如我們即將在〈第五章〉所看到的，這是研究中**實證主義**（positivist）和**唯實論**（realist）兩個學術架構的起點。

此外，贊成這個說法的研究者也認為，世界上確實存在著所謂的中心價值，這些價值可以廣泛地並理性地被運用。（Flyvbjerg 2001: 130）

◀反基礎主義

反之，反基礎主義者並不相信這個世界獨立存在於我們的知識之外，他們認為，現實是經由人類行為者互動式的逐漸推論「建構」而成的。

他們還認為，世界上並沒有所謂的中心價值可以廣泛地並理性地被運用。

研究中的要素，包括本體論、認識論、方法論和研究方法間的互動，使得這兩個起點更顯重要，也因為有這樣不同的本體論觀點，終將導致在認識論上觀點的差異。

6 本體論觀點(2)：客觀主義與建構主義
objectivism & constructivism

本體論所出現的範例，多半包含在這兩個主要的詞彙之下：「**客觀主義**」（objectivism）和「**建構主義**」（constructivism）。

廣義地來說，「**客觀主義**」指的是一種「社會現象和它們所蘊含的意義，獨立存在於社會行為者之外」的主張。

相對地，「**建構主義**」是另一種本體論的觀點，它所主張的是「社會現象與其涵義，不斷地由社會行為者造就而成，它代表著社會現象與各種層級，不僅是透過社會互動所創造而成，事實上，它們更處於一種不斷修正調整的狀態」。（Bryman 2001: 16-18）

從上述兩個例子，你就可以清楚地了解研究者的本體論觀點，將如何影響研究進行的方式。

詳細的實例應用討論，請參考下頁〈實際狀況中的批判現實本體論：求職者的策略〉的說明。

在不同的研究領域中，「本體論」這個詞彙就可能具有許多不同的義涵，而我們以上所討論的本體論是比較接近哲學上所使用的解釋，用來表示建立**世界觀**的一種**分類系統**。

雖然，在各個不同的本體論中又有不同的區隔（如描述性、正式用法等等），例如，在人工智慧的領域、神經生理學、心理學和認知科學中，一直著重在大腦如何了解我們周遭世界的研究，這同時也顯示大腦將世界畫分成各種「實體」（如植物、動物、工具、人物和自然物體），以便了解其所處的環境——這使得哲學、心理學與生理學中的事例，就此接合，進而形成了社會世界的分類與概念化，或被視為是我們解讀社會現實本質的方法。學術觀點近似的研究者，往往也會使用相似的世界觀和專業術語，來描述與捕捉我們所處的社會世界。

▶ 實際狀況中的批判現實本體論（critical-realist ontology）： 求職者的策略

　　讓我們借用 McAnulla（2002: 281）提出的求職者範例，並且將它稍微潤飾後來進行說明。這個求職者的範例將有助於我們進一步了解，在社會研究中，**結構**與互動中**個體**所採行策略之重要性，實際上這也是一個本體論的議題。

　　首先讓我們假設，這個求職者因為受到社會結構中一些不利條件的影響，而在求職的過程中遭受到一連串的打擊與失敗。

　　接下來，再讓我們假設這位求職者為了改善那一些影響她獲得工作機會的不利因素，採取了一些求職的策略，透過一些面試者和公司主管的意見，她發現，自己拉遢的外表、不良的口氣，以及缺乏相關證照，是造成她求職失敗的主要原因。

　　因此，她開始採取行動，他挑出適當的衣服，清潔牙齒，並且取得一些證照，現在她找到工作了──這是她在不利於求職的結構下所做的個人努力的成果，而現在她也改變了她的行為。

　　這個範例很明顯呈現的是一個被動的、消極的結構。當然，就我們的行為者而言，在提升自己的條件後，現在就算徵求的是一個擦窗戶的人，她也不再認為找工作是那麼困難了。

7 何謂認識論？

what is epistemology?

> 不管這個社會現實被認為是什麼，簡單地說，「認識論」就是**如何去了解那些假設已經存在的東西。**

如果說**本體論**是討論「我們所可能知道的」（what we may know），那麼**認識論**所要討論的就是「我們該如何了解我們所知道的」（how we come to know what we know）。

如果你打開字典，追根究底地查明這個字彙的意義，那你可能會找到和「本體論」一樣多的定義。從希臘字源 episteme（知識）和 logos（理由）來看，「認識論」著重在**獲得知識的過程，**並且和發展出更好的新模式或理論息息相關。

正式地來說，「**認識論**」（epistemology）是知識理論方面的哲學中一個主要的分支，特別是有關方法、有效性，以及所有可能取得社會現實知識的方式。

▶ **認識論令人難以捉摸？**

Richard Jenkins 提出了一些理由，解釋為什麼「認識論」這個詞彙一直籠罩在神秘當中：

1) 因為它以士林哲學（scholastic philosophy）的一個分支而存在著。
2) 因為數十年以來，它一直淪為許多社會理論家反思的空談。

因此，「認識論」這個特殊的詞彙使專家以及學生聞之色變。（Jenkins 2002：91）

---

8 認識論觀點：實證主義與闡釋主義

positivism and interpretivism

知識，或是發現知識的方法，並非都是固定不變的，相反地，它們一直在改變。當學生們廣泛地思考一些理論與概念時，必須考量這些理論與概念所根據的假說，以及它們最初開始的起源。舉例來說，在西方民主國家所發展出的理論，可以適切地用來解釋東歐在 60 年集權政體下變遷的狀態嗎？

在研究典範中，包含了兩個對比的認識論途徑：

1. 實證主義（positivism）：一種主張應該「將自然科學的研究方式運用在對社會現實研究中」的認識論。

2. 闡釋主義（interpretivism）：一種根據「尊重人類和自然科學物質差異」之觀點所建立起來的認識論，因此此論點要求社會科學家必須掌握社會行為的客觀意義。

這些專有名詞都可以追溯到人類科學哲學中的一些特殊學說（見〈第五章〉）。如果你選擇了這些認識論當中的某一個論點，那麼你所做的決定將會影響你在方法論上的選擇，同時你也可以清楚地看到，一個研究者在本體論和認識論的論點，是如何影響他對同一個社會現象的看法。

9 本體論與認識論的關係

the ontological-epistemological relationship

如前面所說明的，**奠定研究的基礎──就是本體論與認識論。**而對於本體論與認識論的關係，也應該要有很清楚的認識。

學者 J. Mason 說道：「你應該要能夠將這些認識論問題的答案，與本體論的答案**連結**起來，而且這兩組的答案應該具有**一致性**。這樣一來，你的認識論將有助於你發展出社會世界中構成本體論的知識與解釋，包括社會歷程、社會行為、論述、涵義，或是任何你認為重要的東西。研究者必須了解，絕對不只有一個認識論存在，而它們也不會具有互補的作用，或是和它們自己所遵循的本體論一致。」（1998: 13）

◀柏拉圖的「洞穴喻」

柏拉圖在《理想國》（The Republic）一書中有名的「洞穴比喻」（the allegory of the cave），對我們了解認識論與本體論的根源深具啟發性，因為它說明了各種對於構成現實的不同看法，是如何存在的。

以下我們就來概述「洞穴比喻」的內容：有一群被囚禁的犯人，他們以一種只能目視前方的方式，被禁錮在洞穴中，他們終日面對一面牆，而牆上只出現了後方人們所製造出的反射影子。這些囚犯從這些影子中想像影子所代表的物體，甚至為它們命名，並賦予不同的性格，因為他們認為那些影子所表現的就是所謂的現實世界。

柏拉圖在這個比喻中假設了另一個情景：一個囚犯逃離了黑暗的洞穴，於是他看到的不再只是物體的影子，而是物體的真實樣子。你想，他會有何反應？

在《理想國》裡有一段蘇格拉底和柏拉圖之兄 Glaucon 的對話，蘇格拉底是這樣說的：

「設想一下，如果囚犯被放出來，被告知說他之前所看到的東西其實不是那樣一回事，而他現在能夠接觸真實，看清楚事物，因為這些物體就真真實實地擺在他眼前──你想，他聽了會有什麼樣的反應？還有，如果把用來投射影子的真實物品拿給他看，並且要他回答這是什麼時，你不認為他會答不出來嗎？甚至，你想他不會覺得以前所看到的影子更真實嗎？」（Plato 1994: 241-2）

以上所引用的這段文章反映了，有些人在特定的文化或社會規範和情境下，是如何以特定的模式進行思考的，就像那些被學術規範所限制的人們。那些根據穴居人的經驗所建立而成的假設，很明顯地一定不同於外面世界的人們。

因此，我們必須了解不同的世界觀與不同的知識蒐集方式的確存在，而我們在本章討論本體論與認識論時所使用的順序，也非常地重要，因為在邏輯上，**本體論**先於**認識論**，認識論先於**方法論**（就是我們該如何取得已存在知識的方法），方法論先於**研究方法**，而研究方法又先於**資料蒐集**。

有趣的是，很多探討研究方法的書籍不是顛倒順序地來討論這些重要的詞彙（這是不符合邏輯的），就是對它們避而不談，或選擇性地說明其中幾項（這會造成閱讀者的混亂）。

也因此，我們在下一個單元中將進一步地說明這幾項構成研究的要素之間的關係：本體論、認識論、方法論、研究方法和資料間。

10 研究基本要素之間的關係

the directional relationship

本體論 ontology ⇨ 認識論 epistemology

⇩

方法論 methodology ⇨ 研究方法 method ⇨ 資料蒐集 sources

◖本體論、認識論、方法論、研究方法和資料之間的指向關係

　　聽到這幾個研究組成要素間的指向關係，或許讓人覺得很機械性，然而釐清這個簡化的概論，將有助於我們更認識這個嚴肅卻令人困擾的議題——了解一個特定的世界觀是如何影響整個研究過程，是一件非常重要的事。

　　藉由說明研究者認為「哪些可以被研究」（**本體論**觀點），進而聯結到「我們可以了解到哪些相關的東西」（**認識論**觀點），和我們「該如何獲得這些知識或事實」（**方法論**的途徑），以及這些問題間的交互關係，你就可以了解個人的本體論將影響你決定要研究什麼，以及如何進行研究。

　　在本體論被視為是認識論的一部分的狀況下，前者很容易與後者混淆，既然兩者是這麼緊密地相關，那它們就更需要保有各自的特性與本質，因為所有的研究都必須從個人對世界的看法開始，而這個世界觀將由研究者所帶入研究過程中的經驗所形塑而成。正如我們在〈第二章〉所提到的，一位研究者的**方法論**將奠基於他個人的**本體論**與**認識論**，並且反映研究者對這兩個論點的看法。這個**方法論**也表達了在某個研究中**研究途徑**的選擇，以及研究者所採用的**研究方法**。

一個研究計畫中所選擇的**研究方法**，將不可避免地與研究者所提出的**研究問題**，以及**資料蒐集**時的資源產生關聯，右頁的圖表現了這幾個研究組成基礎要素的交互關係。

　　右頁看起來像是一種規則，也可能讓讀者們聯想起五〇年代的老研究法書籍，然而我們還是堅持這樣的一個模式，因為這個圖表現了研究中主要成分之間的指向性與邏輯關係。

　　這個圖所未顯示出的是，研究者所提出的研究問題以及其所進行的研究類型，對選擇研究方法上的影響和作用。然而，形塑出我們一開始所提出的研究問題，以及我們如何提出這些問題，和我們打算如何回答問題的，就是我們在本體論與認識論中的觀點。

　　雖然我們在〈第三章〉中提過，研究應該由研究者所提出的研究問題或研究假設所引導，但事實上，在右圖中的任何一個步驟，都可以是研究的起點（雖然我們很不願意承認這一點）。

　　例如，一個研究者非常確定這幾個研究基礎要素可以彼此相互並存的話，那麼他就可以先選擇個人喜愛或熟悉的研究方法，再回頭去找出適當的方法論、認識論與本體論。（讀者可參考主張可由任何一端開始著手研究的 Crotty 1998: 12-14）

　　一定要記得：右圖所表現的是研究基礎要素間的指向關係，但這並不代表某個要素能夠決定或限制另一個要素。舉例來說，傾向實證主義的研究者所選擇的本體論觀點，並不表示其在認識論的觀點上就會偏向實證主義。

　　然而，我認為我們特別應該捍衛所謂「**方法指向的途徑**」（method-led）的研究（亦即以**研究方法**引導研究進行），而非「**問題指向的途徑**」（question-led）的研究（亦即，以**研究問題**引領出最適合的研究方法和資料）。

　　在擬定研究問題前，就先選擇研究方法，基本上是與我們上述所討論的交互關係抵觸的，而且很可能因此導致研究問題與研究方法搭配的問題。記得我們在〈第二章〉所討論的，研究方法應該不受本體論與認識論的假設立場限制，而其決定也應由研究問題所引導（見第 63 頁）。

本體論、認識論、方法論、研究方法和資料之間的指向關係

1 {本體論}
ontology

有什麼應該知道的？
What's out there to know?

⇓

2 {認識論}
epistemology

我們可以知道哪些相關的東西，以及我們該怎麼知道？
What and how can we know about it?

⇓

3 {方法論}
methodology

我們該如何取得這知識？
How can we go about acquiring that knowledge?

⇓

4 {研究方法}
method

我們可以利用哪些確切的方法來取得這知識？
Which precise procedures can we use to acquire it?

⇓

5 {資料}
sources

我們要蒐集哪些資料？
Which data can we collect?

選擇不同的指向？

　　我們假設現在有一位研究者，他剛好在一個已經失勢的獨裁政體的檔案庫中發現一些秘密資料，於是他開始對上述所提到的指向關係感到質疑，他可能會說：「既然我已經找到了這麼豐富的實證資料，而且這與所謂的本體論、認識論、方法論或研究方法毫無關聯，那麼我就這樣開始進行我的研究吧。」這聽起來似乎滿合理的，但其實其中都呈現出了研究的基本要素：

1. 他可能認為，這些檔案中的資料在某種程度上表現了前政權的現實面，而且對於獲得該政權相關知識上具有相當的助益。	⇨這就是本體論與認識論的部分
2. 研究者對研究的構想，其前提必須是這些資料是由那個失勢政體的官方所記錄下來的，否則這個研究並不值得進行。	⇨這就是有關蒐集知識的認識論部分
3. 在研究者說明如何使用這樣的資料，提出其可能帶來的助益與限制，以及如何將之運用於研究策略上時，研究者其實就已經在勾勒整個研究的方法論了。	⇨這是方法論的部分
4. 他必須進一步地確認復原檔案的方法是真實無欺的。	⇨這是研究方法之一
5. 由檔案復原所得來的資料，將會是研究者開始進行研究所使用的資源。	⇨這是資料獲得的部分

11 範例說明：「社會資本」

social capital

5

研。
究。
基。
礎。
：。
本。
體。
論。
與。
認。
識。
論。

在右邊的文字框中，我們提供了一個實務的範例，說明了研究者個人的本體論會如何對整個研究過程的造成影響。為了進一步釐清重點，我們將在這個單元討論所謂的「社會資本」（social capital），這個議題本身可以更充分地表現出本體論與認識論對研究的影響與作用。

在「社會資本」的議題中，最主要的「典範」多多少少都可以算是「方法途徑」的研究範例。學者們將焦點置於在這類大規模的調查中，用來獲得一些如人際間的互信與合作等複雜概念的研究方法。

> ▶ 實務中的指向關係？

Pepper D. Culpepper 提供了一個極佳的範例，來說明研究者個人的本體論對整個研究過程的影響：

為了解釋一般知識的結構型態以及相互合作上的成功與失敗，在「理性主義」「建構主義」這兩個途徑之間，有幾個重要的差異：

1. 首先是**本體論**的不同：理性主義起始於個人主義，而建構主義則來自於整體主義。
2. 這個起源造成了**方法論**中對**分析單位**選擇上的分歧：理性主義者對個體（如朋友、夥伴們）有著十分明顯的偏好。但對建構主義者來說，其偏好的個體是共同建構而成的，因此分析的有效單位通常是連結行為者的網絡。

◀「社會資本」的研究

廣義地來說,「社會資本」這個概念是人與人互信關係的副產品,特別是來自於組織與協會、團體內的關係——協調、論辯和面對面的關係反覆地灌輸其成員民主的原則。

在特定區域中,公民對公共事務積極的參與和興趣,將對所有人帶來合作的共同利益。透過民眾的參與,資訊得以流通,並且能夠讓其他人輕易地取得,這是一種假設性聯結,代表在特定區域中社會資本的存在與其對政經表現,甚至在民主政體的正面影響。而這個部分也深深地吸引了研究者與決策者的注意,一般說來,社會中的社會資本愈高,就代表著那個社會可能愈民主。

在社會資本的研究中,首先影響最大的一個典範,顯然地就是由一群試圖運用美國政治學家普特南(Robert D. Putnam, 1941-)對社會資本的定義進行研究的學者所組成的「普特南學派」(Putnam School)。最重要的是,他們在研究過程中多少都模仿了普特南在義大利民主制度的研究中所用以檢測概念的量化研究方法。(參考範例 Hall 1999; Whiteley 1999; Stolle and Rochon 1999)

這個研究的典範提升了我們對社會資本概念上的思考,但是這樣做也和普特南個人在研究中的本體論與認識論基礎一樣了。除此之外,這個典範還包含了針對社會資本一詞不斷發展出的研究。然而,在這些研究中,這個詞彙卻經常地被任意地採用,隨意地被改寫,甚至被錯誤地運用。

從這些研究者所提出來或使用的定義、指標、方法論和研究方法來看,可以發現這些研究者並未顧及社會和世界政權在普特南的研究報告提出後已經有所改變了,同時,也未參考他在之後的研究中所做的修正。

◀測量「信任度」?

普特南和他的追隨者都支持相近的本體論、認識論和方法論,就像政治文化研究之父 Gabriel Almond 和 Sidney Verba 在 1950 年代首次發表與眾不同的研究。

在其範例中，文化與社會資本都代表了某種心理學上的東西，是可以在個體的層級中以實證的方式，透過問卷調查所得的具體化可計量的答案，而加以估量的。

大多數有關社會資本的研究都使用了調查問卷，但這些問卷並不是用來得到那些被認為是構成社會資本的因素。（一個最好的例子就是 Richard Rose 社會資本調查）相反地，這些問卷的答案是用來證明合作與**信任**的存在與否，並由此確定其社會資本。

社會資本中的普特南學派，可以被說是立基於基礎主義的**本體論**（例如他們相信世界獨立於我們所認知的世界之外）以及**實證的認識論**。這個起始點同時也影響了這個學派在**方法論**上的選擇。這個範圍廣泛的詞彙，需要針對特定的技術或研究方法可發揮的範圍及限制，進行審慎的考量。最重要地，方法論選擇了**研究的方式**。

對普特南學派而言，這個研究方式就是包含了大量事例的量化策略。這個選擇使他們採取了一個特殊的研究方法：問卷調查。

從回應者對問題的回答來進行統計方面的運算和操作，因此以量化方式來測量問卷所產生的認知的回應（即資料來源），就被用來當成是了解社會資本衰落與否的指標了。

要了解研究者的起始點（**本體論**），與研究其他基礎要素之間（認識論、方法論、研究方法、資料），是否緊密地聯結並不困難，在重覆上述範例的過程中，偏向「**基礎主義**」的本體論（亦即，根據一種毫無疑問而且明確的信念，認為我們的知識可以**邏輯地推論**），通常會導引出「**實證的**」認識論（強調觀察和測量社會現象）——然而，不要忘記一個以基礎主義的本體論開始的研究者，其認識論還是有可能傾向於與實證論完全不同的實在論（realism）。（參考〈第六章〉）

不論如何，這些最初的觀點最後都導致了量化方式優於質性方式的選擇，並且指引研究者對問卷回應的分析方法。但諷刺的是，也許在上述範例中的學者們都採用了傾向基礎主義的本體論，這意謂著他們認為社會現象應該被直接觀察——只是，他們

5

研。究。基。礎。：本。體。論。與。認。識。論。

卻在研究著一件本身無法被徹底觀察的東西：信任。這個信任的概念是了解社會資本的核心，具有強烈規範的涵義，卻是實證認識論難以探討的東西。

「人在江湖」的情境

然而，如果你不將社會資本視為是對信任這個概念的認知或相關問題的答案，而將其認為是某種受到社會結構影響，甚至依附於社會結構之中的東西，那麼你的研究設計就會完全地不同。

舉例來說，我們可以辯稱那種存在於嵌入社會結構之中的人們，他們在產生網絡關係中的社會情境，在進行研究分析時具有重要的位置，那麼正如 Maloney 等人利用 Coleman 的說法所提出的：社會資本應該被當成是「情境」的附屬品，而且是存在於「行為者」關係之間的一種資源。

當地社會情境的廣泛因素，確實與一個國家的統治方式有關嗎？某一種特定的統治方式，是否在社會資本的產生或存在上，比其他的因素影響還大？譬如，統治方式所涵蓋的範圍可以從中

央集權到聯邦政府、從自由民主政體到獨裁主義，那所謂的分權統治真是一種比較貼近人民的政體嗎？它是否更受到地方因素的影響，更適合處理地方上的問題？它促進了人民對政治參與的程度嗎？也因此締造了社區團體與當地政府間的聯繫？

讓我們來看看從另一個本體論與認識論觀點開始的研究策略：假設我們相信機構的組織結構與統治方法的形式，影響了社會資本的產生、存在與維持，這樣的途徑將組織結構視為促成或限制行為者之行為的關鍵。如果將社會資本當成一個「依變項」（dependent variable）（與大多數社會資本學者將其視為自變數相反），亦即，認為社會資本深受特定的統治方式和政治組織結構所影響，那麼就可以藉此分析來了解行為者與組織之間的關係，以及兩者互動下的社會情境。

有趣的是，當你直接訪問人們對自己在特定團體內，以及個人與團體之間的關係時，所得到的答案將與上述普特南學派所提出的大相逕庭。舉例來說，在一個以探討歐洲地區對促進鄰國（

德國與波蘭）之互信與社會資本的小型前導研究中，就發現了以下的結果：在歐洲地區內兩邊的深度訪談中，發現阻礙兩國間的社會資本發展最大的因素之一，就是兩國國內的行為者都缺乏提升跨國合作的渴望，以發展這樣的社會資本。

由此可知，一個不同的研究策略就可以觸及不同的層面，而個體間或面對面的互動也可因此而生。這樣的做法不但可以概略地了解用來提升或阻礙合作的組織結構，並且了解行為者對這些組織結構的看法，包括他們對取得特定資源管道的評估。

像這種類型的分析，有時又被稱為「雙重解釋」（double hermeneutic）（參考〈第五章〉的解釋），但這卻不見容於我們前面所提到的完整的實證主義之中。它會利用不同的方法來得到相關的資料，卻可能未考量行為者對其狀態的了解有多麼的重要和相關，例如跨國之間的經濟往來。

另一方面，闡釋主義學派（interpretivism）則強調行為者與結構的角色，與上述以行為者為主剛好相反。這個本體論的觀點與普特南學派不同，可稱為「反基礎主義」（anti-foundationalism），例如其認為不是所有的社會現象都可以被直接觀察——組織結構的存在是無法被觀察的，而那些可以被觀察到的，往往無法呈現社會與政治的真正風貌。

而這也影響了認識論的觀點，包括個人認為在特定的情境下對社會資本能夠了解的程度，以及我們可以藉此推論的範圍；以及之後的方法論，例如為獲取相關知識所選擇的方法。

在這個方法論中，研究者選擇了明確的做法或研究方法來解決受到本體論和認識論影響而產生的研究問題。而在真正的研究中，特定的理論架構可引導深度菁英訪談，而文獻分析則可補充其所取得資料的不足。

下頁的表格總結了上述學派的差異，舉例來說，這些學派可能都選擇了類似的**研究方法**來進行研究，但它們卻依各自的**本體論與認識論**，將重心放在不同的**方法和資料**上，並且以不同的方式來進行**分析**，譬如有些用利用量化資料，有些則不需要從資料中進行推論或歸納。

範例：「社會資本」研究的不同途徑

		普特南學派的途徑	其他學派的途徑
1	{本體論} ontology	◆基礎主義	◆反基礎主義
2	{認識論} epistemology	◆實證主義	◆闡釋主義
3	{方法論} methodology	◆採用量化方法 ◆運用多樣的事例 　與調查	◆採用量化與質性 　方法 ◆通常使用少量的 　深度事例
4	{研究方法} method	◆透過大規模調查 　的問卷方式	◆深度訪談 ◆文獻分析
5	{資料} sources	◆來自於問卷調查 　中的回答	◆訪談內容的轉譯 　和背景資料的統 　計數據

研究基礎要素之間相互關係的研究和規則所代表的涵義是很明顯的，以上述的範例來說，在美國這個由普特南等人所提出來的詞彙「社會資本」對於右派的理想主義者而言，代表了一種道德的回歸以及良善社會。這個完美的典範就等同於犯罪率的下降以及公民責任感的重返。但是，如果這個學派所根據的假設所表現出來的結果並不可靠，那麼其最後結論也就會被畫上問號，而顯得無意義。

最後，我們要再一次強調，不論你同不同意上面所引述有關社會資本的討論。我們的重點就是要說明，不同的起始點將如何影響研究過程，進而導致不同研究方法與步驟的產生。也因此，在進行研究時，我們必須了解在研究中所謂的「立足點」。

▼
5

研。
究。
基。
礎。
：
本。
體。
論。
與。
認。
識。
論。

12 重點摘要與延伸閱讀

summary and reading

▶ 重點摘要

　　為了要創造出優秀無誤的研究成果，你必須徹底地了解研究進行中所使用的語言，而最好的起點就從這些構成研究基礎的詞彙開始，包括了本體論、認識論、方法論、研究方法及資料。

　　有些學者可能認為上述所討論的詞彙與對本體論、認識論的了解與實際現實中的研究毫無相關，事實上，這是錯誤的想法。以下就集結了本章的重點來進行說明：

[1] 你必須知道其他研究者所採行的研究途徑背後所依據的邏輯，且不論你所進行的是什麼研究，都必須清楚地建立個人的研究途徑。

[2] 了解這些重要的基本術語將幫助你為自己的觀點提出適當的辯護，了解其他研究者的觀點，並且完全地掌握研究過程中構成要之素間的指向關係。

[3] 再者，它可以幫助你適切地參與學術上的論辯。

[4] 它將協助你進行高品質、明確易懂的研究。

▶ 基礎與延伸閱讀

Bryman, A. (2001) *Social Research Methods*, Oxford, Oxford University Press, chapter 1.

Hay, C. (2002) *Political Analysis*, Basingstoke, Palgrave Macmillan, chapter 2.

Marsh, D. and Furlong, P. (2002) 'A Skin not a Sweater: Ontology and Epistemology in Political Science', in D. Marsh and G. Stoker (eds), *Theory and Methods in Political Science*, Basingstoke, Palgrave Macmillan, updated and revised edn, chapter 1.

Mason, J. (1998) *Qualitative Researching*, London, Thousand Oaks CA, and New Delhi, Sage, chapter 2.

第 6 章

各種研究典範。
THE KEY RESEARCH PARADIGMS

1 本章的學習目標

introduction

1 了解三個重要的研究典範：實證主義、後實證主義（批判實在論）和闡釋主義。

2 認識後現代主義與女性主義概論。

3 關於經濟學、政治學、國際關係、社會學、歷史學等重要觀點的討論。

4 關於學科與各學科之間的討論。

本章將介紹在人文科學中一些研究架構，以及從其中衍生而出的一些學術主義的主要觀點，內容涵蓋了一些主要的研究典範（research paradigm），並且從下列學科當中選出幾段對於主要論述的討論，包括經濟學、政治學、國際關係、社會學、歷史學。

詳述人文科學中的研究架構，目的是讓你可以藉著足夠的知識自信地進行閱讀，並且讓自己習慣於研究過程中可能閱讀到的資料。以下的內容並非要取代研究哲學中涵義深遠的討論。書中集結了許多研究字串的家族，

雖然這類的字串都有性質上的差異，但是如果我們知道這些字串可以連結至相同的領域，那就可以協助我們了解內容。

市面上許多研究的書籍，大部分都只將研究傳統分為**實證主義**（positivism）與**闡釋主義**（interpretivism），然而在本書裡頭，我們新增了第三種研究典範——**後實證主義**（post-positivism），即**批判實在論**（critical realism）——好讓大家對於進行人文科學研究時，對於可用的研究典範能夠有一些基本的概念。

而本章後半部所討論的內容，可以讓你知道何謂學術主流觀點，這類與人文科學中有關的主義的討論，具有下列的優點：

☑ 讓我們了解人文科學主流學科中核心觀點的學理基礎。
☑ 協助我們了解不同的學科領域之間觀點的相似度。
☑ 讓我們熟悉研究中所探討的觀點，其使用的相關用語、詞彙、限制、適用範圍、主要構成要件，以及核心內容。

但這樣概要的說明也有缺點，譬如，那些書中未提及的觀點呢？再者，也有許多以下將會提及的研究典範、觀點的擁護者，他們想爭論出一個更有鑑別度，甚或完全不一樣的分類法。

然而儘管如此，這些練習仍是值得的，這些討論的目的是要讓你對研究中可能會研讀到的重要名詞有基本認識。例如，了解國際關係中「實證主義」與「實在論」（realism）的差別——前者可以用在較為廣泛的研究上，而後者指的是某種與實證研究中所發現的假設相關的觀點。

我們想澄清一點，雖然書中的討論是依據傳統的學術論點，但決非是要捍衛學科間的死板分界。事實上，本章進一步的目標是要鼓勵大家藉著那些從主要基礎衍生而出的觀點來檢視個人的學科領域。本章的最後部分，則鎖定在介紹學科與**跨學科**的概念。

本章將從一些主要研究典範的概述開始，包括歸納出的 10 種核心假設。這也許顯得太過簡化，但是我們相信這樣的介紹，已足以讓學生在學術領域中一堆常見而且混亂的「主義」（-ism）之中，定位出自己的研究目標。

接著，我們將探討在人文科學中這些研究典範的主要論點。書中將提供一個圖表式的簡介，將各自相關的研究架構列出。而稍後的討論模式及論點的陳述方式，將近似於 Colin Hay 在有關政治學與國際關係的主要論點中所使用的方式。（參考 2002：6-28）

本章中臚列了假設、重要主題、重要概念、限制範圍、支持論點。本章並不是打算鉅細靡遺的介紹每一個觀點，而是希望指出以哲學基礎所串連起的不同學科之間的學術觀點。

2 三大研究典範

research paradigms

任何形式的分類方法都可能不夠精確，而且遺漏的內容可能還比涵蓋的部分多。然而，存在於每個社會研究方法裡的研究典範，仍然可以讓我們了解我們到底了解了什麼（what），以及資料是如何（how）蒐集的。大致來說，在社會及人文科學的哲學中，有三個較廣泛的典範：

學術研究的主要三大典範

1	**實證主義** positivism	通常建立在所謂的「科學方法」上
2	**後實證主義** post-positivism	在此特別指「批判實在論」（critical realism）
3	**闡釋主義** interpretivism	也屬於「後實證主義」，然而，就如同我接下來會釐清的，它是一個具統稱性質的典範，涵蓋了社會研究中幾個特別的途徑。

如以下所示，這些論點的定位通常都不同，而使得這個主題的論述令人感到困惑。而在以下的圖表內，由左到右（從實證主義、後實證主義到闡釋主義）所代表的意義，就是從「解釋」（explain）社會現實，到「闡釋」（interpret）或「了解」（understand）：

| 解釋
explanation | | 了解
understanding |

　　上圖的分類非常廣泛，也容易有重疊之處。舉例來說，闡釋主義是後實證主義，但是在研究中，卻是個有區別度的典範。「解釋」與「了解」的明確區隔，應該只被視為是種引導，譬如闡釋主義試著去解釋，而實證主義是期盼他們的分析可以讓大家了解社會現象。

　　在接下來的單元裡，我們將分別介紹主要研究典範的原則，以及其他廣為人知的名稱與類型。

3 實證主義

positivism

「實證主義」是一個非常廣泛的概念，也是這一世紀來最主流的研究典範。事實上，近來愈來愈多的典範將其視為用來區隔自己與其他典範的指標，並在此議題上導引出豐富的文獻資料。

就技術上來說，實證主義，是一種認識論的途徑（參考〈第五章〉），尤其是與社會調查方法有關。其歷史的起源可回溯到亞里斯多德，接著發展到培根（Francis Bacon, 1561-1626）、霍布斯（Thomas Hobbes, 1588-1679）、笛卡兒（Rene Descartes, 1596-1650）、休姆（David Hume, 1711-1776）、孔德（Auguste Comte, 1798-1857）、密爾（John Stuart Mill, 1806-1873）、涂爾幹（Emile Durkheim, 1858-1917）等等，這些知名的學者在尋求社會科會與自然科學中一個統一的方法論時，都將自然科學視為一種人文科學模式。

廣義而言，任何種類的哲學體系，只要圍於經驗材料，而不認可先驗或形上學的思辨，都可歸類為實證主義。

Martin Hollis 讚許道：「實證主義是一個在社會科學與哲學領域中廣泛運用的詞彙。廣義的來說，它包含了所有將科學方法運用在人類事物的方法，而這些被表達的人類事物皆屬於自然界的一環，需以客觀的調查去證實。」（1999：41）

其他與「實證主義」相關的名詞包括——經驗主義（empiricism）、客觀主義（objectivism）、科學方法（scientific method）、自然主義（naturalism）及「自然途徑」（naturalist approach）。

雖然這些理論在本體論的觀點上，與不同的學科領域之間有很顯著的差異，但是都傾向於認同以下的主要原則，以及這個典範所依據的最重要論述：

1　實證主義建立於實在論（realism）和基礎論的本體論（foundationalist ontology）上，認為世界獨立存在於我們的知識之外。

2　實證主義相信，「社會中存有模式（pattern）與規則、因與果，就如同自然界一般」，他們也相信因果論述的可能性。

3　也因此，許多人試著以科學方法（scientific method）來分析這個社會。

4　當研究人員使用這些科學方法時，因為這些方法是中立的，所以不會擾亂現存的事物。

5　實證主義強調社會研究中的解釋（explanation），而這個概念剛好與了解（understanding）相反，而許多人也相信，「解釋真正目的在於預測（prediction）」。

6　實證主義在清楚地區分「事實」（fact）與「價值」（value）時，強調實證中的觀察及證明部分，但實證主義者更關切的是前者，而非後者。

7　實證主義表達了「反對抽象論在哲學研究領域中占有正當性」。

8　實證主義尋求研究上的「客觀」（objectivity）。

9　在實證架構中的研究者相信，我們能夠藉由理論的運用，來產生可以靠直接觀察來檢測的假設，並以此建立社會現象之間的關係。

10　實證主義並不認可 Anthony Giddens 所說的「雙重詮釋」（double hermeneutic），亦即，在人文社會科學的研究中，被研究的對象已闡釋了自身的行為（第一重），而研究者的詮釋是「第二重」。

實證主義既是一種認識論，又是一種方法論，它強調客觀觀察的行為主義、工具主義、經驗主義等等，把經驗與邏輯分析作為「客觀地」認識現實的基礎。實證主義假設：具秩序的客觀現實，只有通過客觀的知識來認識，而對知識的研究和討論，應局限於經驗或感覺的範圍內，不能逸出其外。

亦即，「實證主義」的中心論點是——事實必須是透過觀察或感覺經驗，去認識每個人身處的客觀環境和外在事物；而且實證主義者認為，每個人用來驗證感覺經驗的原則，並無太大差異。

實證主義的目的，就在於希望建立知識的客觀性。實證主義反對神秘玄想，主張以科學方法建立經驗性的知識。這種思想恰巧與柏拉圖的「理型世界」相反，柏拉圖認為只有觀念才是真實的，感官都是虛幻的。

大部分的實證主義認為，我們眼睛所見（現象），與實際狀況（事實）中並沒有二分法，世界是真實的，並非是透過感官或社會建構才形成出來的，而這正與實在論與闡釋主義相反。

相對於闡釋主義，實證主義和實在論中都相信因果關係陳述（causal statement）。實證主義強調的是能創造出知識的實證理論，因而排除規範性問題（normative question），例如價值問題、信任等等，並且相信社會科學可以是價值中立的（value-neutrality），例如，相信研究者在發掘社會世界時是保持價值中立的。

在自然科學中，一個用來探索準確度（precision）、正確性（exactitude）並具預測（prediction）力量的方法，對研究者來說是深具魅力的。而對人文科學來說，其研究相對地混亂很多，而且對於事情發生的原因很難釐清，也很難加以預測，然而，實證主義者仍努力想找出通例與法則，以便理解人類社會。

4 闡釋主義
interpretivism

> 闡釋主義的哲學根基來源於唯心論（idealism），
> 其主張：人類對世界的體驗，並非是對外界物質
> 世界的被動感知與接受，而是**主動的認識與解釋**。

◀何謂闡釋主義？

「**闡釋主義**」（intrepretivism）是也個概括的名詞，包含了人文科學中許多的論述，而其主要目的，乃在於了解這些「**被研究的對象如何理解他們自己的生活**」。

「**闡釋主義**」是人類在科學研究過程中逐漸形成的一種哲學觀點，主要常見於人文社會學科。闡釋主義中的不少觀點起源於德國，其前身為社會科學學術流派**詮釋學**（hermeneutics）以及**現象學**（phenomenology）。

闡釋主義的本體論基礎乃：現實世界中具體事物的義涵，是由人們的思想所主觀建構出來，因此不是客觀且唯一的，故允許多種對世界的不同認識同時平等存在。例如，對於生物物種的分類，就是由人類所建構出來的，它們是基於人類的主觀認識所架構出來的。

闡釋主義並不認同將自然科學中的中立觀測（neutral observation）和通用律則（universal law）應用於社會科學研究中。闡釋主義的認識論主張：對於這個複雜世界的認知，是透過研究人們的生活經驗和觀點而呈現出來的，研究者應該深入現實生活去領會，並且通過科學化的方式與語言，去解釋並重建這些概念和義涵。例如採用「互動式訪談」或「參與式觀察」等研究方法。

▶ 闡釋主義 vs 實證主義

　　在某種程度上，闡釋主義可以被視為是對於太過強勢的實證主義的一種回應。許多作者選擇概述實證主義及闡釋主義的重點，而且省略了這兩個極端主義中間的其他社會研究，就是因為這兩個主義可以被視為是對立的：實證主義尋求客觀，而闡釋主義相信主觀。

　　我們要再次強調，這些途徑間具有一定程度的差異，但也有一些相同之處，而第一個就是反實證主義。實證主義者試著以自然科學來形塑他們的研究，而闡釋主義者相信自然世界與社會世界之間有著清楚的分界。因此，所以我們需要一個更符合研究主題的研究方法和方法論來蒐集資料。

　　另一個值得注意的重點是，如果這些研究典範間的界線不是如我們所説的這麼明確，而最好的研究卻是遊走於這兩個典範邊緣時，你還是無法採用實證主義與闡釋主義合併的策略，因為這些典範的基礎假設具有邏輯上的矛盾。Denscombe 在以下的敘述中簡短的説明了這類型的研究：

　　　闡釋主義者注重「主觀」（subjectivity）、「了解」（understanding）、「行為體」（agency），以及人類建構社會的方法，也介紹了造成不確定性的複雜原因，甚至還包含了說明闡釋主義所產生的矛盾及內部的不連貫性。這既無法與通用律則（universal law）的自然科學和平相處，亦無法確定這個世界如何運作。更誇張的説，闡釋主義者的解釋是一團混亂，並不簡潔有力。它們是毫無限制的，而非完整的。（2002: 21-2）

　　有關闡釋主義典範的基礎絕對可以找到很多。雖然其他的評論家會毫不遲疑地提到其他不同的基礎，但這裡我們還是以 10 點的方式來進行說明：

1　相對於實證主義與實在論，闡釋主義的基礎建立於反基礎主義的本體論（見 116 頁），並認為世界不獨立存在於我們的知識之外。

2　世界建立於個體之間的互動，而且「事實」（fact）與「價值」（value）之間的區分，並不如實證主義者所說的那麼明確。

3　這個典範所強調的是與「解釋」對立的「了解」，因為闡釋主者並不相信透過些許的「觀察」，便可以了解社會現象。

4　與實證主義相反的，闡釋主義認為社會科學不同於自然科學，應該用「身歷其境」的方法進行研究，而非自然科學的研究方法。

5　社會現象不會獨自存在於人們的闡釋之外，而這些闡釋足以影響結果。因此，研究者無法將其置身於社會真實之外，例如，研究者無法與其研究的對象「隔離」（detach）。

6　因此，「客觀」或「價值中立」的分析是不可能的事，因為知識是推論與理論所架構而成的，而研究者必須將個人「主觀的」見解、態度、價值觀等等因素，反應於其研究成果上。

7　闡釋主義將「雙重詮釋」（double hermeneutic）視為一種了解社會、社會行為者，以及這些角色的意見，或其在社會地位的方法。

8　闡釋主義通常不致力於建立社會中因果關係的解釋，因為他們將重點放於「了解」。（但韋伯確實相信建立因果關係的解釋）

9　這個典範中的研究者試著將焦點放在研究社會生活的重要性，並且強調「語言」在「現實」建立的過程中所扮演的角色。

10　他們特別強調那些研究所存在的世界被賦予的涵義。

5 與闡釋主義相關的一些研究方法

interpretivism: variations of approach

與闡釋主義有關的主要思想家，包括了：

- ✓ 康德（Immanuel Kant, 1724-1804）
- ✓ 黑格爾（G.W. Hegel, 1770-1831）
- ✓ 韋伯（Max Weber, 1864-1920）
- ✓ 狄爾泰（Wilhelm Dilthey, 1833-1911）
- ✓ 高達美（H. G. Gadamer, 1900-2002）
- ✓ 米德（George H. Mead, 1863-1931）
- ✓ 史特勞斯（Anselm Strauss, 1916-1996）
- ✓ 高夫曼（Erving Goffman, 1922-1982）
- ✓ 葛拉舍（Barney Glaser, 1930-）

闡釋主義涵蓋了許多關於社會研究的不同方法。在這個廣泛的標題之下，可以蒐集到各種類別的論點，以下分別說明。

1. 相對主義（relativism）

相對主義是一種哲學上的價值理論，與絕對主義對立，主要特徵是否定事物的客觀存在。在認識論方面，其強調人們認識事物的相對性，否認相對中有絕對，也否認客觀的是非標準。

相對主義認為，價值會隨著社會文化和個人的背景而有所不同，因而沒有一個價值，是能夠普遍適用於所有情境的。在相對主義的價值體系下，體系中的價值都是相對性的。

2. 現象學（phenomenology）

現象學是二十世紀最重要的哲學流派之一，狹義的**現象學**是指德國哲學家胡塞爾（Edmund G. A. Husserl, 1859-1938）創立的哲學流派。**廣義的現象學**則是除了胡塞爾哲學外，還包括直接和間接受胡塞爾所影響而產生的各種哲學理論，以及二十世紀西方人文學科中所運用的現象學原則和方法的體系。

現象學不是一套內容固定的學說，而是一種通過「直接的認識」來描述現象的研究方法。現象學強調對直接直觀和經驗感知的區分，而所謂現象學的研究方法，即是指「從直接、直觀和先驗本質中獲取知識的途徑」。現象學的研究方法，尤其廣泛地被應用在歷史學、社會學、語言學、宗教學、文學理論等人文學科中。

現象學分析關注的通常是「理解日常生活和主體際的生活世界如何被建構起來」。在現象學的研究方法上，研究者通常會採旁觀者的角度進行理解和觀察，然後將研究者本身的主觀意識抽離，保留被觀察者或受訪者的觀念想法，以發掘這些客體的經驗，並了解客體存在的意義。

◀3. 詮釋學（hermeneutics）

詮釋學原是一個以解經學（exegete）傳統為典範的認識論模型，主張人們在解釋某一文本或人類的行為時，必然會捲入詮釋的循環（hermeneutical circle）。詮釋學認為詮釋是循環的，是透過提問與回答這個往復的過程，而獲得理解。與之相對的，現象學則認為觀察者在解釋過程中是未捲入的。

詮釋學就是「資料的解讀」，是一個「解釋和了解文本」的分析資料技術，其目的是對「理解的過程」有所理解。在詮釋學的研究方法中，研究者不只單純地從客體的角度來分析研究，也融入自己在此所觀察到的部分。亦即，詮釋學主要透過描述者的觀點，來分析文本，通常會強調資料產生的社會與歷史脈絡。

反之，**闡釋主義**的目的則在於了解「研究的客體是如何理解他們自己的生活」，研究者只單純地用客觀的態度來分析被觀察者或受訪者的狀況，而沒有摻雜研究者個人的主觀意識；而詮釋學的興趣則在於詮釋者的發現過程。

當代的詮釋學尤以高達美（Hans G. Gadamer, 1900- 2002）的思想體系為代表，高達美主張直接溯及人的原始生活經驗，而非在純粹的思辯領域中來構建哲學體系。他認為，「理解」乃是生命經驗的基本結構，而理解就是「解釋」。

在傳統的認識論中，假設了客體現象的背後有一個永恒不變的本質存在，認識的主體應完全排除個人的主觀性，力求知識的客觀性。這種古典的理解觀，著眼於主體對客觀的了解，而高達美則是將理解視為主體與客體的雙向互動。傳統認識論中以主、客體兩分為前提的認識模式，在詮釋學中轉變成了主體間的相互理解。前者認為，無論主體如何認識客體，都不會改變客體；但在詮釋學中，理解的主體與客體會在對話中產生互動作用。

4. 唯心主義（idealism）

唯心主義，即唯心論，是一種看待世界的方式。在認識論上，唯心主義認為，「人類唯一真正能直接獲知的，其實只是人類自己的概念」。

與「唯物論」（materialism）相對的，唯心論主張物質依賴意識而存在，物質是意識的產物。反之，「唯物論」則認為是物質決定了意識，而意識乃是客觀世界在人腦中的反應。

與「實在論」（realism）相對的，唯心主義認為，可見的外在物質世界，是不能獨立於依人類內在的意識與心靈，而後者才是世界的本質。反之，實在論則認為外在的世界是一種絕對的存在，不受人類的內在所影響。

5. 符號互動論（symbolic interactionism）

符號互動論主要來自美國社會學家米德（George H. Mead, 1863-1931）的著作。從哲學上看，符號互動論與美國的實用主義、德國和法國的現象學聯繫最為密切，高夫曼（Erving Goffman, 1922-1982）則是主要代表人物之一。符號互動論的基本主張有：

1) 語言是心靈和自我形成的主要機制，且心靈、自我和社會不是分離的結構，這些是都人際符號互動的過程。
2) 心靈是社會過程的內化，而內化的過程又是人「自我互動」的過程，人通過人際互動學到了有意義的符號，然後用這種

符號來進行內向互動並發展自我。個人和他人就是透過彼此的互動，而界定出自我的。

3) 個體的行為會受其自身對情境的定義所影響，人對事物所採取的行動，是以事物對人的意義為基礎的。而事物的意義來自於個體與他人的互動，而非存在於事物本身之中。

4) 但行為是個體在行動過程中自己所「設計」出來的，而非是對外界刺激的機械反應。當個體在面對其現實遭遇時，他會用自己的解釋來運用和修改這些意義。

在方法論上，符號互動論傾向：

1) 採用描述性和解釋性的方法論，偏愛參與性觀察（participant observation）、生活史研究、種族誌（ethnography）或行為標本等方法，強調研究過程，而不是研究固定的、靜止的、結構的屬性。

2) 必須研究真實的社會情境，而不透過運用實驗設計或調查研究來模擬真實情境。

6. 建構主義（constructionism）

對於主體性與客體性、行為者與結構、人類與環境等議題，當論及人類意識或思想與外在物質關係時，只要主張此關係並非單方面被動接受，而是相互影響建構的，便即具備了建構主義的本體論特質。

建構主義起源於認識論的哲學觀點，主張「知識並非觀察者獨立於世界所得到的客觀呈現，而是個體主動建構而成的」，也因此，建構主義認為，個體對世界的看法是多元的，從而否定了知識的本體論，而以認識論為其內涵，強調個體主動性，以及先備經驗的重要性，並否定科學方法中孤立幾個變項去探討因果關係的作法。

然而，又因為個人的知識建構是建立在社會文化的環境之上的，所以深受社會文化所影響。由此可知，建構主義雖然強調知識的主觀性，但這種知識也不是任意地建構，而是與別人互動之後調整修正的結果。

6 後實證主義：批判性實在論
post-positivism: critical realism

◀從實證主義到後實證主義

實證論的研究學者基本上是站在「實在論」（realism）的立場，認為社會世界是一個客觀存在的實體，具有普遍的結構與規律，而主張以自然科學的方法，客觀地分析社會現象。

然而，在 1970 年代以後，隨著科學哲學中歷史社會學派（以孔恩為代表）的興起，闡發了社會科學理論中的詮釋學性質，造成了許多學者企圖跳脫實證主義的科學統一觀和科學方法整體性的樊籬。許多人不再相信自然科學能為社會科學提供真理性的知識、普遍性的法則，或是做出普遍有效的解釋和預測——後實證主義的時代於是來臨。

後實證主義拋棄了實證主義的核心假設，人們認識到，科學家的思維和工作方式，與人們的日常生活方式並沒有本質上的區別，「科學家的推理」與「常識性的推理」，實際上是同樣的過程，不同的只是程度上的差別。

後實證主義典範乃是指運用直覺判斷和洞察力獲取知識的思維方法，其著重於個人的主觀感受，認為社會實際上是不存在客觀的組織法則，而是由個人主觀經驗所形成。因也此，後實證主義反對實證主義的普遍主義原則，並且在方法論上主張多元化。

「實證主義」把經驗與邏輯分析，做為客觀地認識現實的基礎，因此在方法論上有所局限，但「後實證主義」卻不限於世界現實之討論，並且能進行過程與特質的分析。後實證主義的理論和觀點所代表的意義，不在於它發現了新的真理，而是在於它擴大了觀點或方法的思維空間。它檢視本體論與認識論的後設成分，以批判性思考進行學科自省與科際整合。

解釋 explanation		了解 understanding
實證主義 positivism	後實證主義 post-positivism	闡釋主義 interpretivism

◖後實證主義 vs 實在論

前幾個單元討論過數線上的兩端後，接下來我們要討論位於兩者之間的「後實證主義」（post-positivism）。

如上圖所示，**後實證主義**可以被視為介於實證主義及闡釋主義之間的一種研究典範。

在開始討論之前，我們先來談談「實在論」（realism）這個名詞。在許多教科書裡頭，都會以「實在論」來描述介於實證主義及闡釋主義之間的研究典範。然而，當典範之間的界線是不可或缺時，「實在論」這個詞彙就顯得有些令人困惑了，因為它代表著的是一個帶有部分實證主義，與部分屬於「後實證主義」觀點的本體論。

「實證主義」與部分的「後實證主義」，共用了一種具有實在論、基礎主義的本體論，但是實證主義實際上又傾向於「實證的實在論」，例如，它認為這個世界是由看得見的物體所組成的，沒有物體是觀察不出來的。反之，後實證主義其實是傾向於「**批判性實在論**」（critical realism）。

有許多的「實在論」都是從實在論的基本信條所衍伸出來的，例如「科學性實在論」（scientific realism）、「超自然實在論」（transcendental realism）。

然而，在以下的討論中，我們決定採用「批判性實在論」，因為它是人文科學中最具影響力的實在論。

•151

批判性實在論

　　在追溯「批判性實在論」途徑的歷史時，通常會回溯到至馬克思（Karl Marx, 1818-1883）、弗洛依德（Sigmund Freud, 1856- 1939）、阿多諾（T. Adorno, 1903- 1969）、馬庫色（H. Marcuse, 1898- 1979）等人之研究。此外，這個典範也受到了德國法蘭克福學派（Frankfurt School）的影響。

　　1970 年代起，一股選擇尋求「一般法則」的實證主義，和強調「意義闡釋」的闡釋主義的力量，日趨重要。簡單來說，**批判性實在論**企圖將**闡釋主義**的「如何」（how）和「了解」（understanding）之途徑，與**實證主義**的「為什麼」（why）和「解釋」（explanation）之途徑相連結。

　　然而，批判性實在論對於「起因」（cause）的看法，不像實證主義那樣單一。批判性實在論傾向於畫分出動力因（efficient causes）（行為者）與質料因（material causes）（社會結構）的差異，認為兩者代表了因果的影響力：前者是啟動了作用，而後者則限制或促進了這種作用。

> ▶ 「實在論」vs 「實證主義」

　　「實在論」（realism）與實證主義有兩點最大的不同，一是實在論者引發出一種有關本體論更多層次的概念。實在論對「深度本體論」（depth ontology）的假設進行探討——社會世界具有高度複雜性，通常是有組織的，而且並非都能直接觀察的到。

　　在這概念之下，會企圖從觀察的結果中建立「闡釋」因果關係的連結。藉著不把焦點局限於因果關係的連結上，實在論中所指的深度本體論，能夠比實證主義引發出較多層次的解釋變項和生產歷程。

　　再者，實在論必須採取比實證主義更大膽的手法——行為者本身在闡釋他們的結構化情境中是主動的，而他們所屬的狀況下的意義也都各不相同，也必定加入詮釋學的概念與分析手法。

　　以下我們也將提供大家一些批判性實在論特質的概要：

1　批判性實在論，橫跨在實證主義與闡釋主義之間，與實證主義共享基礎主義的本體論，並且容許研究中闡釋主義的存在。

2　當社會科學使用自然科學的方法來探討因果關係時（與實證主義一致），也需要藉著採取闡釋性的理解方式，來跳脫那些方法。

3　與闡釋主義不同的是，批判性現實通常不僅想「了解」社會世界，也企圖加以「解釋」。

4　假設社會中的改變與衝突，並非總是顯而易見或可觀察的，且顯見的變化多只能呈現出表面的問題，因此必須跳脫事情表面來觀察。

5　追求在高度結構化的現實世界中，提供有關事件、物體或社會關係的更完整解釋，然而其因果關係的闡釋，並非總是可以觀察得到的。

6　人類的所有行為，只有在關係已經先構成、且組織完善時，才會有存在的意義。亦即，已經存在的結構可影響行為者，但也被其影響。

7　社會中的物體與結構被視為具有因果的權力關係，故相較於闡釋主義，批判性實在論能夠做出因果關係的說明，並且確認因果的歷程。然而，在對因果關係的想法上，實在論與實證主義有所差異。

8　結構（structure）及行為者（agency）被視為是彼此共生的，但是在分析時，他們也能被視為兩個獨立的個體，進而協助研究的進行。

9　批判性實在論能與許多研究方法同時運用，並建議研究方法的選擇，應該取決於研究對象的本質，以及我們希望從中獲得的成果。

10　與實證主義不同的是，許多批判性實在論認同「雙重詮釋」（double hermeneutic），實證主義則否。

7 後現代主義
post-modernism

在前面的幾單元裡的三個主要的研究典範——實證主義、後實證主義、闡釋主義——是我們在研究中必須介紹的重點。如同我們所說的，這些是粗略的詞彙，但也涵蓋了研究中大部分主要典範的重要特點。

在我們繼續介紹各種在這些典範中操作的學科觀點前，有兩個近來受到矚目的研究觀點也很值得一提：後現代主義（post-modernism 與女性主義（feminism）。我們接下來將說明何謂後現代主義和女性主義，但是我們不打算介紹這兩個主義的影響力及爭論性有多大。

這是兩個難以分類的主義，因為他們既不是「學科」，也不是個「研究典範」，但是「解放」（emancipatory）這個粗略的名詞，似乎也解釋了這兩個主義下所廣為認知的要點。

後現代主義及女性主義兩者都對主流研究所根據的假設提出質疑，它們不僅代表了實際研究中理論的運用，也質疑許多在研究中已被接受的規範及基本原則。此外，它們也導致了許多方法學上的省思、論辯和說明，整體來看，如果能夠避免太過極端的討論，那麼對研究來說，就算是有所助益。

何謂後現代主義？

後現代主義是一種對「傳統」的知識主張（例如認識論）抱持懷疑態度的本體論。後現代主義產生於 1960 年代，在 1980 年代時達到鼎盛。它是對西方現代社會的批判與反思，也是對西方近現代哲學的批判和繼承，是在批判和反省西方社會、哲學、科技和理性中形成的一股文化思潮。

在許多學科領域中，它並沒有特定的觀點，只是以「後現代」途徑或「後現代主義」的名稱為大家所知。與後現代主義相關廣為人知的觀點，包括了：

1) **解構主義**（deconstructivism）：如德希達（Jacques Derrida, 1930-2004）

2) 系譜學途徑（genealogical approach：如傅柯（Michel Foucault, 1926-1984）

3) **論述分析**（discourse analysis）：一段談話或「論述」是由許多「命題」（proposition）所構成，而「論述分析」就是分析這些命題之間的關係，以認識論述者的思路。這是許多研究典範中所運用的研究方法。

後現代主義因其獨特的特質而難以將其定義，但我們試著將其一些重要的特點說明如下：

1. 後現代主義反應了「絕對事物」的一種式微──遵循正確的研究方法，不再保證可以得到真正的結果。

2. 相對於唯一的真理與唯一的確定，我們更應該準備好接受許多真理的存在，而唯一的確定，就是不確定（uncertainty）。

3. 有關如何科學地進行研究的傳統說法，已經被取代了。正如我們所見到的，許多的研究架構都具有各自的認識論。然而，儘管後現代主義也強調了所有研究架構中含有的認識論，但它並非一種可以自由選擇的研究架構。

如何以後現代的方式來做研究？那就是「以**批判的態度**來進行意義建構與意義擷取的工作」，也就是我們所謂的研究。

8 女性主義
feminism

女性主義乃是一個主要以女性經驗為來源與動機的社會理論，大多數的女性主義研究，是建立在挑戰研究中常見的男性沙文主義（但也非全部如此）的反基礎主義本體論上。

正如後現代主義一樣，女性主義並不偏好任何特定的研究方法——雖然研究有質性化的趨勢，畢竟女性主義研究者並不相信研究是價值中立或是客觀的。

更確切的說，許多人在研究中頌揚「個人」觀點，並主張研究者於研究他人時，應主動地融入個人的過去經驗。舉例來說，Sasha Roseneil 說道：「我主張更多社會學家應該以個人獨特的生活經驗角度來激發自己的研究。」

女性主義有許多不同的「分支」，從「經驗導向」（empirical）的女性主義，到「立場導向」（standpoint）的女性主義皆有。

事實上，女性主義也運用後現代途徑（這類的學者多半被歸類為「女性主義相關學者」），而兩者確實在關注的重點上也有許多相同之處。後現代女性主義多半「拒絕現代主義者所提出的啟發思想的認識論假設」。因此，他們反對基礎主義所提出的知識基礎主義、知識領域的普遍化主張，以及思想二元分類法的運用。

後現代女性主義是一種涵蓋了非基礎主義（non-foundationalist）、情境主義（contextualist），以及非二元論（nondualist）或多元主義（multiplist）的認識論。

9 學科與典範的主要研究觀點

key perspectives

現代生活的錯綜複雜，政治與經濟不可避免的糾結在一起，而了解歷史才是了解現代的第一步，單一學術領域的知識，可能已不足以了解或「抓住」研究中的社會歷程。對每位學生來說，跳脫狹隘的學科框框來進行探索，已經是不可或缺的要件了。

以下，我們即將討論的各學科觀點的概述。這個階段的主要目的，是要指出這些觀點是如何與「研究基礎」互相產生相關與作用的。在我們介紹這些學科之前，將依序先討論幾個觀察重點：

對於這一類特性描述的第一個重要警告就是，研究典範的界線不會如我們所描述的這般精準與客觀。事實上，它們不但不精準，而且時常互相重疊。正如我們所提到的，許多優秀的研究工作是遊走於研究典範之間的。

當我們提到可隨我們高興來變更本體論及認識論的立場時，並不是要否定〈第五章〉所討論的要點。結合本體論及認識論的立場並沒有邏輯上的錯誤，像是實在論的認識論中就帶有闡釋主義，而實證主義的認識論中帶有實在論的認識論。但是，你必須知道的是，你不能同時套用於實證主義與闡釋主義中，原因之一是，在許多教科書中，這兩個主義是被視為互相對立的。

對於下頁整理出的「**主要學科觀點：以研究典範例來排序**」，許多人可能會對我們所使用的專有名詞，以及如何定義它他們的觀點提出質疑。或者，許多學者可能不會認同就這樣快速地簡介一個正在發展蓬勃的研究領域的做法。以下所提出的觀點，應該只能被視為象徵性的代表，同時也是我們用來呈現出——即使源自近似的哲學基礎，但運用到各個不同的學科之後，這些觀點將會有很大的差異。

主要學科觀點：以研究典範例來排序

學科	實證主義	批判性實在論	闡釋主義
經濟學 economics	新古典主義經濟學 實證主義的經濟學 neoclassical economics, positivist economics	馬克斯主義經濟學 Marxist economics	闡釋主義經濟學 interpretivist economics
社會學 sociology	功能主義 functionalism	批判實在論 critical realism	符號互動論 symbolic interactionism
歷史學 history	經驗主義 Empiricism	批判實在論 critical realism	生活史研究 life history
政治學 politics	理性選擇理論 行為主義 理性選擇的制度論 rational choice theory, behavioralism, rational choice institutionalism	批判實在論 critical realism	社會學制式論 sociological institutionalism
國際關係 international relations	實在論 新寫實主義 新自由主義 realism, neorealism, neoliberalism		反思主義 reflectivism

←社會建構主義（social constructivism）→

10 實證主義典範(1)：新古典主義經濟學

economics: neoclassical economics

為了要讓大家了解不同的學科相關的研究根基，我們應該更詳細的介紹研究中與實證主義典範相關的觀點。這些重點也適用於其他兩個研究典範。許多學科觀點共享相似的假設與理論基礎。一旦清楚了，這可以幫助我們了解社會現象中多元的途徑。

我們所欲討論的第一個核心觀點是「**新古典主義經濟學**」（neo-classical economics），自 1970 年代起，這個經濟的典範已經在英國及美國成為主流。以下將介紹的一些學科的核心假設列出如下：

1. 新古典主義經濟學
   （neo-classical economics）
2. 理性選擇理論（Rational Choice Theory, RCT）
   〔政治學與經濟〕
3. 實在論（realism）〔國際關係〕
4. 功能主義（functionalism）
   〔社會學〕
5. 經驗主義（empiricism）
   〔歷史學〕

◀新古典主義經濟學

就假設和世界觀來看，最貼近這個經濟觀點的，應該是政治學裡的「理性選擇理論」（RCT）和國際關係裡的「實在論」。RCT 傾向於以個體來當作分析的單位，並擁有與新古典觀點密切相關的合理性與客觀性的概念。在 RCT 中的確有多種途徑，涵蓋的範圍可以從「嚴酷的」到「寬鬆的」，前者模仿新古典經濟學者分析時的數學計算方式，後者則融入其他觀點的要素，例如制度論。

新古典主義經濟學家將邏輯及市場力量的看法反映在 RCT 上，這情況指的是，當這個個體在生活上被某些特殊的喜好所引導時，那麼做決定時的情境就毫無影響力了。RCT 也可被視為想「將新古典經濟學中的精準與預測能力帶入政治學中」。

經濟學的實證典範：新古典主義經濟學（neoclassical economics）

▶ **主要假設**

1 普遍強調市場機制與透過市場所進行的資源分配。

2 個體享有選擇自己想要的以及所採取的方法的自由，並且依其目標與方法來合理化其決定。（參考 Boland 2001: 567）

3 官方干預應降至最低，或研究焦點應鎖定在官方正確的干涉程度。

4 如同其他物理科學，實證經濟學可以是「客觀」（objective）的。（Friedman 1953: 4）

▶ **要旨**

1 強調「市場」的角色，市場是資源分配的主要機制。

2 強調市場分配過程中官方干預的範圍。

3 將控制通貨膨脹視為市場經濟作用最重要的部分。

▶ **主要概念**

1 預言性的假設（predictive hypotheses）

2 市場（market）

3 供需；博弈論（game theory）

4 資源分配與平衡（resource allocation and equilibrium）

▶ **限制**

1 新古典途徑過度強調行為者的角色，而貶低了社會情境的角色。

2 在探索科學性的精確時，容易以數學模式來解釋人類社會。

▶ **主要倡導者與其研究**

1 P. A. Samuelson, *Foundations of Economic Analysis* (1947)

2 Alfred Marshall, *Principles of Economics* (1890)

3 Milton Friedman, *Essays in Positive Economics* (1953)

11 實證主義典範(2)：理性選擇理論

politics: rational choice theory (RCT)

在**國際關係**中，與前面兩個已介紹過的觀點最相近的是**實在論**。Hollis 與 Smith 在書中總結了實在論的精髓及其與實證主義典範的關連：

　　實在論途徑——它討論的是人類「**本質**」(nature)，而不是人類應該有的「特性」，同時也討論發生在人類身上的「歷史事件」(historical event)，而不是那些「應該發生的事件」。此外，這個途徑試著創造出國際關係中的**科學**。因為它相信有一種用以創造行為（behavior）的基本力量，而這也使它成為一種在實質上以實證主義來分析事件的方法。

　　相較於其他觀點，這樣一個科學及實證主義的途徑保留了上述觀點的「**客觀性**」，同時，它也強調政府行為的合理化。

　　在實證主義下的另一個學科觀點是**功能主義**（functionalism），其主導了 20 世紀黃金時期社會學與人類學的主流理論，發揚這個觀點的知名社會學家如涂爾幹、帕森斯（Talcott Parsons）和默頓（Robert Merton）。（發展「中距理論」的主要人物，見〈第七章〉）

　　廣義地來說，功能主義希望發掘**管理這個社會世界的規則**，它相信社會是由不同的部分所組成的，就像人體一樣——每個部分皆有其功能，而且每個部分互相連結、互相依賴以組成一個完整的個體。

　　如同人文科學中許多的概念一般，我們必須記住，「功能主義」是出了名的棘手，它包含了一個太過廣泛的觀點和一個獨立存在或華麗的理論，儘管現今可能找不到太多的功能主義者，但是了解這個有影響力的觀點，對研究來說還有有所助益的。

政治學：理性選擇理論（Rational Choice Theory, RCT）

▶ **主要假設**

1 「個別的行為者」是分析的基本單位。

2 他們是理性、有能力、有助益的最大功效者，同時也尋求將個人效值發揮至最大化。

3 他們有一套明確的喜好排序，因此在任何的狀況下，他們都只有一套最理想的行為方式。

▶ **要旨**

1 個體性的理性行為一齊發生時，通常會引發出整體性的非理性結果。

2 即使參與者有共同的喜好，在缺乏其他動機下，「搭便車」可能對整體性的行為產生不利的影響。

3 這類集體行為的困境是可以被克服的，影響力大的利益團體會展開「尋租理論」的行為，包括遊說及津貼。

▶ **主要概念**

1 理性（rationality）

2 集體行為的問題（collective-action problems）

3 「搭便車」（free-riding）

4 「尋租理論」（rent-seeking）

▶ **限制**

1 不太注意偏好的形成

2 不太注意有理性運作的制度化情境

3 依賴一系列合理性不足的理論假設

4 難以應付利他主義（altruism）及集體理性行為的情境

▶ **主要倡導者與其研究**

1 Anthony Downs, *Economic Theory of Democracy* (1957)

2 Mancur Olson, *The Logic of Collective Action* (1965)

3 James Buchanan & Gordon Tullock, *The Calculus of Consent* (1962)

〔資料來源〕節錄於 Hay 2002: 9

12 實證主義典範(3)：國際關係之實在論

international relations: realism

國際關係：實在論（Realism）

▶ 主要假設

1 政治是由「深植於人類本質中的客觀性法則」所主導。

2 個體與國家追求權力的情形，是普遍存在且不可避免的，而衝突與競爭則有其區域性。

3 在國際關係中所討論的國家是主權獨立，故國家是分析的基本單位。

▶ 要旨

1 國際關係是一門研究主權獨立國家之間互動的學科。

2 當全球的天平上缺少支配一切的權力時，國家的自私行為將會造成無政府的混亂狀態。

▶ 主要概念

1 國家利益（national interest）

2 權力的平衡（balance of power）

3 主權國家（sovereignty）

4 防禦措施（security）

▶ 限制

1 鮮少注意到國家行為者的角色

2 狹隘地以「國家」為中心

3 相信人性是無創造性的，並接受一些合理性尚不充足的假設

▶ 主要倡導者與其研究

1 E. H. Carr, *The Twenty Year's Crisis* (1939)

2 Hans Morgenthau, *Politics Among Nations* (1948)

〔資料來源〕摘錄自 Hay 2002: 18-19

13 實證主義典範(4)：社會學之功能主義

sociology: functionalism

社會學：功能主義（Functionalism，或指 structural-functionalism）

▶ 主要假設

1 相信社會由許多部分所組成，且這些部分互相合作以達成安定團結。
2 應更廣泛地關注、分析這些組成部分，及其彼此間的關係和社會。
3 強調「道德」在維持社會秩序與安定上的重要性。

▶ 要旨

1 分析社會與其組成部分間連結的方式、這些部分所扮演的角色，以及它們彼此之間是如何互相牽連的。
2 中心思想是研究組織機關及其社會功能。（參考 Giddens 2001）

▶ 主要概念

1 社會的凝聚（social cohesion）
2 安定（stability）
3 秩序（order）

▶ 限制

1 不允許社會的分裂或不平等。
2 對社會屬性和特質的一些主張，並無法被公認。
3 其他的社會因素，像是種族、階級等都被忽視。

▶ 主要倡導者與其研究

1 Auguste Comte, *A General View of Positivism* (1863)
2 Emile Durkheim, *Suicide. A Study in Sociology* (1897)
3 Talcott Parsons, *The Social System* (1951)
4 Robert Merton, *Social Theory and Social Structure* (1957)

14 實證主義典範 (5)：歷史學之經驗主義

history: empiricism

　　「實證主義」下最後一個要點是史學的「**經驗主義**」
（empiricism），而這個主義也在某種程度上大量引用實證主義的核
心宗旨——必須說大部分的史學經驗主義者並非實證主義者，但是
在這個例子中，我們將可以知道哪些學者也是實證主義者。基本上
經驗主義本身所涵蓋的範圍，被認為比實證主義更廣泛。（請參考
Robson 2002: 20）

　　身為一個哲學理論，經驗主義認為所有知識的來源是透過自己
的感官經驗。正如我們所見，在可確認及可觀察的「事實」上，這
點可與實證主義所強調的重點相吻合。雖然歷史學家被定義為「方
法論的鬆綁者」（methodologically loose），而他們也否認自己隸屬於
任何一個觀點派別，但史學的經驗主義長久以來還是被視為是這學
科內的一個主要觀點。

歷史學：經驗主義（Empiricism）

▶ **主要假設**

1 相信有一種可以回復的「真理」，以及「事實會自我證明」。
2 藉著觀察實際的外在世界來認識社會發展的規則
3 大致上是目的論（teleologism），通常牽涉到後設敘事（meta-narrative）。

▶ **要旨**

1 以其遺跡與真實證據來重新建構歷史。（Fulbrook2002: 4-5）

▶ **主要概念**

1 描述性的敘述（descriptive narrative）
2 逐步的改變（gradual change）
3 歸納性的推論（inductive reasoning）
4 唯名論（nominalism）

▶ **限制**

1 結構與行為體的二分。
2 因為資源及記錄的取得因素，通常不包括少數族群，特別是「貧困族群」。
3 容易忽略一些如族長制的結構與文化影響等概念。
4 強調特殊案例通常會失去「更大的願景」。

▶ **主要倡導者與其研究**

1 G. M. Trevelyan, *England Under Queen Anne* (3 vols, 1930-40)
2 G. R. Elton, *The Tudor Revolution in Government* (1953)

15 總結：學科、觀點、論述及跨學科
summary

避免畫地自限

在最後一段的討論中，我們希望將焦點放在這件事上——在各個學科範圍裡，有許多研究觀點都具有共同的哲學基礎。我們可以延伸上述所討論的範例，但所得到的結果將會是一樣的。舉例來說，在地理學中「實證主義的地理學家」所做的研究是直接引自實證主義。居於領導地位的地理學家發展出量化的研究技巧，從實證中可觀察的特點，來尋求科學定律以解釋社會。這些學科間的差異是研究的焦點，但並不一定導致研究方法的歧異。

儘管如此，有時在描述同一事件時，不同的學科會出現使用不同語言或論述的狀況。除了個人的研究領域外，了解特定學科的限制，就像了解其他的闡釋類型，不論形式上是理論性的還是本體論的，都是一樣重要的。

在政治學的研究中，對於理論所扮演的角色及其定位，存有諸多差異的看法，特別是美國政治科學，其強調在研究開始之前的階段，理論與假設的必要。這在美國研究所中是一個標準的慣例，而且被認為是好、「純正的」科學。然而，過度強調理論的建立，將會導致研究者忘記自己當初所要研究的目標。

跳脫個人的學科和其相關論述，就是要超越熟悉的事物，你可以將它當成是跨越國界一樣。以我父親為例，他喜歡待在英國，因為他習慣了當地的文化、習慣、語言、食物和傳統。對他來說，待在習慣的環境，會比搬遷至完全不熟悉的地方、從頭學習來得輕鬆，因此他待在他習慣的地方，而且快樂地評論其他的事物。這可以應用到學術領域中，那些完全謹守學術界線，無法吸收來自其他學科知識的人。

我們的學術界在評論其他人的研究時，會以忽略及拒絕的態度來面對別人的參考資料、用語、架構及世界觀。這對研究者來說是一種損失，因為這其實可以豐富我們自己的學術經驗。然而，這也並不是建議你應該要搶先地遊走於各個學科之間，而是，身為研究者，應要跳脫學科的界線，強迫自己要再評估那些「理所當然」的假設。這是個學術好習慣，也能免於畫地自限。

「跨學科」或「後學科」

關於跨學科（interdisciplinarity）的論辯是非常令人困惑的，特別是這個字本身被誤用，又常與科際研究（transdisciplinarity）及多重學科（multidisciplinarity）混為一談時。一個思考這個論辯的最好方式，就是將其想像成一條數線，數線的一端是多重學科，也就是不同的學者投注於同一研究領域中，但他們仍各自嚴格地遵守其學科界線。而另一端則是不切實際、認為沒有所謂的學科界線的後學科，或是大家必須相互學習的跨學科。

舉例來說，為詮釋一位知名思想家的理論，可以想像後者的畫面是在早上做著複雜的迴歸分析，下午則進行文本的論述分析，並很快就以評估極權主義理念型的使用，來了解納粹獨裁政權的特點做為結束。至於學科間的「彼此滋養」（cross-fertilisation），這是一個非常好的概念，學者們可藉此互相學習，分享研究方法，並接受不同角度的詮釋。研究者可以跨越學科範圍，發展與重新調整自己的觀點，這對於整個學術研究是有益的。

在學科重疊的交接處，經常會發生科際研究的轉換或學科之間的對話，其目的不是要於將不同的學科，以詮釋說明的方式串連在一起，而是與其他學科分享彼此間的觀點、慣例及研究方法。

在不同的學科裡，並不需要特別的訓練，而是需要一個開放的心思。更有趣的是，我們可以將這個彼此滋養和重疊的概念，擴展到上述的研究觀點中，舉例來說，就像那些成果豐碩的研究並不置於「批判性的實在論」架構中，也非身處「實證主義」，而是遊走兩者之間的邊陲地帶。

16 重點摘要與延伸閱讀

summary and reading

▶▶ 重點摘要

[1] 所有的研究都在研究典範中進行，不論該典範是否已被明確的論述。

[2] 人文科學中的主要研究典範為實證主義、（批判性）實在論及闡釋主義。。

[3] 要記得，這些典範並不是那麼地明確清楚的，事實上，很多精湛的研究都遊走於它們的邊界（註：實證主義與闡釋主義無法同時被採用）。

[4] 不同的學科觀點來自於相近的本體論及認識論，並且擁有相似的基本假設，因此模糊的表現通常能更顯現學術界中學科的差異。

[5] 為了益於與主題相關的閱讀工作，研究者必須讓自己更熟悉表七上所列的各種觀點，以及後現代主義與女性主義。

[6] 準備好要跳脫個人的學科及觀點，去看看其他的研究者如何進行他們的研究工作。

▶▶ 基礎與延伸閱讀

Bryman, A. (2001) *Social Research Methods*, Oxford, Oxford University Press, chapter 1.

Delanty, G. (2000) *Social Science. Beyond Constructivism and Realism*, Buckingham, Open University Press, various chapters.

Guba, E. G. and Lincoln, Y. S. (1998) 'Competing Paradigms in Qualitative Research', in N. K. Denzin and Y. S. Lincoln (eds), *The Landscape of Qualitative Research*, Thousand Oaks, CA, London and New Delhi, Sage.

Hay, C. (2002) *Political Analysis*, Basingstoke, Palgrave Macmillan, chapter 1.

Hollis, M. (1994) *The Philosophy of Social Science, and Introduction*, Cambridge, Cambridge University Press, chapter 3.

Hughes, J. and Sharrock, W. (1997) *The Philosophy of Social Research*, London, New York, Longman, 3rd edn, various chapters.

Jenkins, R. (2002) *Foundations of Sociology*, Basingstoke, Palgrave Macmillan, chapter 1.

Marsh, D. and Stoker, G. (eds) (2002) *Theory and Methods in Political Science*, Basingstoke, Palgrave Macmillan, updated and revised edn, chapter 1.

Sayer, A. (2002) *Realism and Social Science*, London, Sage, part 1.

第 7 章

研究理論的型態與應用。

TYPES AND USES OF THEORY

1 本章的學習目標

introduction

1	說明有關理論與研究計畫之間的基本討論。
2	提供研究理論主要的概要。
3	藉由呈現研究架構應用與理論理解之間的差異,來解釋這個觀點。
4	討論「後設理論」、「中距理論」、「紮根理論」在研究中的應用。
5	說明在建立理論與進行研究時所謂的「歸納—演繹」二分法。

本章重點在於社會研究中「**理論**」(theory)的概念。我們的目的是提供一個有關社會研究理論的意義與目的的討論,以及可能在未來遭遇到的各種不同理論的應用型式。理解理論的意義與目的,對大學生來說是非常重要的,對研究生來說更是必要的,而對於從事博士研究者來說則具有決定性的影響。

正如同我們所提到的,在今日,人文科學的特徵,就是**重要術語**及**研究要素使用語彙**的混亂、濫用和不一致,而且因為缺乏跨學科理論的一致及使用,而顯得更為惡化。

在許多人文科學的核心概念擁有跨學科之通用義涵的同時,「理論」是較不容易被確定的。這是由於理論在社會研究中扮演

了一個複雜的角色，一個在人文科學範圍內、被不同哲學架構中的不同學術觀點利用，作為不同用途的複雜角色。

如我們即將見到的，社會研究中「理論」的意義與角色，是隨著學者各自對本體論和認識論的態度而改變。而這些態度有時是依著「理論是什麼」和「理論在研究中所扮演的角色」的矛盾概念而運作。

「理論」這個術語的令人困惑，還有其他的原因：

首先，理論在不同情景中的多種應用方式，使得理論不可能**具有固定的意義**。

次者，某些學者及學生喜歡以其他分類工具來打破理論概念，例如〈第二章〉所討論的「理念型」、「模式」、「類型學」甚至是「概念」，也因此惡化了對此用語缺乏理解的狀況。

再者，它在流行語法上的應用，例如：「好吧，理論上那是可以的，但實際上……」增加了混淆，正如 Robert Merton 著名陳述所做的總結：「像許多議論所言，『理論』一詞將變得無意義。因為它的指示對象是如此的不同——包括從廣泛、含糊且無秩序的推測，到公理系統（axiomatic system）的思維——此用語的應用經常令人混淆、而非理解的。」（Merton 1967: 39）

最後，理論的主要認識及其在研究上的應用，受到**實證哲學**研究架構及**演繹法**（deduction）很大的影響，而實證主義本身已猛烈地受到理論在自然科學中所扮演的角色影響，也就是在〈第六章〉中我們討論的所謂「科學方法」：在自然科學中，理論被認為是可被檢驗的可能解釋，經常包含某些變項間的可複製關係，然而，這在人文科學中卻是很少見的。我們碰過這種可複製且可信賴的「法則」嗎？

事實上，我們想不起任何一個這樣的範例。然而，我們將在以下見到，某些在實證哲學研究架構內從事研究的學者，卻企圖模擬科學及其法則。

本章從標題「理論」及其與研究計畫關聯的普遍性介紹開始，然後我們將提供社會研究理論架構的概述，以及在社會研究中立基於「科學方法」的一些理論的主要定義。

7

研。究。理。論。的。型。態。與。應。用。

而接下來的部分，我們將藉由討論理論所被灌注的角色來解釋理論上的傳統涵義，並透過主要的社會研究架構——實證主義、後實證主義（批判性的實在論）、闡釋主義、後現代主義，來提供理論應用的實例。

　　最後，我們將討論研究理論最常見的應用方式——包含從**後設理論**（metatheory）、**中距理論**（middle-range theory）到**紮根理論**（grounded theory），這些理論都將藉由範例來說明它們是如何被運用在研究中而被闡明。

7

研。
究。
理。
論。
的。
型。
態。
與。
應。
用。

2 介紹理論

introducing theory

　　首先要記住的事，就是決不能拿理論做為利益之用。學生研究計畫中常見的一個錯誤，就是缺乏特定的聯結——將用以深入了解實證事實的理論與實際進行的研究，做一完整的聯結。

　　碩士論文、博士論文和研究計畫中理論的目的，是要精準地**給予實證部分加上順序感**，或是**將錯綜複雜的社會現象簡化**，而且不更進一步的將其複雜化。當然，這並不適用於需要有不同分配方式的純理論性計畫中。

　　是否使用特定的理論，將視個人的**學科領域**及**研究目的**而定。譬如，像說故事般地敘述一個未被深入了解其潛在因果關係的獨立事件，與利用詳盡的參考理論來對讀者疲勞轟炸，這兩者之間的平衡是可被取得的。

　　理論化與否的選擇，並不如乍看之下的顯而易見，因為所有的研究都必須放置某種形式的理論架構中。然而，研究者可能在用某特定理論時感受到壓力，因為它看起來很好、聽起來很不落俗套，而且象徵著你的腦子裡有真材實料。可是，一個未與實證部分融合或連接的「接合式」（bolted-on）理論，有可能淪為不及格的論文，或口試台上的待審論文，甚至無法通過審核。

　　因為研究者不同的**本體論觀點**，理論在研究中所扮演的角色並不具有普遍的一致性。然而，多數企圖解釋複雜社會現象的學者同意，在選擇和決定某些要素的優先順序，以及表現抽象概念間的關係時，某種架構的形式是必需的。因此，議論紛起，藉由經觀察理論概念的抽象連結，這些概念得到了實證上的意義。

　　也因此，許多研究者堅持實證上的證據應是有形的、可測量的或看得見的，就像許多人文科學的理論企圖將可觀察事物與其

他可觀察事物做連結一樣（除了那些根據實在論或反基礎主義的本體論，因為其目的就是試圖揭露不易被看見的組織和結構）。

如果我們要概述和加重特定變項及其對其他變項影響，那麼現實的簡化就被視為是必需的了。Gerry Stoker 對此觀點提出了以下的說法：

> 能幫助我們見樹又見林，若有人對於提供事件的解釋感興趣，那麼好的理論能挑選出某些最重要或最具相關性的因素。缺乏了這麼一個篩選的過程，就不會有深刻的觀察。觀察者可能被湮沒在一大堆的細節裡，無法在說明事件時權衡不同因素的影響。理論是確實具有價值的，因為它們建構了所有的觀察。（Stoker 1995: 16-17）

即使在時間限制下，在長久的研究中建構的觀察仍然是極其必要的。學生如果只是蒐集資訊和數據，希望能發現現象間特定的型態與關係，將難以在這件事上得到樂趣。這比較像是在一開始階段判別一般的研究問題時，其想法就已經受到先前的研究與理論、同儕和指導者間的討論，以及對研究主題的直覺所影響。

簡而言之，「理論，猶如一面撒出去的網子，用以捕捉人們口中所謂的『世界』：為這個世界尋求合理化解釋，並進一步掌握它。人們不斷地努力，想使網子上的網眼能夠愈來愈精細。」（Popper 2000: 59）。沒有理論（或至少，缺乏了某些形式的類別系統），將很難知道哪些資料和事實是需首先被蒐集的。即使是從實際田野調查中開始產生理論的研究者，都必須從一些根據某種程度抽象概念的假設開始。

關於理論，在研究初期，有另一件值得注意的事——有許多互異的形式可供選擇，包含從**巨型理論**（grand theory）、**中距理論**到**紮根理論**。（請參考以下理論型式的徹底檢視及其在研究上的應用）

同時別忘了，理論當然也是與某些看待世界的方式息息相關，所以你必須保持警戒，並留意理論可能帶你遠離一些有趣的社會現象。

接下來，讓我們把重心轉到對「理論為何」的一般和主要的認識，以及它到底有何益處。

3 理論的傳統觀點

traditional view of theory

翻一下字典，你將發現以下有關「理論」的類似定義：理論是「一套具體制或系統的想法或陳述，它用以說明或解釋一群事實或現象。……一種陳述，用以說明什麼東西是被我們當為一般定律、原則，或已知、已觀察事物的根據。」（*Shorter Oxford English Dictionary*）

這定義顯然地是根據自然科學的傳統觀點，它將理論視為是「一群事實的說明或解釋」，如我們所見，不同的研究傳統不是將理論理解為解釋性的，就是描述性的，但很少是兩者兼備的。

一般來說，理論被認為是「維護概念間特定關係的抽象概念」。理論不是在實際田野調查中被蒐集的資料所檢驗、就是源於資料本身，而抽象的想法和論點則包含其中。Popper（1959, 2000: 40-3）認為理論應當是「可被證明是虛假的」（falsifiable），也就是

說，「原則上，理論必須是可能被否證的」（Gilbert 2001: 20）。假如理論不能被否證，那麼，定義上這就不是理論（ibid.: 20）。（我們將在以下看到，如果以較廣泛、而非粗略的意義來認識「理論」的話，**可否證性**（falsifiability）的概念並非毫無疑問）

一個好的理論是能被通則化的（甚至具預言性的），並且能夠被用於不同的情境中。

在最精確的意義中，理論是由「包含一些**假設**和**定律**的陳述系統」所構成的。在這裡，定律與自然科學領域較為相關，在自然科學中，檢測一次又一次地被複製，以產生相同的結果。這些定律在「混亂的」社會科學及人文學科中僅有少數例子，就像對人類或社會現象的研究是個非常複雜的工作。結果，取而代之的，一組假設結合在一起就創造出了一個理論。

在實際的研究中，學者通常寧可檢測這些假設，而非使理論本身更完整。傳統上，「**假設**」（hypothesis）是與研究中的「**演繹法**」（deduction 結合在一起的，然而這個說法的使用是受到限制的。

正如我們在第三章提到的，一個「**假設**」本身是一種陳述、一系列的陳述，或是一個為實證上的檢測所提出的假想──一個有關兩個或更多事件與概念間關係的可檢測陳述。

「假設」至少由一個自變項和依變項所組成，而且經常包含一個因果關係的主張，它們是由概念（理論的基礎材料）所構成的，此概念已轉換成變項，而此過程通常稱為「操作」（operationalizing）。

接下來的單元，將藉由可能是社會研究中最重要的問題──「**理論**」在社會研究中所扮演的**角色**──來解釋上述有關社會研究中理論的概念。

4 理論的角色

role of theory in social research

◀理論在社會研究中所扮演的角色

上面在對理論的認識中，我們未談論到三個關鍵因素：

第一，所有的研究都必須以某些關於社會真實性質的假設，以及我們對它的了解為基礎——因此「理論」成了所有研究的起點，並散佈在所有的研究之中。

第二，不同的研究架構對「理論」有不同的認知，這個事實意謂著上面所提到的狹義實證哲學定義，只不過是眾多合理的理論定義之一。（參考以下實證哲學如何看待「理論」在研究中所扮演的角色）

第三，「理論」在社會研究應用上的多樣化，增加了理論定義的另一個面向，因為它可能是「巨型理論」，也可能是「紮根理論」、「後設理論」或「中距理論」，這就是我們接下來要討論的要素。

◀研究典範及理論的角色

假如你要令人信服地說明個人研究的理論，你需要對其在社會現象研究中之意義與目的，具有更清楚的認識。在接下來的單元中，「理論」這個詞彙被用來表示存在著各種不同觀點（概述於〈第六章〉）的研究架構，就品質上來講，這些架構彼此互異。而我們現在的目的就是要介紹在這些架構下「理論」的角色，並提供相關的概要說明。

▼

7

研。
究。
理。
論。
的。
型。
態。
與。
應。
用。

5 實證主義典範的「理論」

theory in positivist paradigm

實證主義中的「理性主義」（rationism）一派應用一套演繹研究策略，並將「理論」視為一種「排序、解釋和預測事實的工具」，而只有在理論產生**可檢測性**和**可否證性**時，在這個典範中進行研究的研究者才會這個理論是有用的，甚者認為理論的角色是具「**可預測性**」的，並由相互連結的因果定律所組成。因此對理性主義者來說，理論可做為「**將外在的事實簡化為一種產生預測性假設的條件**」。

在另一方面，**行為主義**（behaviorism）在共用實證主義的假想時，也使用了歸納法的研究策略，從實證上的證據中取得理論和綜合歸納。對這個族群而言，理論是一個**記錄方法**，用來記錄從實證資料上直接觀察到的模式，而不是利用發展出一些可在實地調查中檢測的假設，來引導最初的研究。（欲進一步了解行為主義，參考 Hay 2002: 41-5）

> ▶ **實證主義理論：理性選擇（RCT）**

這樣的理論在此架構中的最關鍵範例，就是「理性選擇理論」（rational choice theory, RCT），它最常被使用在社會學、政治學、經濟學和國際關係中。舉例來說，RCT 假設「所有的政治參與者在選擇時，往往將個人的私利最大化」。RCT 應該是接近社會現象的描述、而非一個特定的理論。然而，構成 RCT 主流觀點的核心假想都是差不多的（如〈第六章〉所敘述的），而且在這種分析類型的各種應用上，也都互相類似。

6 實在論典範的「理論」

theory in realist paradigm

> 對實在論者來說，科學理論是一個產生可觀察現象的組織和結構的描述，一個能讓我們解釋它們的描述。

站在本體論的立場，實在論包含了許多的學科領域中各種不同的觀點。然而，一般來說，實在論者傾向以「理論」來引導他們的研究，以及詮釋他們的發現。就像實證主義者一樣，多數的實在論者堅信因果關係解釋的可能性。在這個架構中，尤其是對「批判性實在論」的多變方法而言，理論的目的是藉著「發現有生產力的方法」，來發掘社會現實的深層基本結構。

對批判性實在論者來說，**現實並非呈現出其原本真正的樣子**，因此為了發掘這個世界的結構化現實，我們必須將焦點置於表象的膚淺世界之下，將理論當做是一個靈敏的工具來揭露這個表面下的**結構**化現實，亦即判性實在論的「深度本體論」。

父權制（patriarchy）一詞提供了實在論對社會現象一個具有啟發性的範例。根據馬克思主義式的說法，父權制乃討論「決定男女之間關係的物質結構」，而這些結構是由資本主義創造出來的，並且「對資本的重要性產生作用」，而且，當父權制的基本成因難以被直接觀察時，更可以說明了其在社會上的重要性。

就以大學裡女性教授所佔的比例來說，男性教授所佔的百分比很可能是女性教授的兩倍以上。關於這件事有很多可能的解釋，事實上很明顯的，負責教授職位晉級的委員會根本就是完全由男性所組成，而且是中產階級的男人。這樣的組織成員，可以被認為是沒被注意到的父權結構下的一個結果。

7 闡釋主義典範的「理論」
theory in interpretivist paradigm

在這個架構中工作的研究者，傾向於將「理論」視為從資料蒐集中取得的。根據闡釋主義的說法，理論藉著描述和解釋人們如何管理其日常生活，而進一步來幫助我們理解社會世界（而他們傾向於不相信理論是可被預測的）。

因此，就像社會現象的研究不同於自然科學的研究，使用演繹理論並不適合用來擷取社會現象的複雜性。所謂演繹理論的方法，例如，在一開始就說明了研究的理論，或是規定我們應該尋找的證據類型的假設。

許多闡釋論主義不會認同在實際的田野調查中「**檢測**」（test）一個理論的想法，相反地，卻希望從資料中「**建立**」（build）理論，特別是以下會談到的「紮根理論」。

> ▶ **闡釋主義架構中的理論**
>
> 在此架構中一個極佳的例子，可見於韋伯在《新教倫理與資本主義精神》（*The Pro- testant Ethic and the Spirit of Capital- ism*）所言，他強調宗教思想與經濟制度間的關聯：
>
> 韋伯認為，苦行新教教義中的特定形式，發展出了一種現代資本主義的「精神」，它的特徵是以賺錢和為了利益再投資為不間斷的義務。……新教教義在歐洲的出現，部分原因與經濟相關，但韋伯認為這並不能解釋苦行的新教教義，與早期美國「偏遠地區」資本主義間的關係……這樣一來，一個激發個體行為的宗教概念，在經濟結構上便具有世界歷史上主要的影響力。

7

研。究。理。論。的。型。態。與。應。用。

8 後現代主義典範的「理論」

theory in post-modernist paradigm

我們不確定後現代主義是否該被視為研究典範之一，它確實是一種以懷疑眼光看待人文科學中核心本體論及認識論的本體論觀點，然而，它近來在文化研究、社會學、政治學和國際關係中地位的提升，代表著我們必須注意那些自認為是後現代主義研究者的意見。

後現代主義在它的正當性中，可以被簡單地視為純粹理論的敘述。後現代主義者可能不希望與上述所介紹的「主流」經驗主義立場者使用同樣的表達方式，相反地，他們「解構」（deconstruct）所使用的假想和術語。

在這個架構下工作的研究者，當然不會相信理論在研究中的「預測」角色，儘管他們的確認為理論（尤其是那些具影響力的）能變成自我實現的預言。

最後，後現代主義者認為「巨型理論」（例如馬克斯主義和功能主義，請參考以下的敘述），時至今日已不具有任何的適宜性。

9 理論的不同應用
different uses of theory

　　你必須知道在社會研究所運用的各種理論，包括「後設理論」、「巨型」及「中距理論」到「紮根理論」。這些理論間的差別就在於它們的**抽象程度**，以及它們所牽涉到的**社會現實的範圍與程度**。

　　以下，我們將這些理論從「抽象」到「實證」列於下圖的連續動線上，這是一個對**巨觀理論**（ macro-theory ）和**微觀理論**（ micro-theory）的刻意分類，僅用來概要地說明人文科學中重要的理論應用方式。我們在接下來的單元會分別說明。

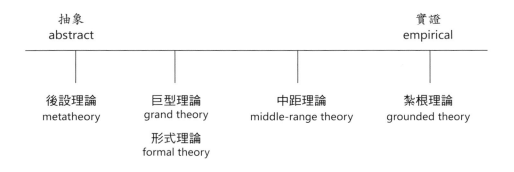

10 後設理論
metatheory

「後設理論」這個詞彙,乃關於所有研究的基本假想和哲學基礎。如我們之前所說的,社會科學中主要認識論的觀點(以特定的本體論假想為基礎)將被包含在這廣義的標題之下。

在這範疇內的範例是一個闡釋論的**認識論**(立基於一個反基礎主義的本體論),和實證主義的**認識論**(以基礎主義者的本體論為基礎)──**本體論**的假想(所有理論所根據的)並不在其中,而且這些假想是可證實或可被否證的。

某些學者認為「後設理論應該在理論化開始前就被確定」。學者和學生必須儘可能地了解個人的本體論和認識論假想,因為這些,包括了理論的標準、範圍和重要性,也形塑了研究設計的其他部分。

11 巨型或形式理論
grand or formal theory

一般來說，巨型理論是較具推測性和抽象的，並「被用以表現整個社會的重要特徵」。

如右欄文字的說明，跟較實際的「中距」理論比較起來，巨型理論的理論企圖將整個社會都納入，這樣的理論有跨歷史（transhistorical）的想法，也就是說，它們並不嚴謹地受到時間和空間的限制。

> ▶ 巨型理論：
>   功能主義（functionalism）
>
> 巨型理論中的好範例就是「功能主義」。功能主義是社會學中的重要觀點之一，主張社會是由數個一起運作的個別部分所構成，以達到穩定性和一致性，而社會學的工作就是研究這些個別的部分，以及它們之間的關係，還有它們與整個社會的關係。Talcott Parson 對「社會系統理論」的想法正符合這個範疇，而 Parson 繼續將社會描述為由三個相互依賴的系統所構成：「文化的」（cultural）、「個性的」（personality）和「社會的」（social）的系統。可以想見的是，這樣一個範圍廣泛的理論要應用在實際的研究中將有多困難。

12 中距理論或實質理論

middle-range theory or substantive theory

7

研。
究。
理。
論。
的。
型。
態。
與。
應。
用。

中距理論（middle-range theory）很可能是最常被使用於社會科學研究上的，也是最有可能被學生所使用的，它受到一個社會關注的特定領域所限制，也因其而發展，如勞動過程研究或種族關係。這個術語的創造者墨頓（Robert Merton, 1910-2003）認為中距理論建立在標準的理論公式化工作之上。

原則上，中距理論應該是明確地足以用來引導實證的工作，但它卻也廣泛地可涵蓋各種不同的現象。

▶ 中距理論

涂爾幹（Emile Durkheim）的自殺理論（最早出版於 1897 年）可能是中距理論中最廣泛被引用的範例之一。在根本上，涂爾幹呈現出社會世界如何影響個人及個別的自殺經驗。他在特定的社經族群（男性、女性、富裕的、貧窮的…等等）中發現了特定的模式，注意到了自殺比例的差異與變化：例如，在戰時較低，在經濟變化時較高。這些發現的結果得到了以下結論：對個人來說，外來之社會支配力影響了自殺的比例。

13 紮根理論
grounded theory

紮根理論（grounded theory）是由 B. G. Glaser 和 A. L. Strauss 在 1960 年代所創造的詞彙，常常與歸納法研究策略聯結一起。紮根理論可被視為一個企圖癒合理論和研究間缺口的概念——在實證資料中，去打造可能形成之理論的根基。

研究者在他們所蒐集到的資料中尋找概念之間的關係，並且在初步的資料蒐集與闡釋後，將資料簡要地「編碼」，這個想法是**在沒有任何預設的系統或規則下著手處理資料**。

紮根理論並不以**假設**開始，但卻在蒐集最初的資料後發展假設。這類型的研究包含了在社會與文化情境中詮釋資料中，並且「從那些資料中開始建立起相關的抽象理論，而這個理論所使用的概念並不會被帶入資料中，也不可能在資料中明白地顯露出來。」（Punch 2000a: 218）

▶ 紮根主義的目的

用 Holloway 的話來說，紮根主義的主要目的是——

從資料中發展出理論，儘管已存在的理論也能透過這個方法被更改或擴展。紮根主義就像其他質性研究方法一樣，強調從資料中發展出構想，卻比這些質性方法更深入。紮根理論研究者以有興趣的領域為始，蒐集資料並讓相關的想法得以發展。

一些的先入為主的想法阻礙了研究的發展，將架構強加於研究，可能會阻撓了研究者從資料中獲得其他概念，而在這些狀況下，紮根理論是特別有用的。它特別適用於對特定主題或問題範圍的所知不多，或是在熟悉的情境中提出更符合實情的新觀點。

14 整理：理論的角色
summary

在看過了以上諸多理論的各種不同觀點和應用之後，要歸結出究竟什麼是理論，以及理論在研究中到底扮演什麼角色，顯然是非常困難的。然而，我們還要提供一些大致的概念來說明理論的意義，還有它在研究計畫中的目的：

---

1 藉著指出特定的「變項」，來架構出研究和方向。

---

2 理論是一種特定的表達方式，用來描述和解釋我們所研究的社會世界。

---

3 理論是現實的抽象概念，對這個真實世界提供各種嘗試性的假設或解釋。

---

4 理論的不同運用方法，作用於不同的「層級」中，如「巨型理論」和「中距理論」。

---

5 所有的研究都以「後設理論」的假設做為支撐，即使我們不相信理論，但我們對於研究仍然採取「理論的」立場。

---

6 許多特定的理論在這些後設理論架構中操作進行。

---

15 歸納理論與演繹理論

inductive & deductive

歸納法（induction）

本章的最後一節，將把焦點放在**歸納法**與**演繹法**這個相對的問題上。簡單地說，「**歸納法**」指的就是「**由實證證據**直接觀察，而獲得結論的方法」，而這些結論又提供了理論的發展。這樣的研究並非受假說所驅動，相反地，理論是透過實證上資料的分析和互動而產生與建立的。

研究者在資料中尋找特定的模式，特別是變項之間的關係。相對於演繹法，「歸納法」研究的通則性是希望從特定事件，推論到其他、更廣闊的情境中。這類型的研究和理論，常與闡釋論的研究架構和質性研究方法連結。

演繹法（deduction）

另一方面，「**演繹法**」的理論和研究是一種「一開始就用**理論**來說明研究，而用**假設**來規定研究者所尋求的證據的策略類型」，其所蒐集的資料則用來證實或反駁假設。

相對於歸納法，演繹法理論是「藉著將原因運用至假設中，來達成它們的結論，例如，政治學中的理性選擇觀點假定，在選擇的時候，所有的政治參與者都將他們個人的私利最大化」。（Landman 2000: 15）演繹研究策略的典型範例，如一些政治學家所述：

任何真正為我們工作的理論，都涉及實證上的調查研究。如果沒有理論來引導研究問題的選擇，就沒有任何成功的實證研究。如果不根據具有強大相關性的理論和資料，並藉由將理論中應遵循的涵義公式化及檢驗來進行研究，那麼社會科學的結論不能被視為是可信的。

7

研。
究。
理。
論。
的。
型。
態。
與。
應。
用。

◀該用歸納法還是演繹法？

然而，就像其他人文科學中令人存疑的二分法一樣（例如量化和質性研究方法，以及將在〈第八章〉中所討論的研究策略），事實上，歸納法和演繹法的研究及理論之間的區別，也僅取決於一個要點。區別研究中基本的邏輯是好的，但是，如果我們要考量到下面的問題，那麼歸納法和演繹法理論的區別，將被變得更複雜。

假如我們採用一個新形成的紮根理論作為研究計畫的起點，那麼我們是應該使用歸納所形成的理論，還是演繹所形成的理論？或者，在開始研究之前，不是一定會有一個預先的假定嗎？或者，不是所有的研究都有某程度的演繹嗎？

如 Ragin（1994: 47）所言：在現實中，多數的研究都使用了歸納法和演繹法，就像研究中每個步驟的想法和證據必然會相互影響一樣。

▶ 演繹或歸納？

當演繹法和歸納法的特徵，成為區分社會研究種類簡單又有吸引人的方式時，多數的研究都包含了兩者的元素。為此，某些科學思想家提出了所有研究都會涉及的「**逆推法**」（retroduction）——亦即，歸納法和演繹法的交互作用。

從事研究，不可能沒有某些最初的想法，幾乎所有的研究都至少含有一項演繹的元素，在社會研究中存在著想法與證據的典型對話，因此研究必然牽涉到演繹法。而想法和證據之間的互動，往往在理論性描述中達到高潮。（Ragin 1994: 47）

在具體的資料和抽象概念之間，一次又一次地來回，這就是你應該在研究中努力達到的回顧檢視與前進的動作。

16 重點摘要與延伸閱讀

summary and reading

▸▸ 重點摘要

　　本章討論了社會研究中一些理論的意義與目的，以下是摘要：

[1] 儘管所有的研究都以「後設理論」的假設為基礎，我們仍然認為你不需一個特定的理論來進行研究。

[2] 我們介紹對「理論」的傳統認知，它已經依次受到實證主義研究架構及「科學方法」的很大影響。

[3] 接著，我們藉由介紹不同的研究架構，以及它們對理論的使用方式，以解釋理論認知的概念以及其在研究中的角色。

[4] 我們簡短地討論研究中各種理論，而所有的理論都具有其不同的目的。

[5] 最後，我們再介紹另一個介於「歸納」和「演繹」研究間的二分法。但不要忘了：儘管這些專有名詞在分辨某些研究策略上確實有用，但絕大多數的研究還是歸納法與演繹法並用的。

▸▸ 基礎與延伸閱讀

Blaikie, N. (2000) *Designing Social Research*, Cambridge, Polity Press.

Bryman, A. (2001) *Social Research Methods*, Oxford, Oxford University Press.

Gilbert, N. (ed.) (2001) *Researching Social Life*, London, Sage, chapter 2.

Jones, D. (2002) 'Contemporary Theorizing', in I. Marsh (ed.), *Theory and Practice in Sociology*, Harlow, Prentice Hall, pp. 220-56.

Neuman, W. L. (2000) *Social Research Methods. Qualitative and Quantitative Approaches*, Boston, MA, Allyn & Bacon, 4th edn.

第 8 章

研究方法：質性研究與量化研究。

RESEARCH METHODS: QUALITATIVE & QUANTITATIVE

1 本章的學習目標

introduction

1 説明質性研究與量化研究兩種研究方式的本質。

2 介紹對兩種研究方式的評論。

3 討論所謂的質量二分法。

4 研究中最常見的研究方法。

5 介紹質量混合研究法與三角檢測法的概論。

本章的重點是討論人文科學中與研究方法有關的用語，除了簡要地列出研究中所出現的不同類型的研究方法外，本章最主要的原則就是所謂「質量」二分法，因此這個部分將會是本章一再重覆的論點。一開始我們將簡略地說明這兩種研究方式，並針對兩者在研究上的限制，討論常見的相關評論。再者，我們將討論「二分法」（dichotomy）本身，並探討這樣的分界是否就是一種謬誤。

正如我們一直在說明的，我們相信區隔量化研究與質性研究這兩種研究方式對研究者是有所助益的，但是在這兩種方式中所使用的研究方法，甚至構成這兩種研究方式的推理邏輯，卻可能是相同的。因此，要在這兩者之間做出嚴謹的區隔，其實是一種謬誤的做法。事實上，這兩種研究方式應該被視為概括詞，它們涵蓋了各種已經分類完成的模式，以及蒐集和分析資料的方法。

在你開始進行論文或研究報告前，你需要先了解**三角檢測法**（triangulation）或**混合方法**（mixing method），而在說明三角檢測法或混合方法的議題之前，我們將針對人文科學中最常使用的研究方法，對其適用性和使用上的限制做一概述。

2 量化研究

quantitative research

量化研究的程序與特色

廣義地來說，**量化研究**（quantitative research）可以用以下三個程序來呈示它的特點：

1. 找出代表概念的**變項**
2. 在研究中操作這些變項
3. 進行**測量**

這種研究方式傾向於「在特定的範例中，找出**普遍性**的描述，或檢測其中的**因果假設**，而其所尋求的是其他研究者**可輕易複製**的測量方法和分析法」，當然這樣的陳述並不見得適用於所有的量化研究，譬如論述分析中的量化技巧就是一例。對量化研究的支持者來說，研究方法的**可複製性**（replication）是很重要的，因為這表示該研究是**可驗證的**（verifiability），可證明其具正當性（legitimacy）、可複製性（reproducibility）、信度（reliability）和客觀性（objectivity）。

統計上的**信度**，就是利用隨機抽樣的樣本（愈多愈好），來得到可推論至一般狀況的結果。因此，使用量化方法的研究，多半牽扯到一些獨立於社會文化背景之外的主題或對象。換句話說，在這些研究中，研究者不會與被探討的對象有實質上的接觸。

一個典型的範例就是：利用統計來分析比較數個國家的社會福利狀況，這些統計數據可以在毋須造訪那些國家的狀況下，從各種不同的來源蒐集資料而來。在這種研究中，研究者被認為是與研究對象分離的。當然，在現實中沒有任何一個研究者可以完全獨立於其研究之外，或是做到價值中立的分析，這是因為研究者代表他們所累積的知識，對這個世界有著既定的看法與認知。

量化研究有時也會被輕視為只是一種「大量地進行複雜運算的工作，並重覆地使用對數據資料加工的技術」。研究者發展出能夠用來檢測的變項或概念，並且將它們運用至特定的資料蒐集技術中，這些技術能夠產生出容易解讀的精確數據資料，因而被視為是抽象概念的實證化呈現。

量化研究的方法與步驟

量化的研究方法概括上來說，包括：

1. 確立變項之間的模式
2. 釐清變項之間的關係
3. 對假設和理論進行檢測
4. 依據這些檢測結果做出預測

部分統計的模組需要很好的數學知識，而有些模組，如 SPSS（社會科學統計套裝軟體），則可為研究者進行大量的計算。然而，即使擁有這些代替研究者計算的軟體，研究者本身仍然必須具備解讀這些數據的能力。在使用統計分析時，也必須了解解釋

研究結果時所可能出現的抽樣誤差（sampling error），以及可能的偏差（bias）。在量化研究中，最基本的研究步驟是：

1. 實際調查
2. 對所蒐集的資料或官方統計數據進行分析
3. 結構化觀察（structured observation）

量化研究者試圖找出變項間的關係，但是由於社會生活的複雜性，使得研究者很難絕對地認定某一個特定的變項，就是造成整個事件的唯一因素。因此，即使找出了變項間的關係（correlation），研究者通常也不會將「變項之間的關係」轉為「因果關係」的描述。

分析方法：迴歸分析

另一個受到經濟學家和政治研究者偏好的分析方法，就是「迴歸分析」（regression analysis），特別是「多重迴歸分析」（multiple-regression analysis）。

構成「迴歸分析」的基本概念，就是「利用一個或數個變項來預測另一個變項的數值」，例如，將人們的飲食與運動習慣做成變項，以便預測健康狀況這另一個變項。而「多重迴歸分析」所指的，是利用一些變項來做出相同的預測或解釋。

◀統計學的重要性

要了解這些敘述統計，你必須要先熟悉量化分析中所使用的語彙。就算你不打算在自己的研究中利用統計來分析資料，你還是需要一本基本的入門手冊，讓自己熟悉一些如「標準差」（standard deviation）、「平均值」（mean）、「中位數」（median），或「常態分配」（normal distribution）等常見的詞彙。

不論你是否打算在個人的研究中運用統計，充分了解統計在我們的生活中和學術界所扮演的角色，是非常重要的。除此之外，你也必須清楚人類行為的某些部分，特別是行為現象是很難以量化的方式記錄或「測量」的。許多對量化研究持批評態度的人很快就發現了這個問題，因此提出了「尚有統計無法進行檢測的社會現實狀況」的說法。

另一個牽涉到的問題，就是「誠信」（trust）的概念，也因此，量化研究與質性研究兩者的結合會是較合適的選擇。在量化研究方法中往往需要用到幾特殊詞彙，特別像是「假說」（hypothesis）和「變項」（variable）。變項包括：

1. **自變項**（independent variable）：原因
2. **依變項**（dependent variable）：結果
3. **控制變項**（control variable）：通常是可操縱的，常被稱為「共變量」（covariate）。

研究的進行是觀察和檢測一個社會或政治現象的重覆發生率（最佳範例就是某一政黨的投票結果），這樣的研究通常是被認為較偏向「實證主義」的哲學基礎。

量化研究普遍著重於「比較」（comparison）和「因果關係」（causality）（亦即，找出造成依變項改變的自變項）。除此之外，量化研究也會普遍使用大量的範例來進行研究。

3 量化研究評論一覽

criticisms

一些有關量化研究最普遍，而且最常被人反覆重提的批評如下。

量化研究評論一覽

1　使用量化研究方式的研究者，通常不願意從「相關性的陳述」
（correlation）轉為「因果關係的描述」（causal）。

2　依賴量化的研究方式，將導致忽略檢測變項當時的社會與文化
情境。

3　這類型的研究過度強調研究「可檢測」的現象，但誠如我們所
見，在真實的社會環境中，很難和所針對的對象做一結合，例
如「誠信問題」或「違法行為」等。

4　量化研究其實很難做到「價值中立」（value-free），因為研究
者本身就是個人知識的運用者，他們對這個世界的解讀有其特
定的立場，因此沒有人可以完全將個人意識抽離出研究。

5　評論者認為人類行為中某些部分，特別是行為的表現，很難以
用量化的方式加以記錄或測量。

4 質性研究
qualitative research

質性研究的特色

「**質性研究**」（qualitative research）被許多人視為是一種幾乎與量化研究完全對立的研究方式，它包括了：

1. 透過像是人類學領域中的「**參與性觀察法**」（participant observation）
2. 運用「**訪談**」（interview）的技巧
3. 使用「**檔案或文件分析**」（archival or documentary analysis）
4. 應用「**民族誌**」（ethnographic study）的研究方法，來對知識深入的探討。
5. 另外值得注意的是，這些方法並不完全倚賴數字的運算，但數字卻可能出現在分析的過程當中。

在質性研究方法中，不同的學說架構和不同的學派立場，對於實證研究所呈現出的事實有不同的見解，而對於我們從質性研究中所獲得的結果，也有不同的看法。

一般而言，質性研究較傾向以「**闡釋**」（interpret）的哲學角度，蒐集資料的方法也能較具彈性和敏感性地反映出社會背景，這與某些量化研究中和現實脫節的運算過程剛好相反。

另外值得一提的是，與質性研究相關的一些研究方法，像是「**訪談**」或「**觀察**」，也常被一些實證主義或實在論的研究者所運用。

「**研究倫理**」對那些進行質性研究的研究者而言，是非常重要的考量，由於在質性研究中，研究者往往與人們及其生活進行直接的接觸，因而有關隱私保密的議題就由此而生了。

除此之外，質性研究者通常希望從他們在一個特定事件、決策、組織、地區或聚落、特定議題，甚至某項政策法令的研究中累積相關的訊息，以辨別主要變項的模式、趨勢和關係，並加以區分。

質性研究中所使用的語彙，往往與個案研究和社會情境相關，而不是量化研究中常見的「變項」和「假設」，然而，部分研究者仍然在研究中將其混合使用。

質性研究牽涉到資料的「闡釋」，因此研究者所分析的案例通常在規模上都很小，並且需要經過一段時間，在特定的社會與文化的背景下進行。同時，也可能發展出在特定模式下可勾勒出事件的過程與結果的「紮根理論」。

◀該選擇質性研究還是量化研究？

相較於量化研究，質性研究者並非遠離研究對象，而是積極地與研究對象產生互動。這樣的研究特色，也形成了對質性研究的常見批判──質性研究通常因為規模太小，所以無法將研究結果進行「通則化」（generalize）。

質性研究能夠針對一些主題，例如對於獨裁政體的本質，進行補充說明。透過訪問在獨裁體制下生活的人們，以及挖掘政府與人民之間的關係結構，來補充量化研究的不足之處。事實上，上述這些研究發現都不是單靠統計數據就可以獲得的。

對新手研究者而言，最主要的目標就是──

> 它們對研究者最大的衡量所有可能的方法，做出最佳的組合，因而得以對其選擇的主題進行最深入的探討。

◀民族誌研究

民族誌研究（ethnographic study），在本質上是屬於質性的。這類的研究需要研究者浸淫在某一個特定的族群或社會文化中，其目的在於找出不同的族群成員之間的權勢模式，研究成員們認同的符號。

這樣的研究通常需要長時間的實際居住在所觀察的群體間，與其中的成員結交、建立友誼，成為社區的一分子。

在現代研究的時限壓力下，要進行一套完整的民族誌研究並非絕對可行。然而，人類科學是一種利用多種民族研究方法的深度個案研究，也因此，有一些研究者願意花上了三分之一的研究時間待在實地進行研究。

深描法

另一種質性研究的類型為「**詳實描述**」或「**深描法**」（thick description），也就是「利用重新建構特殊事件的方式，運用各種資料，詳實地將社會現象回溯至其起源」。在某些狀況下，研究者也可以利用**交叉檢驗**或**三角檢測法**的方式來進行描述。

（三角檢測法的概念將於後面單元進行討論）

5 質性研究評論一覽

criticisms

一些有關質性研究最普遍，而且最常被人反覆重提的批評如下。

質性研究評論一覽

1 「軼聞」的問題：換句話說，就是對於事情的解釋缺乏足夠的相關例證。對評論者而言，這非常容易引起這個研究是否具代表性和普遍性的問題。

---

2 因為小型樣本或範例過少，而無法將研究結果通則化，將導致這類研究結果效度的問題。

---

3 由於研究者必須沉浸在其所研究的社會情境中，這可能造成該研究缺乏客觀性，並且出現以個人意見取代實證來解讀研究成果的爭議。

6 質量二分法：一種錯誤的對立

quantitative-qualitative dichotomy

在人文科學中，有許多的議題都圍繞著「質性研究」與「量化研究」這個二分法，我們在下頁表格〈質量二分法〉中所傳達的內容，並非強調這個二分法，或是對其表示贊同；相反地，我們希望表達的是——在學術研究中，這兩種研究方式是以什麼樣的形態所出現的。

在〈質量二分法〉的表格中，我們廣泛地列出這兩種研究方式是如何運用在學術特定的研究方法中。事實上，沒有任何一種規定會限制我們不能同時使用這兩種研究方法。

例如，研究者可以一方面對某個城鎮進行深度的個案研究，另一方面同時使用量化的方式，譬如兼用統計的方式，來分析民眾投票習慣、社經地位，和他們對報紙媒體的選擇等變項。

而同樣地，質性研究方法也常運用在事件的交叉比對上，像是利用訪談的方式對不同國家的政治菁英進行訪問。

質量二分法

	量化		質性
1	重點在找出一個事件或案例中的數值部分（有多少？）	1	強調事件、人物或案例中的本質和核心。
2	調查的目的在於：預測、控制、描述、檢測假設。	2	調查的目的在於：了解、描述、發掘、建立假設。
3	運用硬式資料（即數據）。	3	運用軟性資料（取自檔案或觀察所得的文字或影像等等）。
4	客觀的。	4	主觀的。
5	通常研究較大事件，使用大量、隨機且具代表性的樣本。	5	通常分析較小事件，使用小型、非隨機、不具代表性的樣本。
6	運用演繹研究法。	6	運用歸納研究法。
7	認識論基礎取自實證主義。	7	認識論基礎取自闡釋主義。
8	目的在找出普遍的通則與關聯。	8	目的在解釋歷史和文化上的重要事件。
9	研究方法在資料蒐集前就已經先確定，並統一規格化。	9	研究方法在與資料來源互動中逐漸衍生，通常依個別狀況而有所不同。
10	使用調查法。	10	使用訪談法（深度個案研究）
11	研究過程標準化，並可複製。	11	研究過程獨特，難以複製。
12	價值中立。	12	具有政治性。
13	抽象。	13	有根據的。
14	概念是以變項的形式提出。	14	概念是以主題的方式呈現。
15	研究結果是綜合的、全面性的、可通則化的。	15	研究結果是獨有的、狹隘的、無法通則化的。

〔資料來源〕摘錄自 Mason 1998: 27-8; Silverman 2000: 2; Neuman 2000: 123; Danermark et al. 2002: 162

▶ 兼容並蓄的研究方法？

　　我們需要在量化研究與質性研究兩者所強調的重點，以及它們在研究方法的使用上做一區隔。有一些研究方法能夠在使用上很明顯地表現出量化或質化的特質（見以下詳述）。

　　需要一提的是，大部分的研究方法都適用於這兩種研究方式，因此，即使在兩者間做出完整的切割，也不會影響它們在實務上的運用，和其本身的重要性。試想，質性研究中常見的訪談，也可以以量化的方法加以組織和分析（事實上它們也經常這樣被運用在研究中）。而量化研究常見的調查也可以利用開放問卷的方法，進入對個體的深度研究。換言之，也就是進入質性研究的方式。（Blaxter et al. 1997: 610）

> ▶ 與量化研究相關的研究方法，例如：
> 　✓ 問卷調查或調查方法
> 　✓「結構化觀察」（預先排定行程）
> 　✓內容分析（預先規畫類別）
>
> ▶ 與量化研究相關的研究方法，例如：
> 　✓訪談或口述歷史
> 　✓觀察（參與式或非參與式）
> 　✓檔案分析

　　實際上，在很多狀況下，這些研究方法也應該被混合使用。左頁的〈質量二分法〉表格所列出的重點，只是說明質性與量化這兩個研究方式中一些最主要的差異。事實上，**最好的研究往往是將兩種方式併行使用**。對研究的新手來說，最重要的事並不是馬上去確定自己屬於哪一個陣營。任何一個帶著個人本體論與認識論觀點的學者，都將難以進行通則性的研究，而且他可能也不相信人文科學中會有所謂的進展存在。

不管是質性、量化，還是它們所衍生出的各種研究方法，都有它們做出推論的目的——利用我們已知的事實，來找出我們所未知的真相。

不管是哪一種研究方法，研究者都必須謹慎，不可誤用，否則，到最後那些在研究中惡意操作的過程，將產生出與研究者親自蒐集到的資料截然不同的結果。

同樣地，訪談過程中的種種疏失，或缺乏準確性，以及訪談技巧的拙劣，都會造成劣質的學術成果。惡意操作訪談或其他方式所獲得的資料，特別是那些未經影音記錄的部分，都是一種欺騙和假作。

儘管如此，在學術研究中還是很難避免這類事件的發生。沒有哪一種研究方法絕對比其他的方式要好，但在每一個的研究進行中，確實有某些方法比其他的方法更為適用。

在此，我們提出嚴正的建議，如要避免從實證資料中做出錯誤的結論，最好的方式就是——不要只用一種研究方法。

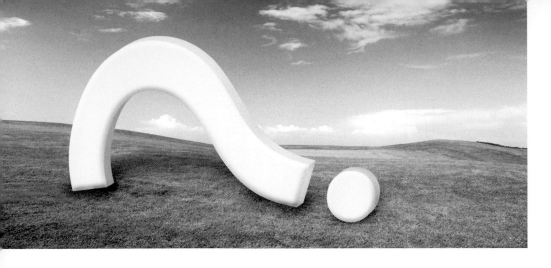

7 研究方法與研究問題的配合

the question-method fit

你應該依據自己提出的問題，來選擇適當的研究方法。不管你在研究中所使用的是什麼方法，你都應該牢記：「**方法是依問題而定的**」。

研究問題與研究方法若配合得不好，將導致研究進度上嚴重的落後，並且徹底破壞整個研究計畫。有兩個重要的因素，可以解釋研究者為什麼需要花時間仔細思考研究問題與方法的配合：

首先，就整體來說，你所提出的研究問題，必須要能夠引導你對研究方法的選擇。這是一個必然的研究過程。在大量的文獻探討之後，你必須決定哪一種研究方法，才最適合你的研究計畫，為什麼你所閱讀的其他學者他們所使用的方式都不適合。

再者，以研究問題為出發點，能夠避免所謂的「**方法盲崇**」（methodolatry）的問題，也就是忽略了研究的本意與現狀，而一昧地盲目崇拜某些研究方法。

你必須牢記，除非你的研究計畫就是與研究方法本身有關，否則這些方法只是研究者用以獲取知識的工具。

8 研究與調查方法
method of enquiry

　　接下來單元，主要在說明一些在實地調查中最常用來「蒐集與分析資料」的研究方法，以及這些研究方法的特色及評論。除此之外，還有一些有關「問卷調查」的簡單說明，因為在「訪談」的同時，問卷調查也常常一起被使用。而在某些狀況下，問卷調查也能獲得與訪談類似的資料。

　　本書只是概要地介紹一些研究方法，為了更詳盡地了解各種研究方法，特別是統計分析的部分，我們建議你可以參考相關書籍，以獲得更深入的資料。切記每一種研究方法都是非常專業的，所有的研究者需要具備對其明確的認識。在這裡，我們只是簡要地介紹一些大學生或碩士生經常使用的研究方法：

1. 各種訪談技巧（interview technique）
2. 問卷調查（questionnaire）
3. 參與和非參與性觀察（participant and non-participant observation）
4. 文獻分析（documentary analysis）

　　上面陳述的順序，並未依照任何的學術偏好、複雜性或實用性。在你選擇研究方法之前，一定要仔細考量自己的**研究問題**。而本書在研究方法上的介紹，就是希望能夠在這個過程中提供你可能需要的協助。儘管社會科學的學生所使用的術語各有差異，但我們接下來單元所要介紹的方法，都是最常被使用的研究方法。

　　舉例來說，你不可能訪問到歌德，了解他對一些事件的看法，但你可以訪問研究歌德的專家來取得你所需要的資料。不管怎麼說，接下來的討論並不受任何學科領域的限制，它能適用於所有可能的研究。

9 訪談的基本須知

interview technique

「訪談」（interview）是學生常用的研究方法，也因此，我們將以更多的篇幅來討論這個研究方法。在訪談這個研究方法中，可以分為四個類型：

1. 結構化訪談（structured interview）
2. 半結構化訪談（semi- structured interview）
3. 非結構化訪談（unstructured interview）
4. 群體訪談（group interview）：或稱為焦點團體（focus group）

訪談所得的資料可以量化的方式（除了非結構化訪談）或質性的方式彙集。在說明這四個訪談類型之前，有幾個重點必須先討論：

「訪談」的基本須知		
I	方法多元	不要將「訪談」視為是研究中所使用的唯一方法。你應該將訪談與其他的研究方式結合，以不同的角度來檢視同一個現象，這樣才能夠讓你以一種更均衡的方式來接近你的研究對象，同時也可以更深入地了解。（參考以下的「三角檢測法」）
2	省思自己是否合適	訪談這個方法真的適合你嗎？你適合進行訪談的工作嗎？假設光是想像要和（重要的）陌生人會面，就讓你感到畏懼，甚至嚇出一身冷汗。那麼，不管訪談這個研究方法有多契合你的研究主題和研究問題，它都可能不是你該選擇的研究方法。

3	先取得 同意	學生在採用訪談法時首先要解決的就是：取得個人團體或機構對受訪的同意。你必須在開始進行研究後，盡快地將這個問題列入考量。在你提出邀請，並且得到對方的回應需要花上一段時間，也因此，你需要將這段等待期間列入整個研究計畫之中。
4	訪談時間 的長度	確定受訪者可以接受訪問的時間有多長，這樣，你才能夠依此安排整個訪談的流程。
5	訪談赴約	給自己充分的時間到達進行訪談的地點。相信你一定不希望讓你的受訪者等你，特別是那些很忙的人，而且你一定也不希望自己出現時是一副氣喘噓噓、滿頭大汗的狼狽模樣。因此，在你進行訪談前，做好事前準備工作，並且確定訪談進行的地點。
6	訪談的 記錄方式	確定你帶了進行訪問所需要的確切裝備（包括多帶幾支筆），並且確定自己已經很熟悉這些機器的操作方式。相信你和你的受訪者都不希望在訪談的進行時，還要因為操作機器的問題，浪費彼此寶貴的時間。如果你打算將訪談的過程完整地記錄下來（當然你必須先尋問受訪者的意願，並獲得對方的同意），最佳的錄音設備就是小型的錄音機，或是一部高音質的口述錄音機也行。你必須慎重地考慮記錄的問題，通常在沒有錄音的狀況下，受訪者的態度會比較開放，所發表的看法也會比較直接，但是這樣一來，研究者在整理資料和引用時會比較困難。
7	訪談後的 資料整理	在訪談結束後，盡快地整理分析訪談時的錄音或筆記。趁整個訪談的記憶猶新之際，你可以清楚地擷取整個過程中的一些細節，並且確定自己在記錄時是否出現任何的遺漏。

10 訪談技巧(1)：結構化訪談
structured interview

> 相同的訪談過程，將**重覆地**應用在**大量的受訪者**身上，而訪問的結果可一一做比較，並且依不同的問題進行**分類**，再以**統計**的方式進行運算。

◆結構化訪談的程序與特色

顧名思義，**結構化訪談**（structured interview）在其建立的過程中是一種最嚴謹、最缺乏彈性的訪談方式，其程序為：

1) 將預先設計好的問題以特定的順序對受訪者進行訪問
2) 將所有的回應完整地記錄下來（以電子化記錄或筆記的方式）

通常這類的訪談由研究者與受訪者以面對面的方式進行，然而，這樣結構化的訪談型態，事實上也可以透過電子郵件或電話的方式進行，而所有受訪者將得到同樣的問題提示，讓所有的訪談將遵循著訪談的預定計畫或時間表進行，不易出現脫節的現象。

訪談當中所出現的問題大多屬於「封閉式」（closed），例如受訪者只有固定的答案選項可供選擇。而這種方式下所產生的結果，將使得研究者更加容易編碼和處理。

這種研究方法與「問卷調查」非常地接近，唯一的不同僅在於後者是將預先設計好的問題，在特定的方式下以**書面**的方式呈現；而訪談則是將問題以口語的方式表達。

◀結構化訪談的優缺點

　　結構化訪談的主要目的，是希望利用答案的格式化，達到一種高程度的標準化或一致性，並且提高進行比較答案的容易度。

　　其缺點就在於，這個方式非常地缺乏彈性，無法因應一些意外的狀況。往好處想，比起非結構化訪談，甚至半結構化訪談，你並不需要具備太多的訪談技巧，因為你有一張非常嚴謹的「地圖」來引導進行整個流程的進行，並且也確保了你能夠完整而一致地提出所有的問題與提示。但在另一方面，你也可能因為這種訪談方式的制式化，而錯失了發掘重要資訊的機會。

11 訪談技巧(2)：半結構化訪談
semi-structured interview

結構化訪談的下一類訪談就是「**半結構化訪談**」（semi-structured interview）或是所謂的「深度訪談」（in-depth interview）。在這類的訪談中，研究者往往在心中已經預藏了一些個人希望從受訪者處得知的問題（為了容易處理，所預設的問題不應超過 10 個），然而在進行的過程中，並不須依照任何特定或預定的順序。

「半結構化訪談」可能是研究中最常見的訪談方式，其好處就在於，它允許某種程度的彈性出現，並且能夠接受在訪談過程中意外出現的訊息。研究者仍然可以將這類訪談的結果進行比對，甚至轉換為統計數據。

12 訪談技巧(3)：非結構化訪談
unstructured interview

而另一方面，在「**非結構化訪談**」（unstructured interview）中，研究者通常預先準備了一些構想或不那麼明確的問題。他們會在訪談的過程中隨著當時的情勢，將這些想法或問題自然地轉換成對受訪者的問題。

事實上這類的訪談還有另一個普遍的稱呼方式，那就是所謂的「**口述歷史訪談**」（oral-history interview），其主要特色是：

1. 受訪者接受的是開放式（open-ended）問題
2. 受訪者被積極鼓勵發表他們所經歷的事物
3. 受訪者詳述他們的生活，以及與他們同時代人們的生活狀況

由於非結構的方式包括非正式的討論，**能夠開啟過去從未想過的研究方向**，因此，這樣的方式在研究的初期對整個研究的發展非常有所助益；然而，這類研究方式所進行的每一次訪談，其所獲得的答案也可能出現極大的差異，也因此，其資料與結果可能無法進行任何的比較。

13 訪談技巧(4)：群體訪談或焦點團體

group interview or focus group

◀群體訪談或焦點團體

「**群體訪談**」（group inter-view）或是「**焦點團體**」（focus group）的訪談，通常是指研究者與特定的一群人，包括可能來自某個特定年齡層、社經背景或種族背景的訪談。

群體訪談可以是結構化、半結構化或非結構化的，而訪談的記錄也和一對一的方式一樣，可以質性，也可以量化。至於研究者的角色，則將與之前我們所討論的不一樣，研究者必須扮演「主席或催化劑的角色，並且減少研究者的特質」，也就是說，研究者不能以傳統的一對一訪談方式來進行群體訪問，相反地，研究者必須利用自己所提供的主題，來激發起團體中成員的討論。

◀訪談的其他優點

如果你已經了解單靠訪談所得來的資料將出現什麼樣危險，並且設法去避免這樣的問題，那麼訪談將為你的研究帶來許多的助益，尤其是它們可以提供許多其他地方沒有印行或記錄的資料，而受訪者也可以協助解釋一些複雜的文獻、決策或政策。

同時，受訪者，特別是菁英階層，有時候也能夠提供你更進一步的訊息，甚至當你需要其他受訪者時，他們也可以提供一些適當的人選，而這就稱為「**滾雪球效應**」（snowball）。這樣一來，你可以藉由那些受訪者的名義接觸到更重要的人物，而不需要突然地造訪對方。

14 問卷調查

questionnaire

當你同時使用**問卷調查**（questionnaire）與其他研究方法時，你會發現問卷調查的效率，實際上是非常高的，特別是當你配合使用的是訪談法時。簡單地說，問卷調查就是將一連串的問題傳遞給特定的人士，而如果你的運氣夠好，就能夠得到他們的回應。

然而最重要的是，問卷的問題必須要讓應答者能夠清楚明確且容易地了解其中的問題。如果應答者對問題稍有誤解，那麼首先，他就不適合回答這份問卷，或是即使回答後，他的答案對你來說也沒有使用的價值。

此外，如果你的應答者對問題各自都有不同的認知解讀，那麼他們的回答也很難拿來比較。因此你必須記住——問卷調查並不像面對面的訪談，你無法對應答者解釋任何問題，而他們也只能依賴眼前所有的訊息去回應。

這或許也代表了一個好處，這樣一來，就不會在答案上出現了所謂的「訪談者效應」（interviewer effect），也就是說，你的一些個人特質（例如社經地位、背景、性別等等），將不會對應答者的答案產生任何的影響。

> 在問卷中，你必須避免引導問題，或是只留一個選項給應答者。

針對敏感性議題的問卷，最好在問卷的一開始就加上簡短的說明性文字，除了解釋這些問題與研究的相關性，也可以提供相關的背景資訊給應答者。

所有的問卷問題，應該「以邏輯上的先後順序來編排」，要特別留意是否不小心出現了重覆的題目，並以使用者方便的方式呈現。

這類的研究方法需要非常細心的考量，而且最好你已經對自己所要研究的事件上有著很成熟明確的概念。如果你真的決定要採用這個研究方法，那麼我們建議你最好參考一本有關問卷調查的教科書，或是選修相關的課程。

要將「問卷調查」與「訪談」結合最好的形式，就是在問卷中附加一個問題，以探詢應答者是否願意在日後接受訪談。這樣一來，你就能夠將質、量兩種資料做結合了。

◀問卷的回收率

問卷的回收率往往不一，我們的目標當然是愈多愈好，但是這裡有一個常見的方法學上的問題，那就是那些不回答問卷者的背景，可能與那些回應者不同，或是與回應者持有不同的看法。如果你能了解這些可能的誤差，那你就可以利用其他的方法或資料來修正這個問題了。

15 觀察法(1)：參與性觀察

participant observation

觀察法又可分為兩個基本類型：參與性觀察（participant observation）與非參與性觀察（nonparticipant observation）

「**參與性觀察**」通常出現在（特別是質性的）「民族誌研究」（ethnographic study）中，這對民族誌學者和人類學者而言，是一種蒐集資料的主要方法。

這些學者將自己沉浸在所研究對象的文化、風俗、社會規範和現實生活當中，這樣實際地融入研究對象的目的之一，是藉由認識行為舉止的特殊模式、語言符號的使用和傳統習俗，來了解他們的日常生活是如何進行的。

許多研究者不會使用「民族誌研究」這種極具強度和深度的觀察方式，而是利用一些「直接觀察」的方法來進行研究，將觀察所得記錄下來，並且分類，就等於為實證現象拍下了快照。

舉例來說，你可以參加一個政治活動，像社會運動或示威行為。在你解釋這類的活動是如何進行之前，你需要進行一些分析，了解激發這些參與者的原因，因為光是參與活動，很難對事件有完整的認識與了解。

此外，如果你能提醒自己不要掉入對單一事件妄下推斷的陷阱中，將觀察所得的結果配合與主題相關的文獻，那麼直接觀察法的研究發現，也會很有價值。

然而，在一些引發革命運動或政變的現場，我們很難能夠剛好在關鍵時刻出現在現場，甚者，連要進入現場觀察人群都很困難；況且，即使你能夠進入，你也需要保證你的出現不會不當地影響群眾當場的行為。

在這類的研究中，研究者將他們的觀察以「結構式訪談」的方式來規畫，他們對自己應該探訪的事物，以及記錄發現的方式都具備基本的概念。而這些發現和觀察結果，可以和結構式訪談所得的資料一樣加以量化分析。

16 觀察法 (2)：非參與性觀察
non-participant observation

對研究者來說，「**非參與性觀察**」（non-participant observation）是一種被動的角色，研究者並「**不直接參與其中，而是觀察其間的互動**」。舉例來說，研究者可能觀察一名兒童與母親之間的互動，或是一群兒童正在遊戲的情景，並加以書面方式或錄影記錄。而錄影的方式通常可以提供你反覆檢視原始資料的機會，同時分析互動的模式。

◀結構式觀察法與非結構式觀察法

在研究方法的文獻資料中，「結構式觀察法」（structured observation）和「非結構式觀察法」（unstructured observation）之間有一種大體上的差異，那就是——研究者是否已經預先對現場狀況做出特定的分類，或具備了特定的想法？

如果有，那就是「結構式觀察法」；如果沒有，那就是「非結構式觀察法」。非結構式觀察的特點，就在於不具備任何的分類系統或模式。

當然，利用研究中的其他要素，你可以採用「非結構式觀察法」中鬆散的分類方式，而將「結構式觀察法」和「非結構式觀察法」兩種觀察法結合在一起。而這裡所牽涉到的爭論主要在於：研究者與實證資料的互動範圍，以及如何運用或調整既有的概念、想法、期待和假設。

事實上，在利用概念性工具來做為引導的方法，與過度依賴這些概念之間，只有一條非常細微的界線，而最後這些工具也可能造成研究者見解上的狹隘，甚至無法適時地察覺或處理那些概念工具範圍外的事件。

17 文獻分析
documentary analysis

文獻資料有各種型式大小，其範圍從官方和個人的檔案，到私人往來信件或備忘錄，大多數的論文或多或少都會牽涉上某些特定的文件或檔案，而牽涉的程度可以從成熟的技術性論述分析，到只是為了獲得個人或機構意見和政策時所閱讀的文件。

上述的分析通常是針對特定的資料，而我們這裡所指稱的是一般書面的檔案文件。你必須審慎地考量以下這些元素：

1. 這些檔案文件的起源和作者
2. 當初記錄的目的
3. 當初所設定的讀者
4. 你還必須考慮「原始資料」（primary）和「二手資料」（secondary）的差異，前者是作者實際研究後所產生的原始結果，後者則是他人對原始研究結果的再詮釋。

二手資料

舉例來說，如果你將自己訪談的過程記錄下來，並且轉譯成適當的文字，那這些就可以被視為是你的原始資料；反之，如果第二位研究者在他的研究中使用你所轉譯的文字，那他所使用的就稱為二手資料。

但實際上，這並不是一個妥善的做法。在這裡，二手資料所代表的是——研究者並**未實際參與**訪談或調查的過程，只是分析他人的**記錄**，但這整個訪談是由你記錄，也是由你轉譯的（從錄音帶到文字），你所得到的最後結果，可以利用統計的方式操作處理，或是以質性方式加以詮釋，甚至同時採行兩者。

18 檔案分析法

archival technique

8

研。
究。
方。
法。
：
質。
性。
研。
究。
與。
量。
化。
研。
究。

預先的安排

檔案包含了各種不同來源的資料，而在使用檔案分析法上，也有一些普遍值得留意的重點：

首先，在訪談方面，你應該在研究的一開始，就取得所需要的資料。舉例來說，在德國，希望查閱過去秘密警察的等待名單大概已經排上一年那麼長了。這很明顯地告訴你，身為一名研究生，你必須從很早開始就考量到那些你可能會用到的檔案資料，並且盡快確定。

接著下一步，就是開始接觸那些檔案，並且安排時間，讓自己能夠參觀或進行閱讀。可能的話，最好的辦法就是事先進行一個試探性的接觸，甚至徹底地瀏覽該檔案相關的網路資料，確定該檔案的內容（搜索檔案的索引目錄），縮小並選擇你需要的內容範圍。切記，每一個檔案的索引、目次和參考書目的形式，以及它們在複印的規定上，都有所不同。（參考 Vicker 1997: 174）

檔案資料

檔案資料（archival source）可以被視為是一種原始資料。在研究中，運用這些資料，可以為你在研究的進行提供一個極佳的文獻基礎。使用這類檔案的主要目的，就是利用將它們介紹給更廣大讀者的機會，使得這些已經沉寂已久的資料重見天日，並以此對特定的事件、個人或政策進行深入的了解。

在蒐集這些資料時，你必須要特別留意，不要只是針對那些支持你現有假設的檔案或資料，因為到最後，你可能會發現那些資料其實是處於反證的立場，或是根本未經證實。

檔案管理員

最後，我們還必須提醒你一些在檔案管理員方面必須留意的事項：在很多歷史資料保管處，特別是在歐洲地區，當你到該處查尋資料時，通常會有一個管理員來協助你查尋這個檔案。

切記，管理員的角色絕對不容你小覷，因為他是你是否能夠幸運地找到研究中最適合資料的關鍵。如果你夠禮貌，並且以專業的角度來看待他，最起碼做到守時，對其協助表示感謝，那麼幸運之神就會對你伸出援手。

事實上，你所遇到的管理員，將會對你在研究上所產生的興趣，以及可能得到的資料多寡、型態和品質，都有密切的相關。在正常的狀況下，你應該可以取得普通目錄上大多數的資料，但如果你很幸運地遇到一位熱心的管理員，那麼你就有機會發現一些不在目次上但卻很重要的資料。

還有，在一些大型的資料保存處，像英國的公共文書局（Public Records Office），很可能沒有管理員來協助你進行搜尋的工作，所以，你必須預先做好萬全的準備工作。

> 最後，我們要再次強調，所有的資料絕對都可以以質性或量化，甚至兩者混合的方式來運用、記錄和呈現。

19 文件
document

所有的**文件**（document）都是以預定的目的來進行撰寫，並根基於特定的假設之上，以固定的方式來呈現，政黨的宣言或一般的宣傳文件就是最好的例證。一個工會看待事情一定有自己的角度，就如一個智囊團或組織通常會影響到一種政治意識型態。

也因此，研究者在對文件進行研究之前，必須先充分了解其**起源、目的**和最初所設定的**對象讀者群**，這樣你才能夠分析那些文件在當時撰寫時的背景環境。

這種資料分析的方法通常和詮釋學（hermeneutics）有關，這種方式也就是希望能夠從撰述人的觀點來分析一份文件，並凸顯出其社會歷史背景。

舉例來說，一張來自獨裁政府中某個政府單位給其他單位的「留言」，就可能提供了我們深入了解政權中心是如何維持其權力，以及資訊又是如何進入權力

控制中心的機會。反之，其他的文件內容，可能已經制式化，因而無法重現真實。**要避免文件上的偏誤，最好的方式就是——運用其他的方法或資料，來補充解釋你所蒐集到的文件。**

為了清楚傳達一個政黨組織或機構的訴求和目標而公開化的文件，通常可以被用來當成是衡量現實的極佳基準。舉例來說，一個住屋聯盟可能強調，他們最關切的是能夠鼓勵住戶參與當地一些與該地區及生活相關活動的投資。你可以分析這些文件資料，或訪問該組織中幾位重要的人士，針對他們的訴求擬定一份簡略的清單，這樣你就有了檢驗實際所需要的問卷調查或訪談的資料了。另一方面，如果該組織的訴求和目標能夠以統計的方式進行檢測，像是犯罪率、攻擊事件等，那麼這些數據也可以用來補充上述資料蒐集方法的不足。

20 論述分析

discourse analysis

在文獻分析中，有一種更複雜的分析方式，那就是「**論述分析**」（discourse analysis）。

「論述分析」的方法是從語言學轉借至社會科學中，研究語言因歷經時代的變遷，在使用上的改變和轉換，以及語言在某些特定的使用中所出現的變化。

這類分析法通常只進行「**微觀分析**」（microanalysis），例如研究者對主動與被動的動詞形式進行分辨等等。社會科學家將這類分析法應用在探討一些如「認同」等的微妙或曖昧的概念上。

舉例來說，國際關係這個領域的社會建構學家在進行社會學方面的研究時，可以利用「論述分析」的方式，來了解「認同的特質與想法」是如何和組織進行互動，相互影響的。

就其最複雜的部分來說，這類的分析可以利用特殊的套裝軟體，藉由電子化的方式，檢驗含有大量文字語言的資料庫或文集，來推論語言在使用上的模式與變化。

8

研。
究。
方。
法。
：
質。
性。
研。
究。
與。
量。
化。
研。
究。

21 印刷媒體
print media

印刷媒體，特別是報紙上的文章和報導，是學生研究中普遍常見的資料來源，它們可以做為訪談和統計的補充資料。如果你正在進行一項歷史研究，那麼報紙上的報導可以讓你了解出版業對該主題的看法和觀點，或者是當時所呈現的多方看法。

你必須了解，媒體的版圖是非常遼闊的，其所呈現的觀點也非常地廣泛，其中還可能包含了各種不同的利益角色。也因為如此，研究者如果只是單純地比較英國的《太陽報》和美國的《紐約時報》中有關伊拉克戰爭的報導，將無法提供有關戰爭行為全面而詳細的利弊分析。

研究者必須多方參考不同政治立場的報社，以避免偏執一方。也因此，如果你是在異國從事研究，那麼預先對當地的媒體進行徹底地了解，是非常重要的。

印刷媒體對學術研究而言，是一個非常有益的資源，如果你打算分析媒體的內容，那你可能需要運用量化的方式，去對某段特定時期內的某份報紙進行分析。這也是一種用來蒐集資料的補充方法，而你必須找出文章與報導所針對的讀者群，以及撰述當時的背景與情境。在分析的過程中，研究者往往可以發現，在不同的主題中所出現的報導模式也有所不同，或是每個時期媒體所關注的主題也都有所不同。

隨著光碟與科技的進步，要研究過期報刊或雜誌都變得更加簡單。現在你可以在輸入關鍵字像是「失業」，就可以得到過去幾年所有相關的文章或報導，然後將它們下載分類，進行分析。在研究的最初階段，這是一個讓你認識研究主題最快速的方法。

但是你必須注意，在你的論文或報告中，千萬不可太過依賴報紙上的訊息，或過度引用上面的報導，因為這樣的文獻與資料是不充足的。

22 三角檢測法

triangulation

現在，我們對大學和研究所論文最常使用的一些研究方法都有了初步的認識。一般來說，要讓研究更容易取得有效的資料，並且避免誤差的發生，最好的辦法還是利用一種以上的方法來進行研究。

有時候，在研究中使用一種以上的方法就可被稱為「三角檢測法」（triangulation）。但這個名詞並不如字面上所看到的那麼簡單，這個詞彙源自於航行學，運用在軍事策略的調查中。「三角檢測法」這個名詞容易引人誤解，普遍認為，所謂的三角檢測法就是利用不同的方法，從不同的角度來檢視研究標的，但事實上，三角檢測法是一種非常困難的技術，主要是因為其中包括了必須使用的各種研究方法，而這些研究方法又各有其認識論與本體論的學說基礎。

多數的學者認為，三角檢測法的困難之處，就在各種研究方法的結合。在此，我們要重申，儘管有時候我們會看到一些學者及其學術領域強烈支持某一個與特定世界觀相關的研究方法，但所有的研究方法都應該被視為只是用來蒐集資料的工具，而不應該被看成是為了發揚某個認識論或本體論而出現的工具。換句話說，只要你清楚地知道——

1. 你該如何將研究方法運用在研究中？
2. 該研究方法可以為你證明什麼？
3. 某研究方法又與你所使用的其他方法，產生什麼樣的關聯？
4. 最重要的是，你必須確定：你所使用的方法在本體論上是否相互一致？而在推論上是否也符合認識論的邏輯？

談到研究中的三角檢測法，就不得不對一些進行三角檢測法的要素加以說明。研究方法的三角檢測法，是研究者利用兩個或更多的方法來調查同一個現象：研究者可以以不同的時間先後進行研究，也就是以一個研究方法調查後，再以另一個方式再度進行研究，或是同時以數個方法進行研究。

然而，在大多數的研究中，研究者通常很難在同一時間內，以多個方法對同一個研究標的進行研究，因此也產生了前後施以不同研究方法的模式。這個模式就是在研究步驟中運用不同的研究方法檢測研究結果，並加以比較對照。舉例來說，你可以先進行深度的質性訪談，再佐以可用來統計分析的問卷調查。

就另一方面而言，所謂資料的三角檢測法就是研究者利用多樣資料，以及類似比較分析的方式，加以使用不同的方法與變項，來分析同一個研究標的。

讓我們以一個資料交叉檢驗的範例來說明，研究者所得的資料是利用各種方法所蒐集而來的，因此在進行三角檢測法時，研究者可以利用訪談轉譯稿與出版刊物資料做一比較，或是將當地調查所得到的統計數據與官方所公布的數值進行核對，以尋求準確性。

如果我們不去在意三角檢測法在語意學上的含義，而將重點置於它在人文科學中的意義，那麼最好的一個總結就是，所謂的「三角檢測法」就是——**從不同的角度來觀察一個研究標的**。

三角檢測法對研究者和一般學者最主要的助益，乃在於「基於數個不同的資料來源，就可能使得研究結果或研究發現更加正確，並且更令人信服」。

因此，我們所能給你最好的建議就是——將你從一個研究方法中所得到的結果，與其他不同方法所得到的結果進行比較，只要所有調查實驗的結果都維持相同，那麼就能提高這個研究的**效度**（validity）。

但是，記得千萬別掉入濫用研究方法的陷阱之中，謹慎地選擇你所使用的研究方法，因為有些方法可能無法產生你所希望的結果。

▶ 三角檢測法的限制

Mason 透過以下的問題來提醒我們三角檢測法的限制：

舉例來說，你是否試圖想要利用其他的方法，來證明某組資料與其研究方法間的關係？或是透過三角檢測法，來提高研究結果的信度（reliability）與效度（validity）？

如果是，那你就必須考量：究竟要在什麼樣的基礎上，這組資料或方法才能證明出另一組？

這裡牽涉到一些問題，包括這兩組資料是否都是針對同一組現象來提出說明，或是這兩個方法最後是否出現了可進行比較的結果。

如果這些問題的答案都是否定的，那麼你就無法預期三角檢測法一定可以得到明確的證實了。（Mason 1998:25-6）

23 重點摘要與延伸閱讀

summary and reading

▶▶ 重點摘要

[1] 研究方法的選擇，應該視其與所提出的研究問題之間的適當性，研究方法一定要與研究問題做最適當的搭配」。

[2] 一般的研究方法，大多可以同時使用於量化研究與質性研究之中。

[3] 盡可能使用多種方法來資蒐集料，嘗試將研究方法與資料混合使用，以增加研究的效度（這又稱為三角檢測法）。

▶▶ 基礎與延伸閱讀

Bryman, A. (2001) *Social Research Methods*, Oxford, Oxford University Press.

Kumar, R. (1999) *Research Methodology, A Step-By-Step Guide for Beginners*, London, Thousand Oaks, CA and New Delhi: Sage.

Marsh, D. and Stoker, G. (eds) (2002) *Theory and Methods in Political Science*, Basingstoke, Palgrave Macmillan, 2nd edn, chapters 9, 10 and 11.

Mason, J. (1996) *Qualitative Researching*, London, Sage, chapters 1, 2 and 8.

Neuman, W. L. (2000) *Social Research Methods. Qualitative and Quantitative Approaches*, Boston, MA, Allyn & Bacon, 4th edn, chapters 6, 7 and 8.

Punch, K. F. (200b) *Introduction to Social Research. Quantitative and Qualitative Approaches*, London, Thousand Oaks, CA and New Delhi: Sage, especially chapters 5 and 8.

Ragin, C. C. (1994) *Constructing Social Research. The Unity and Diversity of Method*, Thousand Oaks, CA, Pine Forge Press, chapters 4 and 6.

Silverman, D. (2000) *Doing Qualitative Research. A Practical Handbook*, London, Thousand Oaks, CA and New Delhi: Sage.

第 9 章

學術規範、抄襲和研究倫理。

ACADEMIC STANDARDS, PLAGIARISM, AND ETHICS IN RESEARCH

1 本章的學習目標

introduction

1　介紹學術規範和抄襲的相關概念。

2　避免研究中草率的引用文獻。

3　介紹社會研究中的研究倫理。

4　說明特定研究類型適用的不同道德標準。

　　如果你很懷疑一本探討研究基礎的書，為什麼要討論「學術規範」（academic standard）、「抄襲」（plagiarism）和「倫理」（ethic）的問題，那是可以理解的。

　　首先，第一個最明顯的理由就是，學生和學者都需要在他們進行研究前，先考慮「**學術規範**」這個重要的問題，因為這個問題的答案，將會影響接下來的研究內容以及研究進行的方式。

　　為了實踐我們在前面八章所學，所有研究者都必須在可接受的學術規範內進行研究工作，而這樣的工作就是立基於可靠的參考文獻，以及對研究倫理的省思。而違反正當學術規範最主要的問題之一，就是「抄襲」。由於網路運用的廣泛和取得便利性，不但增加了蒐集資源和進行研究的機會，同時也提高了作弊的機率（雖然已經有新的軟體可追查作弊來源）。

　　我們在本章中將說明有關抄襲的問題，並針對如何避免發表草率的學術成果和抄襲的指控提供一些具體的建議。

　　關於「**研究倫理**」的重要性，我們有愈來愈多義務必須要去了解。然而，倫理學並不是一門嚴

謹的學科，容易衍生出許多不同
的解釋。只是在本書中，我們的
任務就是讓你對這個議題上的相
關討論，以及在表達上必須遵循
的方式，能有約略的認識。我們
也提供了一些研究上的範例，讓
你能夠在這個議題上有所省思。

　　除了一些非常明顯攸關倫理
的問題外，事實上根本很難「規
範」所謂的對錯，因為，你將發
現一個人對道德行為的認定，對
另一個人而言很可能是一種破壞
誠信的行為。

　　在我們決定進行研究的方式
或是在處理研究的過程中，並沒
有一種絕對的對錯判定（除了抄
襲的問題外），只是在現實中，仍
然存有一些普遍認同的規則，規
定著哪些是可被接受，而哪些又
是無法得到認同的。

2 抄襲
plagiarism

　　抄襲（plagiarism）是一個眾所皆知的名詞，然而，在實務上卻很難將其定義。這個詞彙最原始的意義是「誘拐」（kidnapping），但現今卻被用來指稱偷竊其他人的意見、言談或作品，並將其以個人名義發表。

　　對學術界來說，「抄襲」是一件非常嚴重的事情，不管是大學還是博士。也因此，你必須確定自己在一開始就了解學校有關抄襲的規定。以下我們將借用 Ben Rosamond 在這個部分的文章來說明（2002: 167-9）。

　　Ben Rosamond 在文章中介紹了有關抄襲的不同定義，並且進一步界定了構成抄襲的行為，此外，他以四點綱要來闡釋抄襲在一般認知上的定義：

1. 抄襲代表了劣質的學術成果，以及違反學術界應有的規範：不管是被曝露的，或隱藏的、故意的、無心的，抄襲的行為也是一種犯罪。並反映了個人對身為一個大學學生或教育工作者，對本身程度上的不信任。

2. 抄襲可以被視為是一種對學術生涯延續的非正式傷害行為，換言之，它將教授與學生，以及學生之間的信任破壞殆盡。

3. 如果進一步地看待抄襲的行為，可以將其視其為一種對道德規範和標準的破壞。

4. 最後一種對抄襲的看法，就是將其置於法律的範圍內，視為對版權的侵害和詐騙的表現。這包括了對被抄襲的原作者智慧財產的侵犯，也就是偷取他人的意見，並將其佯裝成個人作品，以獲得非個人努力的成果。

◀網路發展與抄襲

網路的發展，將抄襲的可能性提高至一種難以估計的程度，當網路提供了可以金錢換取學術資料的機會時，作弊的機率也隨之快速提高。相對地，逮獲公然作弊的機會也變得微乎其微。而現在的大學生或一些正在修課的研究生習慣在電腦上撰寫報告，或是利用網路繳交作業，這樣的做法也相對地使得利用搜索引擎作弊更加容易。

要避免作弊的嫌疑或誤會，那麼在引用網路上的任何資料時，就必須確定自己註明了確切的網址與瀏覽日期。

作弊的可能性，將因為繳交截止日期的逼近，以及財務資金的緊縮而增加。因此，你必須在一開始就做好時間管理的工作，並且要避免在論文裡頭引用任何自己都無法詳實說明的資料，特別是在資料的所有權、著作權和智慧財產權的法律規定下，你更要保護自己免於作弊的嫌疑。在下一個單元裡，我們將就如何避免產生草率的學術成果和抄襲的指控，提供一些建議。

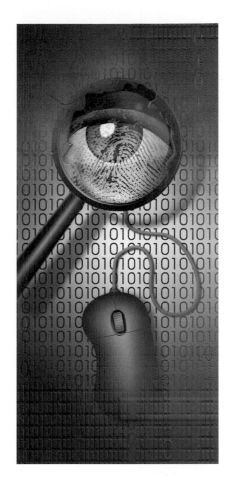

3 謹守學術規範：參考文獻的引用
referencing

◀參考文獻的基本記錄

記得在研究一開始就做好引用文獻的工作，並且保持明確清晰的文獻記錄，選定你所使用的格式，並且從一而終地堅守這個模式。要做好引用文獻的工作包括了記錄：

1) 資料的確切頁數
2) 書籍期刊或報紙的名稱
3) 作者
4) 出版商
5) 出版日期
6) 出版地點

如果你的資料是影引自書籍或期刊，在影引時，務必連封「面頁」和記錄著出版資料的「版權頁」一起影印下來，版權頁會記載著許多重要的出版資料。

◀詳加記錄的必要性

仔細且正確地記錄這些資料，將可以幫助你節省一些不必要的時間（有些人常在事後又二度花時間尋找和記錄這些資料）。詳細而清楚的筆記，也能減少作弊發生的可能性。作弊被視為學術界中的犯罪行為，它除了會讓你的報告不及格，遭到學校開除之外，對一個博士生來說，還可能讓你從此列入學術界的黑名單之中。

再者，文獻引用的疏失，也可能導致法律訴訟的產生。因此，我們一再強調，養成將你所參考過的書籍基本資料通通記錄下來的習慣，因為你可能很快就忘了那些文獻的相關細節，而當你有一天突然發現，原本一份無關的資料其實與你的研究有著密切關係時，那麼那些被漏掉的基本資料，就成了你最大的麻煩了。

不管你所使用的是哪一種格式，你都必須要特別注意，不要在正文中將尾註、腳註或參考文獻混合使用，不過你可以在最後面的補充資料上，同時使用參考文獻和腳註兩者。

我們要再次提醒，在你選擇格式時，必須依照所屬系所的規定，別忘了，與其浪費時間再重新修正格式，還不如一開始就確認適用的格式。很多學生，甚至包括資深的學者，都曾經在研究的最後階段才匆忙地重新整理註解的部分。

記得，從第一天開始，就把你所閱讀過或引用的資料詳細正確地記錄在你的參考書目中，並且一有新的發現或資料，就立刻將它列入清單中。

在內文中的標明格式：哈佛格式

「哈佛格式」（Harvard method）可能是期刊中最常使用的格式，也是一種在文獻引用上簡單又有效率的方式。在正文裡頭引用時，必須包含作者的姓名和出版年

份。如果你必須引用其中的一段原文，那就再加上資料出處的頁數。這些資料將全部在正文中以括弧的方式呈現，例如：

> (Cooke 2000: 43)
> （陳志民，2008，p.55）

在最後的參考文獻中的標明格式

在最後的參考書目或參考文獻中，必須涵蓋了正文中所出現的完整的參考資料，包括作者姓氏、名字的第一個字母、出版年代、書名、文章名、出版地、出版商。舉例來說：

> Cooke, P (2000) *Speaking the Taboo: A Study of the Work of Wolfgang Hilbig*, Amsterdam and Atlanta, Rodopi.
>
> 巫美林（2007）：如何與孩子相處。台北市：寂天。

嚴格來說，所謂的「哈佛格式」只是註明「姓名與日期」格式的其中一個範例而已。而「人文學科」（humanities method）或「數字化」（numeric method）的引用格式，就是利用「數字」的標示，將正文中所引用的文獻來源，細節完整地記錄在該頁下方的腳註中，或該章節的尾註中，而其中所需的相關資料與上述範例相同。

　　必須注意的是，不論你使用的是哪一種格式，你都必須在整篇文章中使用同一種格式，不可混合使用不同的格式。

4 研究倫理
ethics in research

倫理學影響各種類型的社會研究。一個研究者應該有一個道德標準，來引導他決定如何處理這部分的問題，而這方面的問題包括了：和研究對象接觸時的保密、匿名、合法性、專業性和隱私問題。

身為研究者，你有責任尊重你的研究對象，並且必須先徵求他們的同意，再詳細地對他們口述說明研究將如何進行，包括資料蒐集、分析以及運用的方式。

「倫理」一詞在字典裡常見的定義是「控制或影響一個人行為的道德規範」，或是「在道德上可被接受，或是正確的」。

當我們應用到研究時，「倫理」則出現了特定的涵義，而這在醫學研究和生物科學中，更顯得敏感。在這些領域中，有關動物實驗複製和基因改造食物等的研究，其所帶來的利益與缺點，正是大家所爭論的焦點。

▶ 什麼是倫理？

Denscombe 將研究中倫理的角色歸納如下：

就實務上來說，倫理就是關於「什麼應該做，而什麼不該做」。「應該」這個字與時代密切相關，換言之，當倫理成了需要考慮的因素時，對研究者來說，這代表了在他們的研究方法上需要某些調整。

這個問題不只是研究方法的可行或必然，而是在考慮了在正確適當的狀況下，什麼是應該去做的。它所強調的是事情中的道德面，而不是現實的考量。

（2002: 175）

研究中所造成的傷害

事實上，社會研究中的倫理問題之所以引起關注，是從德國納粹以人體進行致命的生物醫學實驗開始的；到了今日，另一個引起大眾關心的倫理議題：是我們是否該利用這個曾經殘害多條人命的實驗結果，來拯救其他的生命？還是，基於對這些受難者和其家人的尊重，這個實驗的結果應該被摧毀？

這類以人體為對象的實驗，催促了 1949 年「紐倫堡法案」（Nuremberg Code）的誕生。這個法案規定——參與任何研究的所有個體，都必須自願性地同意接受研究。

這對現今研究進行的方式，具有非常深遠的影響，愈來愈多的專業團體願意為研究者解說詳細而廣泛的倫理規範和指引，而這些參考資料對新進的研究者提供了非常大的助益。

正如我們所強調的，這個倫理所牽涉的範圍並不夠明確：某個人所認知的道德行為，並不一定符合另一個人的道德標準。儘管你不認為倫理在你的研究中扮演了很重要的角色，但有些事情是你不得不審慎考量的，尤其當你需要進行質性研究時，因為——所有的社會科學研究都會牽涉到人們的生活，而質性研究所涉及的範圍卻更廣更深，有一些質性的研究甚至牽扯到人們生活中最敏感、私密、深層的部分——當研究者在蒐集這部分的資料時，倫理的問題就也隨之而生了。但這並不表示量化研究就與倫理問題無關。不管是量化研究還是質性研究，都存在著保密、誠信和精確性的問題。

Punch 歸納了研究中主要牽涉的道德領域，其中包括了：

1) 傷害（harm）
2) 同意（consent）
3) 詐欺（deception）
4) 隱私（privacy）
5) 機密（confidentiality）

當你進行研究時，你需要考量這個研究對參與研究者造成傷害的可能性。這個部分可能很難進行評估，特別當你探究的是人們過去的傷痛，而這個傷害可能存在於心理層面時。

告知與同意

另一個主要的議題，是未經過同意，或是未給予充分的告知。這個問題最近引起英國社會大眾的關注，起因就在於一位新聞記者以隱匿的方式，滲透至社會上惡名昭彰的足球流氓組織中。不管我們有多討厭這些被觀察的對象，但使用隱藏式攝影機和缺乏受訪者的同意，這就是個值得爭議的倫理問題。

在某些狀況下能夠直接觀察，不讓受訪的對象知道你的身分或你到底在做什麼，反而是比較好的，因為這樣他們才能以自然正常的方式進行原有的生活或工作。然而，這樣的行為往往介於違反道德倫理與可被大眾接受的邊線，其界線非常地難以界定。

詐騙

同樣的爭議也出現在研究中的「詐騙」中（deception）。「詐騙」是我們用來指稱「**研究者刻意地給予受試者錯誤的訊息，以誘出特定的回應**」。這類游走在倫理邊緣最有名的例子，就是 1963 年由 Stanley Milgram 所做的實驗：他欺騙受試者說，在答錯問題時會遭到電擊的處罰。還有一些常見的欺騙手法，例如將研究者打扮成某種權威人士，來誘導出人們的回應，並加以記錄。

尊敬個人的隱私和秘密

尊敬個人的隱私和秘密是另一個倫理議題。如果你訪問某人，並且答應對方將不公布其個人資料，那麼你就必須信守承諾。首先，如果你違反了對對方的承諾，那就是欺騙，而欺騙的行為本身就應該被指責。再者，你破壞了研究的聲譽，阻礙之後其他研究者的研究，因為一旦有了被欺騙的經驗，研究對象可能就不願再接受訪談。

最後我們要提醒你，你所進行的研究，蒐集、分析資料以及發表研究結果的方式，都與倫理問題息息相關。你必須避免使用一些草率的研究工具，誤釋資料，在不充裕的資料下做出結論，甚至故意偽造研究結果，這不但會讓你被退學，甚至從此在學術領域中被除名。

▶ 研究中的倫理：足球流氓

請仔細思考以下的實際案例，並且審慎考量你對這些問題的回答：

　　一位英國記者利用了隱藏式的觀察工具，來揭發人們生活中不堪的一面。閱讀以下簡短的描述後，針對最後所提出的問題，仔細地思考你的答案：

〔狀況〕

　　記者先生竭盡所能地想要融入羣眾所周知的足球流氓之中，包括在手臂上刺上某個足球隊的名字。他調查的目的就是要揭露足球暴力行為的起源，以及了解暴力集團領導內部運作的方式。記者先生在腰間繫了一台隱藏式攝影機，讓他能夠深入地監看他所加入的暴力組織其間的運作，此舉讓我們見識了人們對一再地製造（暴力式）騷動不安的目的（通常只是為了好玩），還有更重要的是，記者也藉此對該組織的結構規定和行為，有了更深入的了解。

〔問題〕

1. 這種調查方式合法嗎？（記得他使用的是隱藏式攝影機，而且缺乏告知與同意）
2. 不論我們對這些受訪者的觀感如何（在本例中他們是暴力，而且危險的），這位記者是否違反了大眾所認同的倫理標準？
3. 如果這種形式的「欺瞞」是不合法的，那麼我們該如何了解這類組織的結構規定及行為？還有哪些方法也可以獲得類似的結果？
4. 寫出對此類研究的正反意見。

5 研究倫理的數線

continuum ethics in research

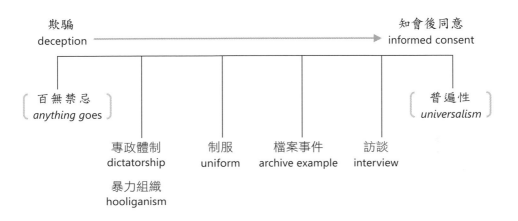

上面的數線圖說明了在研究倫理中兩個極端的狀況，從一端的「百無禁忌」到另一端的「普遍性」。在研究倫理中，「百無禁忌」所提出的是倫理規範在運用上的爭議性，而「普遍性」所代表的則是對不該侵犯或打破的倫理禁忌。

我們將提供一些範例，來說明從數線左到右的各種情況。當我們討論以下範例的同時，你可以思索這些範例是否符合道德倫理，而你個人對它們在數線的位置安排，是否也和本書一樣。

◢政體制和暴力組織

在專政體制和暴力組織範例中，我們提供了兩種在研究倫理值得爭議的不同狀況：第一個狀況是有關專政體系的研究。就其本質而言，這是一個封閉的體系，在我們的範例中，Fred 想要

在某個專政體系上，例如對其國家社會動態進行一份重要的報告，他除了使用官方的檔案資料和專政者所提供的統計數據，也藉機檢視了秘密檔案。雖然 Fred 的調查可以算是領導調查的先趨，但在缺乏權威當局的同意下（雖然是專政政權），這樣的調查不算違反研究倫理嗎？

欺騙與告知

在同一個具爭議的議題上，第二個狀況是上一單元所舉的足球流氓案例，在案例中使用了隱藏式器材來進行調查。另一個提過的案例 Stanley Milgram 所做的實驗：他欺騙受試者說，在答錯問題時會遭到電擊的處罰。在此案例中，受試者不但被告知了不實的資訊，而且在心理上也遭受了很大的壓力，像這樣的情況就屬於「欺騙」。

制服

數線上的第二個範例是有關研究者假扮成權威人士的狀況。

例如穿上警察制服，陪同真正的警察一同值勤，並且參與逮捕的行動，假裝自己是真正的警察人員。很明顯的，這就是欺騙那些被逮捕的人。但問題來了，我們是否可以利用「制服」，來誘使研究對象做出某些特殊的反應？這是否合乎道德標準？

檔案事件

目前在研究中較缺乏直接牽涉到使用檔案資料的範例。有一位研究生想要調查某一政黨檔案庫中的國會會議記錄，而有一次，檔案管理員剛好讓研究生有機會單獨待在檔案庫裡，研究生因此偷看了一些不被允許查看的資料。後來，那位檔案管理員在研究生進行資料分析和發表報告的期間不幸過世，而研究生在論文的序言中感謝了那位檔案管理員允許他查閱資料，讓他能夠順利完成研究。在這個案例中，研究生這個不道德的行為，是否可以因為其研究結果揭發了官員貪瀆的真相，而受到肯定？此外，除了這個政黨之外，是否會波及其他人、造成傷害？

◆訪談

最後一個範例將解釋符合道德標準的面對面訪談（知會後的同意）。某位研究生為了研究東德婦女失業問題的博士論文，訪問了幾位八十歲的婦女，他非常清楚地為受訪者解釋研究目的，說明訪談會做錄音存檔，指出有哪些內容可以會公布，並且謹慎地處理受訪者的個人資料。

然而，雖然在研究生做出詳盡解釋之後，這些婦女都很願意談論她們的處境，但有時候，當研究者對研究細節過於開誠佈公時，反而在一開始會造成受試者不願參與的狀況。

> ❝ 進行訪談研究的研究者之所以必須更恪守倫理原則，不僅是為了訪談者個人的信譽，更重要的是為了整體的研究環境。任何研究者所表現的違反倫理道德的行為，都會影響未來研究者對同類或同一受訪者的研究。 ❞

我們希望以上簡單的討論，能夠讓你對研究倫理中的爭議有初步的認識。正如你所見的，我們永遠無法在倫理方面的問題獲得一個正確的解答，或是將類似的事例歸類。Bulmer 就曾指出（2001: 46）：

> 在倫理與社會研究中，一個最為人所討論的普遍原則就是達到平衡：一方面要揭露現代社會中隱藏的運作模式，另一方面要保護個人或團體的隱私。此外，也必須承認有一些領域是社會學家不能或不該深入探討甚至碰觸的。

有關「秘密調查」（covert research）的議題，一向最引起研究者們的關注。主張隱藏式調查的研究者認為，方式的正當性，取決於最後的研究結果；而那些反對或質疑這種方式的人則認為，並不能以研究結果來決定研究方式的正當性與否。一如 Bulmer（2001: 56）所提出來的問題——在社會科學研究中，誰的理由才是正確的呢？

6 重點摘要與延伸閱讀

summary and reading

▶重點摘要

在本章中，我們將討論的重點轉移到「抄襲」與「研究倫理」的議題上，我們希望你能從上述的討論中了解：

[1] 在學習的一開始，就掌握正確引用參考文獻的方法，將有助於避免被控告抄襲的可能。

[2] 當你引用或蒐集資料時，記得做好所有資料的完整記錄。

[3] 不管你的研究方法是質性、量化，還是混合性研究方法，都必須考量到研究方法中有關研究倫理的部分。

[3] 堅守「知會後同意」的基本原則，避免研究中不必要的欺騙問題。

▶基礎與延伸閱讀

Bryman, A. (2001) *Social Research Methods*, Oxford, Oxford University Press, chapter 24.

Bulmer, M. (2001) 'The Ethics of Social Research', in N. Gilber (ed.), *Researching Social Life*, London, Thousand Oaks, CA and New Delhi, Sage, 2nd edition, chapter 4.

Denscombe, M. (2002) *Ground Rules for Good Research. A Ten-Point Guide for Social Researchers*, Buckingham, Open University Press, chapter 9.

Devine, F. and Heath, S. (1999) *Sociological Research Methods in Context*, Basingstoke, Palgrave Macmillan.

May, T. (2001) *Social Research. Issues, Methods and Process*, Buckingham, Open University Press, chapter 3.

Rosamond, B. (2002) 'Plagiarism, Academic Norms and the Governance of the Profession', *Politics*, 22 (3), 167-74.

第 10 章

結 論。
CONCLUSION

本書主要討論有關研究的基礎、構成研究進行的基本概念、進行研究時所必須使用的工具和語言，並釐清研究中常見的一些問題。

在決定討論研究工具和術語時，我們盡量選擇一般學生在研究過程中最需要與最可能碰到的部分。除此之外，我們也盡可能地介紹一些在人文科學研究中非常重要的議題和二分法，特別是像質性研究與量化研究、結構與行為體問題，以及歸納研究法和演繹研究法。

我們的目的是希望你能夠對這些議題有初步的了解與概念，而不是提供一大堆與每一個議題都有關的資料。因為我們認為，只要你能夠熟悉這些議題，對於研究的主要工具和語言有一定的了解，那麼你就已經為自己的研究做好準備了。

除此之外，我們一直相信，想要完全地了解一個問題或概念，必須從根源（起源）探究起。因此在本書中，我們採用了偏古典文學研究者的模式，但這並不專屬於語言學的範疇；相對地，了解這些構成研究的基礎的重要性，將使我們能夠在有所爭議的社會現象中，找到自己所處的立場與個人的觀點。

誠如我們一再強調的，如果對質性研究與量化研究兩種研究方式所依據的原則，或兩者在研究中所使用的方式不夠了解就擅自批評，那根本算不上是一位好的學者。如果我們希望能夠進行一場有建設性的論辯，那就必須從知識的角度出發。以下我們列出了 10 個要點，這將有助於你進行知識的論辯，而這也是本書的一個重點總整理。

◖1. 弄清楚遊戲規則

首先，認識你即將面對的課題——是學士、專題報告、碩士論文還是博士論文？該學位所訂定的畢業條件有哪些？這些條件是如何訂定出來的？需要通過的條件到底又有哪些？你可以參考過去表現優異的報告或論文，但當你在檢視時，記得特別留意它們的組織與架構，諸如緒論、文獻探討、研究方法、個案研究、實證研究、分析與結論等等。

◖2. 熟悉基本的工具和語言

別忘了，一定要先認識研究所使用的語言，並且時時牢記。我們在這所指的並不只是單一的概念（如理念型、典範等等），還涵蓋了研究中的「學說」（-ism）和「理論」（-ology）。

和所有的語言學習課程一樣，你必須讓自己先了解研究中常見的重要字彙、用語和措辭，舉例來說，你需要認識特定學科領域的專有名詞，例如供給（demand）與需求（supply）。

此外，還有一些研究常用的語彙，包括研究方法、方法論、認識論、本體論等。如果你在一開始就學會了這些詞彙的正確用法，那麼你就比較不容易在研究時，陷入誤用或濫用的窘境之中。這將使你成為一個更有自信的研究者，不會因為你在本體論中所持的觀點被質疑，而對自己的研究有所動搖。

再者，你的研究也將更明確，你可以從知識與對事物理解的角度與其他研究者的工作進行比較，換言之，你不會因為對方使用不同的研究學說或架構，就輕蔑其研究方法。而你也因此能夠創造出更具邏輯和更嚴謹的研究成果。除此之外，你也將認識除了在個人研究相關之外更廣泛的專業研究。

你需要了解進行研究所使用的專業名詞，就算你不打算在研究中建立假設或變項，你也必須了解它們的義涵，以及它們在不同研究方法中的使用方式，否則你將無法評判那些涵蓋這些內容的研究報告。

3. 研究問題的重要性

別忘了，你不必在研究中建立所謂的**研究假設**。一般來說，**研究問題**就已經是進行文獻探討的最佳引導。實際上，當你在進行研究的過程中，如果有需要，研究問題也可以修訂為研究假設。

4. 選擇真正切實的工具

面對研究中所使用的眾多工具，你必須秉持最後一個觀念，就是選擇那些最適合個人研究所需的，而不是一個你認為要寫出一篇好論文所需要的複雜理論。

一個研究往往會因為一個過於繁瑣的學術理論無法引導實證研究的進行，而導致失敗。好的理論應該能夠闡明你希望在研究中所呈現的真實狀況，並且使調查結果合理化。在一些研究中，一個好的概念或概念群組，將比複雜的理論更適合引導研究調查的進行。因此，千萬不要為了追求複雜的理論，而強迫自己陷入沒有必要的繁複中。

5. 必備的基本知識

當你在學習有關研究的各種論述時，必須要考慮到以下部分，最低限度，你也一定要認識研究中各類型的用語，例如：

1) 所使用的工具：例如理念型、概念
2) 研究中不同的理論類型：包括後設、巨觀、中距等等
3) 主要的詞彙：主體論、認識論等
4) 最普遍的調查技巧：訪談、迴歸分析、論述分析、觀察等
5) 主要研究學說架構：現代主義、後現代主義和闡釋主義
6) 主要的學科觀點：特別是個人學科領域或其相關的學科

一旦你獲得了這些知識，你就做好了研讀個人研究領域中相關文獻的準備，並且已經完全融入研究法的課程當中，能夠專注地投入其中的討論與議題。

◀6. 研究計畫與時間的檢視

仔細地思考你希望在研究中達到的分析程度與細節。花點時間坐下來認真地檢視你的研究計畫、研究問題或研究假設，概略地描繪出上述的內容將如何影響你的分析工作和研究的型態。

花點時間思考一下結構與行為體的問題，以及它將對你的研究造成什麼樣的影響。我們在這個部分所強調的就是，在我們緊湊的生活步調下常常被忽略的「檢視」。

你應該在規畫研究計畫時，主動地將檢視的時間納入其中，而且必須和休閒的時間有所區隔。雖然休息也是整個研究過程中非常重要的一環（我們都需要有充電再出發的機會），但是我們在這裡所討論的是**主動**地進行反省檢視：強迫自己檢閱整個研究計畫的每個環節，並且思考它們是如何影響彼此的。

◀7. 做好可能會遭遇困難的心理準備

你一定要記得進行研究的過程很少是一帆風順、毫無波折的，所有的研究者不管是新手，還是經驗豐富的學者，在每一種研究的進行中都可能遭遇新的挑戰，或出現新的契機。

挫折感是這個過程的一部分：你可能無法掌握特定的資料、得不到受訪者的回應、無法將你所提出的研究問題概念化，或是一直找不到符合研究主題或相關的文獻，這些問題都是你無法預測的。

而面對這些問題最好的建議，就是做好自己將會碰到難題的心理準備。唯有如此，當你在研究過程中碰到困難時，才不會有所動搖。而當新的機會出現時，你也能夠隨時配合調整自己的計畫。

◀8. 牢記學術規範，並建立完整的記錄

別忘了將學術規範牢記在心，而且在一開始就做好引用文獻和參考書目的動作，避免草率地引用文獻。記得整理文獻時，

一定要維持格式的一致性，建立嚴謹的重點摘錄模式，並且隨時為你所閱讀的資料建立完整的文獻記錄或摘錄其重點。

9. 清楚地了解並掌握自己的研究

另外，別忘了要進行研究不只有一種方式。在學術界中有各種不同的學科觀點，你可以試圖去了解，並解釋它們所關注的主題。有這麼多的方式來研究社會現象，是一件值得慶賀的事。

然而，在所有領域中，任何一篇好研究，或所有的研究典範和立場觀點，都必須呈現出一些特質：研究者需要非常清楚自己所努力的目標究竟是什麼，他們必須檢視個人研究的理論基礎，並且在研究中加以清楚地描述；他們也必須確定自己該如何完成所設定的目標，需要說明其理論與概念將如何引導實證研究的進行（舉例來說，要非常清楚實證數據與理論的關聯）。

最後，他們還必須證明自己的研究將如何補足特定領域中現有研究的不足，或是銜接既有的研究結果，或是挑戰舊有的研究發表。

10. 保持開放的態度

最後，盡量避免自我封閉造成學科間隔閡的擴大，保持開放的態度接受個人領域以外的觀點。你可以藉由以下的方式忠於自己，忠於整個研究計畫與研究對象：

1) 不要在研究中投機取巧。（牢記學術規範）
2) 誠信地對待研究中所牽涉到的人物。（譬如你承諾要匿名的受訪者，或是你所調查的組織）
3) 不要以蒙混或勉強過關的態度來面對研究工作，將自己投入研究之中——別忘了身為研究者，能夠進行自己所選擇的研究是一種莫大的樂趣，你應該好好地享受這個過程。祝一切順利！

Appendixes

第三部分

附。

錄。

附錄五————關鍵字索引

附錄四————重要詞彙中英對照

附錄三————重要詞彙釋義

附錄二————博士研究的步驟與階段

附錄一————研究的十大步驟

附錄一 研究的 10 大步驟
appendix 1

> 每一位研究者都需要一張說明研究過程的地圖，
> 否則很容易在研究的進行中失去方向。

在〈附錄一：研究的 10 大步驟〉中，我們將利用方格與箭頭的流程圖，將研究過程中每個步驟的關係圖像化，說明研究基礎要素之間的關係。這個討論的主要目的，是要讓研究者了解「在研究中最初的步驟，是如何引導出其他的程序，並進而達到資料蒐集與分析的最後目的」。

再者，透個這個圖表解說，也可以清楚了解整個研究過程是如何被畫分為各個步驟。雖然以這樣的方式來提出研究的本質，可能會被認為太過以偏概全，但是你會發現，在研究的過程中，能夠擁有一些標記來提供協助，其實是非常重要的。

這些標記與各個不同的階段，為整個研究過程提供了應該遵循的順序，否則研究者會很難將整個過程視為一個整體性的工作來進行。

我們在此所提供的研究過程，只是進行研究的許多方式之一。重點是——不管看起來有多刻意，每一位研究者都需要一張說明研究過程的地圖，否則很容易在研究的進行中失去方向。

研究的 10 大步驟

右頁〈**研究的 10 大步驟**〉的目的，就是針對研究中所有重要的階段提供一個大概的說明。同時，它也傳達了不同步驟間的相互關係，箭頭的表示就說明了研究步驟從第一步到第二步的進程關係。

要順利地進行研究過程中後續的步驟，並且使其發揮最大的效益，研究者需要花點時間仔細地考量與規畫。

研究的 10 大步驟

【第 1 步驟】

奠定研究的根基

prepare the groundwork for research

【第 2 步驟】

研究的工具與研究專有名詞

the tools and terminology of research

【第 3 步驟】 文獻探討（一）：研究的直覺和先前經驗

literature review (I):"gut" feelings and previous experience

【第 4 步驟】 研究問題和研究假設

research questions and/or hypotheses

【第 5 步驟】 文獻探討（二）

literature review (II)

【第 6 步驟】 釐清並再確認研究問題

refine and redefine research questions

【第 7 步驟】

批判式文獻探討（文獻探討（三））

critical-literature review

【第 8 步驟】

實地調查準備工作；選擇研究方法

fieldwork preparation; choice of methods

【第 12 步驟】

實地/田野調查（二）：最終的實證資料

fieldwork (II): final empirical data

【第 9 步驟】

實地/田野調查（一）

fieldwork (I)

【第 11 步驟】

重新檢視概念架構與理論

revisit conceptual framework/theory

【第 10 步驟】

資料分析與分類

data analysis and categorizing

〈**研究的 10 大步驟**〉的目的，就是將研究的步驟圖像化，使大家能夠更了解其中的過程，藉此也可以讓大家知道所有的步驟是如何彼此地連結，並且受到特定的邏輯所限制的。

　　在你開始一項大計畫前，先掌握研究的要素和邏輯，是非常重要的：這個圖所強調的就是──在研究中，文獻探討、研究問題、研究假設和研究方法的選擇，是如何環環相扣的。

　　所有構成研究的要素，都應該被視為「一系列從頭到尾串連起來的活動」。只是正如我們所看到的，圖中所表示的步驟，並不表示在研究過程中，所有研究步驟必須遵守一定的順序，或是無法在後面的階段中重新來過。譬如，像文獻探討的動作並不一定得在一開始就完成，或是不能在後續的階段中再出現。

　　事實上，如我們在〈第四章〉與〈第五章〉中所討論的──所有研究的重要步驟，都來自研究者的**本體論**與**認識論**架構的引導。

🐾【第 1 步驟】奠定研究的根基
🐾【第 2 步驟】研究的工具與研究專有名詞

　　在【第一步驟】與【第二步驟】中，其所呈現的就是我們在〈第一章〉與〈第二章〉中所討論的內容，也就是熟悉研究的本質，進行研究的技巧，以及進行研究所需的工具。一旦你知道自己在講什麼，而且不需要每五分鐘翻查一下研究的專門用語時，那就表示你可以開始進行各種階段的相關文獻探討了（亦即進入【第三步驟】）。

🐾【第 3 步驟】文獻探討（一）：研究的直覺和先前經驗

　　正如我們所見到的，在文獻中，我們首先面對的，就是確認自己目前對研究的想法，或是讓自己廣泛地了解所欲研究的領域與問題。當你能夠對研究問題或研究假設，有了更明確地定義與釐清後，藉由文獻的探討，你就可以清楚地知道如何開始編排文獻閱讀，並且深入其中。

這是非常重要的，因為相關書籍文章的數目與長度，就可能造成你莫大的壓力，而當你已經非常確定自己的研究範圍、研究問題和方法論的途徑後，就表示你已經做好準備，可以進行批判式的文獻探討了（亦即【第七步驟】）

🐾【第 4 步驟】研究問題和研究假設
🐾【第 5 步驟】文獻探討（二）
🐾【第 6 步驟】釐清並再確認研究問題

此外，在這個階段，你也應該能夠去思考：該如何回答自己所提出來的研究問題？這代表著你必須決定適當的分析類型、單位和層級。

🐾【第 8 步驟】實地調查準備工作；選擇研究方法
🐾【第 9 步驟】實地/田野調查（一）

而接下來，你還必須對研究方法和資料蒐集做出選擇，來幫助你研究的進行。因此，你需要為實地調查做好徹底的準備，因為在實地調查中，你將會蒐集到一些可以用來回答研究問題，或是支持、甚至反駁研究假設所需要的資料（亦即【第九步驟】）。

🐾【第 10 步驟】資料分析與分類
🐾【第 11 步驟】重新檢視概念架構與理論
🐾【第 12 步驟】實地/田野調查（二）：最終的實證資料

圖中的【第 10 步驟】到【第 12 步驟】所傳達的工作，將在研究最後階段中進行。這些階段有時又被稱為「後實證階段」（post-empirical stage）。

當研究者將資料分析和分類後，絕對需要再重新檢視最初所擬定的假設與學說架構，因為這些架構或假設或多或少都會影響研究者對資料的選擇，而【第 12 步驟】則代表了最後的機會——可以在實證研究進行的過程中，增加資料或補足任何不足。不過事實上，到了【第 12 步驟】，你應該要能夠掌握某分特定的資料或講稿，或是進行最後一個訪談。

附錄二 博士研究的步驟與階段

我們為博士生在進行研究時所需的重要步驟，提供了一些資訊。儘管這些資訊就像前面所說的可能過於以偏概全，畢竟並不是所有的研究案例都照著相同的順序進行，但是，在研究過程中的確有些特定的要素，適用於全部的研究計畫。

把研究過程「階段化」，可以為複雜的研究工作加點特定的規約，而很多討論研究的書籍，也為各種不同的規約提供了相關的模型。而下列的〈博士研究的步驟與階段〉，就是我們特別針對博士研究的過程所提供的綱要與規畫。

〈博士研究的步驟與階段〉這個表總共分成了三個主要的階段，其分別代表提出博士論文所需的三年時間，然後在每個階段中再細分為數個不同的步驟。

在這三個主要階段間的工作分配與進度，將依研究者的領域與主題，以及個人的優勢、缺點和經濟狀況，而有所不同。

這個模式所針對的對象，是希望在三年內完成博士學位的研究生（指已經受完研究訓練或博士修業課程後的三年）。

對**在職生**而言，則可以將三個階段分別以第一至二年、第三至四年、第五至六年為區隔。

〈博士研究的步驟與階段〉的重點，不是要重覆我們在前面所提過的內容，而是在研究步驟中增加**時間**的限定，並另外在「行動內容」一欄中，提供一些博士生也能夠進行的活動資訊建議。

不過，首先最要必須注意的事項，就是這個博士研究過程的範例規畫只是一個複雜工作的簡化版，畢竟它是一個源自於我們長久以來的研究、觀察和個人經驗的想法。雖然毫無疑問地，在進行研究時的心理要素，將影響研究者組織、編排和考量工作優先順序的決定，但本書的主要目的並不是在討論這個部分，也未將此列入編纂的考量。

> 再者，真正的研究過程並不像這個人工的範例一樣，是可以被分割和區隔。相反地，整個研究進行的期間，就是一個**反省思考的連續過程**。

當你在回顧文獻或分析資料時，你必須不斷地回到你的**研究問題**或**研究假設**，以協助自己在樹林中挑選適合的木頭，否則到最後你可能必須把所有相關的文獻統統讀完，卻還找不到需要的東西。此外，這個檢視的過程也可以讓你不會忘記自己正在尋找的是什麼。

在這個「行動」欄中，我們盡可能地提供了有益於釐清研究邏輯，以及與研究相關的活動。舉例來說，我們並不建議研究者在進行檢視與分析活動時，只局限於一大堆的書籍之中。

相反地，研究者不但必須和指導教授交換探討各種的想法，也需要和同儕朋友交換意見——利用研討會或討論會來表達個人的意見，是學術界的基本活動之一。除了以研究生的身分獲得教學與發表的經驗外，這所有的分享，都有助於你確認並精煉你的想法。

想要讓一份研究議程表更加精確，最好的方法就是把它告訴一個非專業人士（例如你母親），用一般口語的詞彙，確切地說明你正在研究或分析的東西——如果你能夠在進行完徹底且具批判性的文獻回顧後，以幾句話簡單扼要地說明自己的研究主題和研究問題，那你就準備好取得博士論文所需的所有條件了。

以下，我們整理出了兩大表格，不管你的論文研究進行到哪個環節，你都應該隨時檢視這兩大表格——它們是你工作的藍圖，能幫助你提點和預視工作，讓你可以為你數年的博士班生涯做出最有效率的規畫：

1) 〈博士研究的三大階段與 14 大步驟〉：會說明「內容」和「行動」
2) 博士研究三大階段的「目標」

▶三大階段	▶▶14 大步驟與內容

第 一 階 段

1 說明你的研究問題——將你對該研究的直覺或嘗試性的研究假設描述清楚。

2 重新定義並聚焦於你的主題與論點上。

3 選擇研究變項,或檢測研究問題的方法。

4 具備明確的主要研究問題或研究假設。

5 比較各研究途徑後,找出適當的方式——開始撰寫第一章,進行上述四個步驟。

6 選擇研究方法。

7 以大綱的方式,概述整篇論文。

第 二 階 段

8 準備實地調查的範圍。

9 草擬實地調查計畫。

10 進行實地調查。

第 三 階 段

11 資料分析。

12 評估資料

13 依據實證資料的分析,重新釐清主要的研究問題或研究假設。

14 專注於撰寫工作。

▶▶ 行動

✓學習研究工具與術語

✓進行初步文獻探討

✓第二次文獻探討　　　✓自同儕朋友和指導教授間尋求協助

✓參加研討會，以建立相關網路脈絡進行批判性文獻回顧

（在步驟 2 中一併完成）

✓確認你的方法論途徑

✓熟悉相關的學術論辯、思想學派和其他學者使用的研究方法

✓主題相關的學說架構

✓熟悉申請實地調查所需的外援資金

（在步驟 5 中一併完成）

（在步驟 5 中一併完成）

✓找資料，聯繫相關的檔案室單位或個人

✓投稿研討會論文或期刊，盡可能地發表，尋求外界回應

✓蒐集資料：訪談、搜尋檔案、問卷調查等

✓將資料分類以進行分析（分析資料）

✓發表初步結果　　　✓分析和解釋資料

✓找出解決研究問題的相關證據，做出結論

（在步驟 12 中一併完成）

✓重新檢視前述所有的步驟

✓整合論文

第一
階段
（第 1 年）

[1] 到第一階段結束時，你應該已經用詳細的文獻探討，為自己
對研究的感覺或假設奠下了基礎。

[2] 你也決定好研究所採行的途徑，包括研究方法與採用資料。

[3] 除此之外，你現在也應該為自己即將進行的實地調查，申請
外界的資金補助（如果可以申請或額外取得的話）。這個申
請的過程將會花上很長一段時間，因此，你必須在一開始就
考量這個問題。

[4] 這個階段也是你檢視到目前為止完成的所有工作，並將之轉
為書面形式的時候。雖然在順序中，我們將【第 14 步驟】
訂為「撰寫階段」，但事實上，這是一個連續性的過程，不
應該將它單獨地留到最後。

　▶ 就像一個每天不斷練習卻拒絕參賽的跑者，如果你一直
遲遲不肯動手寫作，那麼你永遠也到達不了你的目標。一
個跑者必須要經過各種不同的訓練課程，從長跑到反覆的
折返短跑，就為了做好萬全的準備應付比賽當天，所以，
為了取得博士學位，你也需要各種不同的訓練。

[5] 也因為這樣，為了那一部長篇的著作，你需要發表研討會論
文，撰寫期刊報告，一再地草擬修改論文內容。

　▶ 這個檢視的過程就出現在研究的各個階段，不斷地從指
導教授、同儕和朋友間得到他們對你個人書面報告的看
法，這樣可以使你自己在離開學校進行實地調查研究時，
免於偏離主題。

▼
附錄
2

博。
士。
研。
究。
的。
步。
驟。
與。
階。
段。

▶三大階段　▶▶工作目標

**第二
階段**

(第 2 年)

[1]　除了一些已經擁有碩士學位,並且接受過紮實的研究訓練的
學生外,也有很多學生在一開始已經選讀了預博士課程
(MPhil),到了這個階段,你應該要衡量是否該提出博士候
選人的申請,當然,這個步驟也必須依照每個學校研究所的
規定來進行。

[2]　這也是你該考慮在實地調查前向相關的研討會發表論文,從
更廣泛的學術領域中取得外界對你研究意見的時候。

[3]　這些回應與意見,將有助於你編排實地調查的計畫或是「路
線圖」。它們能夠提醒你不要忘記你的研究問題,你必須到
哪裡找資料,以及該蒐集哪些資料。

[4]　我們希望能夠在第二年的時間內完成大多數蒐集資料的工
作,那麼你的第三年就可以用來從事分析資料與撰寫報告。

[5]　如果你能**根據論文的章節來將資料分類**,那麼分析資料、
將資料和理論架構進行搭配的工作,就將輕鬆許多。

[6]　在初步的實證資料分析後,你可以使用文獻探討的結果(說
明過去研究的不足,或重新詮釋一個舊問題),再加上一些
蒐集而來的資料,發表一篇論文。

[7]　但是千萬不要將所有的重要發現都放在同一篇文章中,在這
個時候,也不要長篇大論,這樣會使你未出版的博士論文變
得更沒有吸引力。

▶三大階段

第三 階段
(第3年)

[1] 第三個階段將由先前我們所提到的檢視進行主導,因為我們所蒐集的資料,需要配合整個研究過程中所發展出的研究問題或主要假設,來進行分析和解釋。另一方面,在研究的過程中也可能出現新的問題和研究方法。

[2] 我們要再次重申,在整個分析資料的期間,你必須要嘗試寫作。一旦分析工作結束,你要能夠為所有的內容進行編纂。

[3] 在初期的草稿階段,你可以讓自己的論文以鬆散組織結構串連在一起,但是別忘了這只是草稿而已,然後從第一頁讀到最後,看看其中是否包含了組成論文的所有要素,而且是否流暢地串連在一起。這會是很有趣的狀況,因為你可能發現之前讀起來通順且完整的章節或段落,一旦連結在一起時卻變得格格不入。如果你只是簡單地組織內容,那當你需要在寫作形式或內容上處理一些不連貫之處時,會比較容易。

　　▶ 就讓我們這樣假設,如果你將論文裡鬆散的八章報告丟在地上,然後隨意地撿起其中幾張,卻發現不管你怎麼看,都和之前依序編排時讀起來一樣順暢,那就表示這篇論文的結構與邏輯完全錯誤了。

[4] 確保貫徹整篇研究報告的是同一分思緒,如果你在處理參考文獻和參考書目的部分時夠謹慎,那麼一章一章地編排整本論文對你來說會是件輕鬆愉快的工作。

[5] 雖然你在進行和學習如何簡潔地說明一些論點時,寫作格式可能會改變,但你最重要的目標,還是讓整本論文能夠維持同一個論調。

附錄三 appendix 3 重要詞彙釋義

↘ 以下的詞彙表列出了本書正文中所提及的專有名詞。針對某些名詞，我們特別參考了詞
源學的相關資料，希望能提供該詞彙最原始的基本涵義與根源。就像要進入語言在複雜
遮蔽下的最深層、最好的方式，就是回溯起源。

↘ 以下大部分的詞彙都已經在正文中闡釋了它的涵義，讀者也可以藉由上下文獲知其意
義。如果想更了解該詞彙的方法，可以同時參閱以下的詞彙表，並從〈索引〉中找到內
文的運用方式，在互相參照中達到更透徹的理解。

[1] 途徑（approach）

這裡所指的「途徑」，是用來描述開始進行一項研究時所採行的**方
法**或**步驟**，特別是有關研究進行中所採用的研究途徑與資源。

就如同方法學（methodology），「途徑」是一些產生或取得知識的
特殊方式，這些方式會依進行者的觀點之不同，而出現很大的差異。

在執行上，也必須依它們所根據的**典範基礎**或**假設**，來嚴格進行。
舉例來說，利用新自由主義（neoliberal）的「途徑」來研究國際關係，
乃是立基於某個特定的本體論（ontological）和認識論（episte-
mological）的假設上，而根據這個「途徑」所採用的研究方法，將與
該領域中採用其他途徑的研究方法很不一樣。

因此，當學術界以「途徑」這個詞彙，來指涉特定的學科觀點、
特定的理論或研究典範時，混亂也就由此而生了。

[2] 先驗（a prior）

簡單地說，「先驗」這個詞彙指的是立基於**理論的知識**，而非來自
實驗或調查所得的結果。

廣義地來看，它被認為是一種**由過去的經驗**推論而來的知識，同
時也可被視為是與實證（empirical）的對立。「先驗」通常出現於**演繹
研究**（deductive research）策略中。

[3] 個案研究（case-study）

「個案研究」是一種在結構化研究中非常常見的研究方法。在個案研究中，研究者往往將焦點限制在一個或少數鄉鎮、個體或組織中，以非常詳細的方式來進行研究。

通常在「個案研究」中，會運用各種不同的**量化研究**（quantitative）與**質性研究**（qualitative），來聚焦在研究對象上。「個案研究」也是一種特定的研究方式，代表了某種獨特的研究方法，包含了在真實生活情境中對時下現象的**實證研究**，以及多種資料來源的應用。

[4] 因果關係（causal; causality）

「因果關係」強調的是某一事件造成或產生另一事件的過程，通常就是指「原因與結果」。

以抽煙和重大疾病為例，存在於這兩個「變項」（variable）或事件中的「因果關係」，就比它們之間的「交互作用關係」（correlation）要來得清楚許多。在研究中，欲釐清兩個變項間的因果關係，往往需要大量的**量化**研究，並配合部分質性研究。

[5] 概念（concept）

在拉丁文裡頭，conceptus 最原始的意思，就是指「一種採集、累積或構想」。而現今，我們所使用的這個同義字，也包含了上述的涵義。

「概念」指的是一種**普遍的觀念**，或是以文字符號表達的想法。就如同「理論」一樣，所謂的概念可以是非常簡單，也可以非常複雜；也可以從很具體明確，到高度的抽象。

「概念」也被視為是**理論建立的基礎**（Blaikie 2000: 129）。當概念可被「測量」，並以不同的**數值方式**加以操作（operaltionalised）時，它們就被視為**變項**了（Rudestam & Newton 1992: 19）。

[6] 相關性（correlation）

「相關性」是指「交互作用關係」，用來表示兩個或以上的變項之間的明顯**交互關聯**或**共變關係**。

很重要的是，「相關性」並不代表也不包含變項間的因果關係。

[7] 資料（data）

幾乎所有的學生和學者在研究中都可能犯的一個錯誤，就是和他們將資料儲存在電腦硬碟或磁碟片裡的動作有關：當你必須為自己的論文寫上五十到三百多頁的東西時，你不得不格外地留意自己儲存資料的動作。以下是一些應徹底執行的步驟：

首先，當你同時使用學校電腦和家用電腦工作時，必須確定所有的電腦都有相容的文字處理系統。盡可能地使用所有電腦都能讀取的RTF系統（Rich Text Format，一種微軟公司的文書處理系統）。如果你在儲存資料後，卻發現學校或家裡的電腦根本無法讀取資料檔案，那總不免令人感到心煩。

第二，確定你所有的資料都做好了備份。你可以備份在磁片、隨身碟，或是你的電子信箱裡頭。這樣一來，即使你的電腦掛點了，或是被偷了，你仍然保有所有的資料檔案。記得，要不厭其煩地製作並確認你的備份。

同時，別忘了每隔幾分鐘就將你最新的資料存檔一次，以預防電腦當機，或突然斷電時資料會遺失。

第三，當你進行任何工作時，記錄所有的註記和參考資料。如果你能養成這個習慣，那麼在研究進行的最後階段，你就可以省下很多時間，並且避免不必要的慌亂。

最後，確定你的電腦灌有最新的防毒軟體，因為只要一個小小的病毒，就可以毀掉你所有的心血結晶。

[8] 蒐集資料（data collection）

　　蒐集資料，乃是收集各種不同來源的資料，或是採集實證資料的過程。在量化研究或質性研究中，都有很多不同蒐集資料的方法，同時也有廣泛的資料來源可供採集。

[9] 演繹研究（deductive research）

　　「演繹研究」通常一開始就有非常明確的**假設**或**先前知識**做為基礎，以便了解特定的問題，或找出問題的解答。「演繹研究」是一種以**理論**為導向的研究──與那些想要從實證（empirical）中衍生理論（theory）的研究完全相反。見第 25 條〈歸納研究〉。

[10] 依變項（dependent variable）

　　「依變項」是指受「自變項」（independent variable）影響或造成的事物。例如，在〈第三章〉的範例中，在美國境內印刷媒體對於德國的報導（自變項），造成了美國大眾對德國的負面態度，而這負面態度也就是所謂的「依變項」。

　　通常「依變項」也被視為「結果變項」（outcome variable）或「內生變項」（endogenous variable）（Landman 2000: 224-5）。

　　值得注意的是，隨著研究者的決定，「依變項」也可能成為自變項。

[11] 學位論文（dissertation）

　　「學位論文」指的是一篇超越一般報告長度，並且需要長時間研究的報告。學生在拿到碩士學位或第一個學位時，通常必須完成一篇學位論文，但這並不同於「博士論文」（thesis）（見第 46 條）。然而，在部分國家如美國或德國，「學位論文」也可以代表「博士論文」。

[12] 博士研究（doctoral research）

以研究為主的書籍，往往涵蓋了各種與研究計畫相關的要素。在市面上所見的教科書大多數都與研究步驟有關，其中也有許多針對各種研究狀況與不同層級研究的版本，不但針對博士班的研究，也適用於經驗豐富的學生、政策制定者或是執行者。

在此我們建議讀者做延伸閱讀，例如 Bell 1993、Blaxter et al. 1997、Blaikie 2000、Robson 1995, 2002。雖然這些書並未明確地限制讀者為碩士班或博士班學生，但其主題內容仍偏向研究所層級。

針對博士研究進行特定主題探討的書籍，有 Peter Burnham 所編纂的《Surviving the Research Process in Politics》（1997）一書。該書集結多位作者的文章，範圍涵蓋了與博士研究相關的重要議題。其中部分章節與博士研究的過程息息相關，而其他的章節則討論了影響博士研究的各種因素，例如在職進修博士學位等。該書主要的目的並非說明研究的構成基礎，或是討論過程中應有的邏輯，但是作者在緒論、有關口試的章節，以及部分討論研究方法章節中，的確點明了博士研究中一些極重要的部分。

《Working for a Doctorate》（Graves & Varma 1999）是另一本值得參考的書籍。它同樣集合了多位作者的見解，涵蓋的主題從「跨文化議題」、「性別議題」到「如何為博士學位籌措學費」。在書中，Denis Lawton 對如何應付研究所的課程，提供了一個非常經典的概論，而 Derek May 則討論了時間管理的相關議題。

或許，最暢銷的就是《How to Get a PhD》（Phillips & Pugh 1994）這本有關博士研究的書了。這本書針對指導教授與被指導學生，提供了須注意的事項。由於討論的範圍較廣，因此書中未限定討論的學科領域（如社會科學），而以廣泛的方式來探討博士學位的研究計畫。該書中有一些非常重要的章節，例如有關博士學位研究之心理學的部分，以及指導教授與被指導學生間的關係等等。除此之外，參考 Wisker（2001）的書，也可以從中獲得一些實用的技巧；而 Dunleavy（2003）的著作，也可以指引你如何著手寫出一篇博士論文並且進行發表。

[13] 實證主義（empirical）

「實證主義」這個詞彙來自於拉丁文的 empiricus，意思是指「**經驗**」（experience）。

實證，事實上是理論的相反，它所指的是透過**觀察**、**實驗**或**經歷**，進而衍生或引導出來的研究，而非來自於概念或理論（可參考第 2 條的〈先驗〉一詞）。

許多哲學研究態度與學術觀點，都立基於實證主義，其中心思考就是——所有的知識都來自於感官經驗，而非理性的思考。

「實證主義」通常用來指稱所有的相關名詞，例如：實證證據（empirical evidence）、實證資料（empirical data）、實證研究（empirical study）（與「理論研究」相反），或是經驗知識（empirical knowledge）。

[14] 認識論（epistemology）

英文中的「epistemology」一詞，衍生自希臘文 episteme（知識）和 logos（理則）這兩個字，「認識論」是「知識的理論」（theory of knowledge）。

「認識論」是以「對知識本質的信任」為基礎的。而知識型態的假設、知識的取得性、獲取知識的方式，以及蒐集知識的方法，也都是認識論所涵蓋的議題（Holloway 1997: 54）。

上述這些項目，都會深深影響到研究過程中資料的彙集及分析。所謂「認識論」，亦可以說是指「採用某個特定的理論，進行知識彙集——並且確定所採用的是最佳的理論，能對某一現象做最適切的解讀。」（Rosamond 2000: 7, 199）。

此部分可參考〈第四章〉中，談及認識論如何與研究過程中其他部分連結的範例。

[15] 民族誌研究（ethnographic research）

「民族誌」（ethnography）這個字，其原義為「對種族的描述」（the description of races）。在方法上，「民族誌研究」最主要的特點就是——**長期**待在某一個地方，使研究者**完全融入**於所研究的文化、語言及日常生活當中。而此一研究的主要目的，則在於發現特定群體成員中的權勢模式，或是了解有關身分認同的語言符號之使用等等。

[16] 評估（evaluation）

資料的「評估」，是研究的最後階段。在這個階段，研究者必須以謹慎而且系統化的分析，來確定他的發現是否具有意義、價值或是實用性，而所有的資料將以編碼或分類的方式，來協助整個研究的進行。

[17] 田野調查（fieldwork）

「田野調查」一種資料蒐集的活動方式，指的是在某個場所或範圍內，蒐集資料的實證。這個研究方法通常需要在某個區域內，持續進行一段時間的調查、訪談，或是文件調閱的工作。在田野調查中，所蒐集到的資料，往往用來觀察已選擇的「特定變項」之間的關係，或是從中發現新的「關係」與「變項」。

[18] 紮根理論（grounded theory）

「紮根理論」一詞係由 B.G. Glaser 和 A.L. Strauss 在 1967 年所提出，主要是指「**不以假說（hypothesis）為出發點的研究方法**」。其目的是希望在資料蒐集後，找出所有概念間的關係。這類的研究通常必須在社會與文化的情境脈絡中，才能詮釋資料。（另見第 46 頁及〈第七章〉）

[19] 詮釋學 (hermeneutics)

「詮釋學」就是「資料的解讀」,是分析資料的一種方式。主要透過描述者的觀點,來分析文本,通常會強調資料產生的社會與歷史脈絡。

[20] 啟發式工具 (heuristic tool)

「啟發式工具」,指「一種用來幫助發掘真相,或是幫助順利進行學習的方法或工具」。「啟發式工具」,特別常見於「**試錯法**」當中(trial-and-error method)。「試錯法」是一種在獲取知識的過程中,常用來解決問題的方法工具,其方式是根據既有的經驗,採取系統或隨機的方法,去嘗試各種可能的答案。

「啟發式工具」是概念上的方法,能夠幫助研究者獲得明確的資料,其中一個範例就是韋伯的**理念型**(ideal type)(參考〈第二章〉理念型)。

[21] 假說 (hypothesis)

「假說」或稱「假設學說」,是指「**按照某個預先的設定,而對某種現象所進行的解釋**」。其根據已知的科學事實和原理,針對所研究的自然現象及律則,提出的某種推測和說明,而且其數據經過詳細的分類、歸納和分析,爾後獲致一個可以被接受的**暫時性解釋**。凡是尚未得到實驗證實的科學理論,都是一種假說。然而,有的假說雖未被充分的證實,卻也未被證實為誤,甚者,這些假說都能對科學發展產生深遠的影響。

傳統上,「假說」與「演繹研究」息息相關,也因此,這些假說通常引自理論,提供社會研究中的一些「**為什麼**」的問題(Blaikie 2000: 163)。一個假說必須由「自變項」和「依變項」共同組成,以及「因果關係」的主張(參考第三章之如何形成一個假說的範例)。

[22] 假說演繹（hypothetico-deductive）

「假說演繹」的研究方法，就是指提出**假說**（hypothesis），並藉由測試它們在邏輯上的結果是否與實證資料一致，來確定其到底是可接受性的假說，還是僅是虛無不實的假設。

然而，令人質疑的是，像「歸納與演繹」這樣的二分法，應用在真實的生活情境中時，是否真能對真實生活做清楚明確地定義與分類，就是一個令人懷疑的問題了。

[23] 理念型（ideal type）

「理念型」是一種概念工具，其基於特定的觀點，由複雜的現實現象中抽取出某些特徵，由之整理集結成邏輯一致的「思想秩序」，進而反過來做為衡量現實的尺度。

「理念型」是一個盡可能展現完備意義之妥當性的概念單位，它採用抽象的型式，來對某一特定現象做描述，並用以對現象進行比較或分類。（Holloway 1997: 90）

「理念型」最初是由社會學家韋伯（Max Weber, 1864-1920）所提出來的，韋伯曾如此說道：理念型並不是一種對真實世界的描述，其目的乃在於——給予這種描述本身一個清楚明確的述說方式。（Weber 1949: 90）

[24] 自變項（independent variable）

可參考「依變項」（dependent variable）的說明。

通常在一個算式中，「x」用來代表「自變項」或說是「原因變項」（causal variable），其用來解釋「變項」（explanatory variable）或是「外生變項」（exogenous variable）（Landman 200: 226）。

[25] 歸納研究（inductive research）

大體上來說，「歸納」是一種從**特殊**狀況，推論至**一般**狀況的模式；而「歸納研究」也就是一種從特定的實證資料（特殊狀況）引出結論，並將該結論廣泛地運用（一般狀況），從中衍生出**理論的抽象概念**（參考〈第六章〉）。

[26] 推論（inference）

不論是量化研究或質性研究都需要用到「推論」。所謂的「推論」就是——從一個被認為可能為真的論點或陳述，發展到更進一步的說法，而後者的真實性則奠基於前者的。

「推論」可以以演繹或歸納的方式進行，特別常見於研究者試圖將樣本資料，廣泛地用以解釋一般狀況時的統計數據分析。（參考大英線上百科全書）

[27] 文獻探討（literature review）

「文獻探討」有時也被稱為文獻檢閱或文獻調查。研究過程中的第一步，通常就是檢視與研究主題相關的文獻。

「文獻探討」的主要作用在於——

a) 避免研究的複製。

b) 進而發現先前研究的不足，或是可補足之處。

c) 並且在眾多學者的研究與方向中，尋求適合自己的研究方向。

在本書中，我們特別強調了三種不同的文獻探討類型：初探階段、在成立研究問題或假設時的再探，以及最後的批判式文獻探討。（參考第三章）

[28] 巨觀（macro）

在希臘文中，macro 意謂著「長的」或「大的」，而運用至社會研究中，「巨觀」所指涉的是——針對國家、系統組織架構或機關團體的**整體分析**，而非對個體的分析。

[29] 方法論（methodology）

「方法論」是一種與系統化研究的方法或技術相關的科學，尤其是對於特定技術或程序的可能性與限制性的探究。

「方法論」與科學以及研究知識如何產生的方式和假設，息息相關。一個已經確定的方法，通常有特定的「本體論」和「認識論」的假設為基礎，並且能夠充分反映出該假設的論點。這些「方法論」上的假設，藉由某些用來了解與發現這個世界的特定方法，來決定研究的途徑與方法。「方法論」涵蓋了研究的邏輯，和理論的衍生與測試的方式。方法論也常在研究中與研究方法（method）一詞交互使用。

[30] 研究方法（method）

「研究方法」一詞，在希臘文的原義是「對知識的追求」。就某種意義上來說，也就是今日它在研究中所扮演的角色。研究者在研究中所運用的「研究方法」，其實就是用來蒐集資料，並加以分析的技術與過程，也可以說就是「我們追求知識所使用的工具」。

「研究方法」的範圍很廣泛，從文本分析、調查資料檔案、訪談、直接觀察、資料的比較、檔案分析到測量、問卷調查和統計分析。

在質化與量化研究中，各有其特定的研究方法。儘管在這兩種研究方法中存在普遍且刻意的區隔，但最好的社會科學研究往往還是綜合了兩者。一個研究計畫所採取的研究方法，往往取決於研究者所選擇的**方法論**與**研究問題**。

[31] 微觀（micro）

　　micro 這個字在希臘文中是指「小的」。在社會研究中，「微觀」指的是**對個體的研究**，而非對組織機構的整體分析。

[32] 模式（model）

　　「模式」是現實的複製，就像玩具車是真實事物縮小的複製。在社會研究中，研究者試圖利用模式來建構出現實狀況的簡版，並以此找出特定對象間的關聯。研究者通常會以箭頭和方格等圖表，來描繪模式中特定的要素，並用來說明要素之間的重要關係。因此，模式「可以讓這些關係、本質的想法，以更簡潔清楚的方式表現出來」。

[33] 本體論（ontology）

　　「本體論」是形上學的一個基本分支，主要探討存在的本身，以認識一切事物的基本特徵。ontology 一詞源自古希臘文 on（存在、有、是）和 ontos（存在）的結合，等同於英文中的 to be。哲學家對於本體論典型的定義為：對於整體世界的真實存在事物（beings）進行探究，並提出其存在之原理的知識系統。

　　「本體論」其實就是呈現了我們看待這個世界的方式。本體論是所有研究的起點，也是後續動作所依據的基礎。例如，在對社會的探討上，本體論可以說成是「對真實社會的本質所做出的假設和說明，描述其中的存在到底是什麼？看起來又是如何？它由什麼單位所構成？而組成單位之間又是如何進行互動？簡單地說，本體論就是我們認為構成社會現實的物件。」（Blaikie 2000: 8）

　　事實上，不論你自己察覺與否，你個人的「本體論立場」在你選定研究主題之前，就已經開始產生影響了，因為我們對於這個世界是如何構成，以及構成整個社會的要素是什麼，我們都早有個人的看法。

[34] 操作化（operationalize）

「操作」一個概念，就是將概念變成一個在實地研究或資料蒐集過程中「可測量」的變項。操作的第一步，就是找到或發展出可轉換成變項的概念，然後將這些抽象的概念轉換為**可記錄**或**測量**的資料。

舉例來說，在民主制度的研究中，政治參與的概念可以用來揣測某個地區民眾參與政治的程度。我們需要為這個概念找到一個適合的變項，例如投票率或政黨黨員的人數等等，這樣，我們才能在研究中「操作」參與政治這個概念。

[35] 典範（paradigm）

「paradigm」一詞原指「模式」或「模型」，而科學哲學家孔恩（Thomas Kuhn）則賦予了它的現代意義。孔恩認為，科學知識是累積而成的，先前的科學成就，乃是現在與未來繼續發展的基礎。舉例來說，當一群科學家以先前的科學成就為範例，使用這些科學成就中所包含的理論、原理、法則、方法、工具及應用方式等，而擁有共通的價值、信念、規範、語言及目標等，形成了認識及探討科學世界的基本架構，而這個共同認可的架構就是科學典範。

「典範」是一個特定學科內「已經建立的學術途徑」，在典範內，學者們使用所認同的假說、研究方法，和習慣上的共同術語及一些常見理論。（Rosamond 2000: 192）研究者以共有的典範為基礎，就能信守相同的研究規則及標準，而這正時某研究傳統某身能夠延續下去的先決條件。反之，如果缺少了典範，就會像人類早期科學發展時那樣的派系林立，因此在理論與方法論上也會缺乏一套相互關連的體系，造成研究者無從揀擇、評估或判讀資料。

當某個研究典範可以用其他的典範來取代或替換，而就稱為「典範的轉移」（paradigm shift）。換句話說，研究者可以採取新的方法論，使用不同的術語、理論、研究方法和習慣，來取代原來使用的典範。

[36] 簡約法（parsimony）

「簡約法」或稱「簡約描述」，是指以最少的證據，來解釋最大量的差異。（Landman 2000: 227）

[37] 觀點（perspective）

學術觀點通常是指：

a) 在學科中特定的途徑，如政治學中的新制度論和理性選擇理論。

b) 超越狹隘的學科領域的途徑，如女性主義或後現代主義。

[38] 專業協會（professional association）

在進行研究之初，你不妨考慮加入某個與研究主題相關的協會，例如美國的美國政治科學協會（American Political Science Association）、英國社會學協會（British Sociological Association），或類似的相關專業團體。

每一個學科都有一些特殊的組織，能夠讓你從中獲得一些有益的資訊。通常你只要象徵性地繳交一些會費，就可以加入該協會，參與年度會議、工作坊或是由專家組成的小團體，有些協會甚至定期發行通訊或期刊，這些都是你進行研究時非常重要的資訊。

通訊中通常會報導一些事件的最新消息，而期刊更是研究生獲得最新研究資訊不可或缺的來源。設法取得那些可以免費獲得出版品或最新資訊的電子信箱。

很多機構也會提供一些進行特定學科研究的方法，這些機構為志趣相投的學生與教職員建立了一個完美的網絡聯繫。

除此之外，藉由這些管道，你也有機會機觸到那些書籍或文章的作者，有些協會甚至還提供了一些連絡方式，讓你可以與領域相近或曾遭遇相同問題的研究者，進行聯繫與討論。

[39] 質性研究（qualitative research）

「質性研究」是一種在社會科學及教育學領域常使用的研究方法，通常是相對「量化研究」而言。質性研究實際上並不是一種方法，而是許多不同研究方法的統稱，由於他們都不屬於量化研究，被歸成同一類探討。其中包含但不限於民族誌研究，人類學研究，論述分析，訪談研究等。

「quality」出自拉丁文，原是指「種類」（of what kind）。而「質性研究」的特色，在於其所使用的研究方法是用來檢測研究主體的內在特點、特性和性質。「質性研究」所採用的研究方法，在本質上較偏向解釋與說明的方式，通常不經由統計程序或其他量化手續，而產生研究結果的方法。它可以是對人、社會、故事、行為、組織、國家的運作等，所進行的研究。只要是利用質化的程序進行的分析，不管是不是運用到量化的資料，都算是質性研究。

質性研究把自然情境作為資料的直接源泉，在質性研究中，研究者需要花費很多時間深入研究對象的情境當中。質性研究不一定需要事先設定假設，而是在研究過程中逐步形成理論假設。

[40] 量化研究（quantitative research）

「量化」一詞來自於「數量」（quantity），指的是數字。量化研究所使用的方法，主要在能夠產生可以以數量表示的資料數據，包括可計數的、可測量的、可稱重的、可清點的，以及可嚴密地操作與比較的。這類的研究希望能夠「找出變項之間的常模與關係」，或是用來測試理論，做出預測等。

「量化研究」注重研究對象與問題的普遍性和代表性，它是一種靜態研究，進行數量上的計算。量的研究要有一定的理論假設，從假設出發，並通過分析數據來驗證假設。

要提醒的時，質性研究與量化研究兩者並非截然分開的，而是相互依存和補充的，兩者相輔相成。

[41] 研究問題（research question）

　　「研究問題」是指你在研究中主要所要回答的問題。「研究問題」可以用來引導研究的進行，利用建立一般性的研究問題與足夠的資料，研究者可以開始縮小研究的焦點。一般性的研究問題必須是要能夠被回答的，例如「學生打工是否會影響學業表現？」

　　接著，下一步就是發展出更明確的問題或是建立假設。前者能夠使研究者更聚焦，而後者則提供了一個因果的解釋來引導研究的進行。延續上述的問題，你可以描述成：「全職的經濟系學生從事打工的學業表現，比沒有打工的學生差。」亦即，打工就是造成成績不佳的原因。

[42] 研究策略（research strategy）

　　研究策略是探討研究主題的方式，例如歸納或演繹。這個步驟的選擇將影響研究問題與假設的陳述方式、資料分析的程度與單位，以及所欲蒐集資料的來源和判讀方式。

[43] 資料來源（sources）

　　資料來源對研究過程來說非常重要。它提供檢測理論、假設、構想所需的證據。在人類科學中，除非該研究的目的只是為了進行理論的辯證，否則缺乏實證的證據，不管是檔案文件、統計數據或任何的訪談記錄，永遠都是未經證實的想法、一個解釋理由不足的事件陳述。

　　與方法、方法論、觀點和理論相似，資料的有效性缺少跨領域的一致性，亦即，部分資料將因學科領域的不同，而代表不同的意義。然而，研究計畫所根據的理論基礎將深切地影響研究中所使用的資料，研究者在本體論和認識論的立場將引導研究問題的提出，而研究問題也將指出必須蒐集的資料。一般說來，廣泛的資料來源將有助於減少無效研究產生的機率。

[44] 結構與行為體（structure and agency）

在社會學和社會科學裡，「結構與行為體」的二元問題更加凸顯，因為其探討的正是人類思想行為與環境結構的問題。

所謂「行為體」（agency），是指有能力自主且做出自由決定與行使自由行為的個體，相對的，「結構」（structure）是指個體所處的環境條件，包括社會階級、宗教信仰、性別、種族等等，凡這些外在的環境因素，都可能影響或限制的行為體的行為。

「結構與行為體」的二元關係，正反映出社會學最核心的本體論問題──社會是由什麼所組成的？其中的因果關係又如何？究竟是結構主宰了行為體的行為，還是行為體左右了結構的形塑與發展？

[45] 理論（theory）

從動態的角度而言，科學的特徵在於其「研究方法」；從靜態而言，科學的具體內涵就是「理論」。理論，「猶如一面撒出去的網子，用以捕捉人們口中所謂的『世界』：為這個世界尋求合理化解釋，並進一步掌握它。人們不斷地努力，想使網子上的網眼能夠愈來愈精細。」（Popper 2000: 59）

命題（proposition），是理論的基本元素； 一個理論，就是指一套具備邏輯關係之命題的系統性組合。而所謂命題，乃是指「非真即假」的語句，它不能「又真又假」，或是「不真不假」。簡言之，理論就是一群「真」（被暫時接受的）命題的集合。其命題組合的關係，可能單單透過邏輯推演而來，也可能經過了某種程度的驗證。然而，一個經過驗證的理論，其實只是表示受到目前既有的觀察資料的支持，但仍不能據以確定理論的真或假。

「理論」是有關事物存在或運行的方式，也是說明命題之間特定關係的抽象意念。在研究中，理論與解釋（explanation）相互連結，卻與敘述（description）相反。

理論所包含的抽象概念與假設，都在實地以資料蒐集的方式進行檢測。一個好的理論可以通則化，也能夠運用於不同的脈絡中再還原。

然而事實上，所有的研究都屬於理論性。因為一個宣稱自己只是簡單地藉由一些實證的數據或資料就進行研究的人，其實在未經察覺之下，都已經對知識的本質、所使用的方法，以及研究過程中所使用的資料來源，各自提出了某些要求。

基於理論的抽象程度及範圍，理論可以區分成許多類型，例如，從「後設理論」（metatheory）、「整體理論」（grand theory）與「中距理論」（middle-range theory）到「紮根理論」（grounded theory）。

「**後設理論**」就是研究的基礎：包括你在本體論和認識論的立場。

「**巨型理論**」則非常抽象，呈現出一種概念性的結構，以代表整體社會的重要特質。

而最常運用於研究的「**中距理論**」，則往往侷限於特定領域中，例如對勞工的研究。

「紮根理論」則參見第 18 條詞彙。

[46] 博士論文（thesis）

博士論文，是為了取得博士學位或博士研究資格所需的書面報告。在英文論文裡頭，博士學位論文所需要的長度，約在八萬字至十二萬字間；而博士研究資格的論文，通常需要兩萬字至六萬字。

[47] 深描法（thick description）

「深描法」是質性研究中的寫作原則，係指「對研究現象進行整體的、情境化的、動態的探索及詳盡描述」。深描法並不限制研究者使用何種方法來蒐集資料，而是研究者一方面必須分析資料並表達自身的觀點，另一方面也要盡可能忠實呈現出原始資料。深描法能為個人與團體所處的社會環境與文化背景，建立起清晰的描述。

[48] 三角檢測法（triangulation）

所謂的「三角檢測法」就是利用不同的資料來源，進行重覆確認，以減少因研究方法或資料來源而造成誤差的可能性。

「三角檢測法」常見的使用方式，就是以不同的研究方法來檢測同一個變項。舉例來說，在質性研究方法中，加進了統計的分析，以進一步了解普羅大眾中的真實世界究竟為何。

[49] 類型學（typology）

過去希臘哲學家蘇格拉底、柏拉圖和亞里斯多德都使用同一種分類法。而在今日，「類型學」和**分類學**（taxonomy）都可被視為一種研究者用來分類的系統。這些方法可以被用來組織或系統化我們觀察所得的資料。

「typology」源自古希臘文 typos 和 logy 的結合。Typos 是指「多數個體的共有的性質或特徵」，所以 typology 的直接意思就是「一種研究物品所具之共有顯著特徵的學問」。在十八世紀時，建築學上採用了一個連續、統一且系統的方式來做分類處理，因而有建築類型學的產生。到了 19 世紀末 20 世紀初，在語言學和邏輯思想的影響下，「類型」的觀念在思想界重獲重視，在當時便形成了抽象的類型理論，而類型的觀念在諸多不同的領域裡，形成了一種系統化的學問。

typology 的普通定義大致與「分類」相似，亦即把研究的物件分成各種類型，特別是結構上的類型。一種分組歸類方法的體系，即稱之為「類型」。類型，是依假設中的各個特別屬性來區別的，其當中的屬性必須互相不容，因而這種分組歸類的方法能在各種現象之間建立起有限度的關係，進而有助於論證和探索。

但如同「理念型」一樣，類型學或分類學並無法提供任何的解釋。相對地，它們只能利用分門別類的方式來描述實證現象。然而，當研究者試圖測試一個或更多變項對其他變項的影響時，類型學通常可以做為建立理論的第一步，特別是在做比較分析時。

[50] 確立效度（validating）

「確立效度」相近於與「資料的可驗證性」（verifiability of data）中的「證實」一詞。在研究中，學者往往試圖達到所謂的「**內部效度**」（internal validity）與「**外在效度**」（external validity），前者所指的是「研究者所能提出足以證明自己的陳述或解釋的範圍」；後者則有關「研究的通則化」，也就是在個案研究之外，該研究所適用的範圍。

[51] 價值中立（value-free）

「價值中立」是指「研究者在進行社會調查時，所採取的不偏不倚的中立態度」。然而，在社會科學研究裡頭，這個理想恐怕難以執行，因為研究者本身就具抱持著特定的觀點。但儘管如此，身為一位學者，研究者至少必須保持下列要項的明確：研究理論的途徑，研究中的變項，研究設計，以及推論的限制。

[52] 變項（variable）

「變項」是一種數量或種類變異的概念。研究者利用將「概念」轉化成變項的方式，來操作各種概念，使「概念」在蒐集資料的過程中，得以被測量運用。

[53] 資料的可驗證性（verifiability of data）

「驗證」（verify）這一動詞照字面上的意思是指「證明為真」，或「測驗其正確性、準確度或真實性」。

在研究中，「資料的可驗證性」，就是指「能夠以同樣的研究方式，同樣的資料蒐集方法，和同樣的資料分析的技術，來確認研究者所蒐集到的資料」。

[54] 口試（viva voce）

「viva voce」原指「with the living voice」，後來就用來指「口頭測驗」。對博士班學生和部分博士研究，「口試」代表了個人長時間以來在學術上的努力，終於即將到達顛峰。在大部分的學術機構中，口試由學位候選人、校內委員與校外委員，甚至還有一位主席不對外公開的口試官來一起進行。

如果順利通過口試，學生即能成為專業的「博士」（但學生必須在畢業之後，才能正式冠上博士的頭銜）。

口試的目的，在確定該學位候選人就是研究報告的作者，且該學位候選人對於自己所研究的領域，亦已具備了完整的了解與認識。

[55] 現行的假說（working hypothesis）

「現行的假說」或稱「可行的假說」將引領後續的研究工作，同時能夠確認未來深入研究的範圍，並協助其進行。

附錄四 appendix 4 重要詞彙中英對照

A

a prior 先驗
Adorno, T. 阿多諾
agency 行為體
allegory of the cave 洞穴喻
antifoundationalism 反基礎論
approach 途徑
archive 檔案
Auguste Comte 孔德

B

behaviorism 行為主義
bias 偏差

C

case study 案例研究
causal variable 肇因變項
causal; causality 因果關係
comparative approach 比較法
comparative study 比較研究
concept 概念
constructivism 建構主義
context 情境
contextualism 情境主義
control variable 控制變項
correlation 相關性
covariate 共變量
covert research 秘密調查
critical realism 批判性實在論

D

data collection 蒐集資料
data 資料
David Hume 休姆
deconstructivism 解構主義
deduction 演繹法
deductive research 演繹研究
dependent variable 依變項
depth ontology 深度本體論
dichotomy 二分法
Dilthey, Wilhelm 狄爾泰
discipline 規範
discourse analysis 論述分析
dissertation 學位論文
doctoral research 博士研究
document 文件
documentary analysis 文獻分析
double hermeneutic 雙重解釋
dualism 二元論
duality 雙重性
Durkheim, Emile 涂爾幹

E

empirical 實證主義
empiricism 經驗主義
endogenous variable 內衍變項
epistemology 認識論
ethics in research 研究倫理
ethnographic research 民族誌研究
ethnographic study 民族誌研究
evaluation 評估
exegete 解經學
explanatory variable 解釋變項

F

falsifiability 可否證性
feminism 女性主義
fieldwork 田野調查
focus group 焦點團體
foundationalism 基礎論
Francis Bacon 培根
Frankfurt School 法蘭克福學派
Freud, Sigmund 弗洛依德
functionalism 功能主義

G

Gadamer, H. G.高達美
game theory 博弈論
genealogy 系譜學
generalization 通則化
Glaser, Barney 葛拉舍
Goffman, Erving 高夫曼
grand theory 巨型理論
grounded theory 紮根理論
group interview 群體訪談

H

Hegel, G.W.黑格爾
hermeneutical circle 詮釋的循環
hermeneutics 詮釋學
heuristic tool 啟發式工具
Husserl, Edmund G. A. 胡塞爾
hypothesis 假說
hypothetical statement 假說性描述
hypothetico-deductive 假說演繹

I

ideal type 理念型
idealism 唯心論
independent variable 自變項
induction 歸納法
inductive research 歸納研究
inference 推論
interdisciplinarity 跨學科
interpret 詮釋
interpretation 闡釋
interpretivism 闡釋主義
interview 訪談
interviewer effect 訪談者效應

J, K

John Stuart Mill 密爾
Kant, Immanuel 康德

L

legitimacy 正當性
level of analysis 分析層級
life history 生活史研究
literature review 文獻探討

M

macro-theory 巨觀理論
macro 巨觀
Marcuse, H. 馬庫色
Marx, Karl 馬克思
materialism 唯物論
Max Weber 韋伯
Mead, George H.米德
meta- narrative 後設敘事
metaphor 隱喻

metatheory 後設理論
method 方法
methodolatry 方法盲崇
methodology 方法論
method 研究方法
microanalysis 微觀分析
micro-theory 微觀理論
micro 微觀
middle-range theory 中距理論
model 模式
multi-level analysis 多重層級分析
multiple-regression analysis 多重迴歸分析
multiplism 多元主義

N

naturalism 自然主義
neutral observation 中立觀測
nondualism 非二元論
non-participant observation 非參與性觀察
Nuremberg Code 紐倫堡法案

O

objectivism 客觀主義
objectivity 客觀性
observation 觀察
ontology 本體論
operationalize 操作化
oral-history interview 口述歷史訪談
outcome variable 結果變項

P

paradigm shift 典範的轉移
paradigm 典範
parsimony 簡約法
participant observation 參與性觀察

pattern 模式
perspective 觀點
phenomenology 現象學
plagiarism 抄襲
positivism 實證主義
post-modernism 後現代主義
post-positivism 後實證主義
professional association 專業協會

Q

qualitative research 質性研究
quantitative research 量化研究
questionnaire 問卷

R

rational choice theory 理性選擇理論
rationism 理性主義
reflectivism 反思主義
regression analysis 迴歸分析
relativism 相對主義
reliability 信度
Rene Descartes 笛卡兒
reproducibility 可複製性
research proposal 研究計畫
research question 研究問題
research strategy 研究策略
retroduction 逆推法
Robert Merton 墨頓

S

sampling error 抽樣誤差
scientific method 科學方法
semi-structured interview 半結構化訪談
single case-study 單一個案研究
sources 資料來源

strategic-relational approach
　　策略-關係的途徑
structuration theory 結構化理論
structure and agency 結構與行為體
structured interview 結構化訪談
symbolic interactionism 符號互動論

T

taxonomy 分類學
teleologism 目的論
testable proposition 可測試性假設
theory 理論
thesis 博士論文
thick description 深描法
Thomas Hobbes 霍布斯
Thomas Kuhn 孔恩
triangulation 三角檢測法
type of study 研究類型
typology 類型學

U

universal law 通用律則
unstructured interview 非結構化訪談

V

validating 確立效度
value-free 價值中立
value-neutrality 價值中立
variable 變項
verifiability of data 資料的可驗證性
verifiability 可驗證性
viva voce 口試

W

working hypothesis 現行的假説

附錄五 appendix 5　關鍵字索引

二元論, 96
二手資料, 220
三角檢測法, 226-228
口述歷史訪談, 214
女性主義, 156
中距理論, 187
內衍變項, 84
分析單位, 93
分析層級, 93-94
分類學, 47
反基礎主義, 116, 131
孔恩, 52-53
文件, 223
文獻分析, 220
文獻初探, 78-80
文獻探討, 76-77
方法盲崇, 207
方法論, 62-63
比較研究, 97, 103-104
功能主義, 164, 186
半結構化訪談, 213
可否證性, 177
可複製性, 195
可驗證的, 195
外生變項, 84
巨型理論, 186
巨觀層級, 94
本體論, 23, 113-115
正當性, 195
民族誌研究, 200
共變量, 197
印刷媒體, 225
多重迴歸分析, 197
多重層級分析, 94
自變項, 84

行為主義, 180
行為體, 95
抄襲, 234-235
批判性實在論, 152-153
批判現實本體論, 118
系譜學途徑, 155
依變項, 84
典範, 52-54, 159
典範的轉移, 52-53
抽樣誤差, 196
非參與性觀察, 219
非結構化訪談, 214
信度, 195
哈佛格式, 237
客觀主義, 117
客觀性, 195
建構主義, 117, 149
後現代主義, 154-155, 183
後設理論, 185
後實證主義, 138, 150-151
洞穴喻, 121-122
相對主義, 146
研究方法, 59-61, 124
研究主題, 69
研究的基本語言, 22-24
研究計畫, 72
研究倫理, 239
研究假設, 81-83
研究問題, 81-82, 208
研究論, 59
研究類型, 97-105
韋伯, 49, 51, 182
個案研究, 97-99
原始資料, 220
效度, 227

秘密調查, 245
紐倫堡法案, 240
逆推法, 191
迴歸分析, 196-197
涂爾幹, 187
偏差, 196
參考文獻, 236
參與性觀察, 218
問卷調查, 216-217
唯心主義, 148
唯物論, 148
基礎主義, 116
情境, 97
控制變項, 197
深描法, 201
理念型, 49-51
理性主義, 180
理性選擇理論, 158-159, 161-162
理論, 43, 177, 179, 189
現象學, 146
符號互動論, 148
紮根理論, 46, 188
訪問, 62
訪談, 209
訪談者效應, 216
軟式資料, 204
通則化, 98
單一個案研究, 100-102
單位, 92
焦點團體, 215
硬式資料, 204
策略-關係的途徑, 96
結果變項, 84
結構, 95
結構化理論, 96
結構化訪談, 211-212
結構與行為體問題, 95
詐騙, 241
量化研究, 195-196, 197-198

微觀分析, 224
微觀理論, 185
微觀層級, 94
新古典主義經濟學, 159-160
概念, 41, 43, 55, 57-58
經驗主義, 165-166
群體訪談, 215
解構主義, 155
解釋變項, 84
詮釋的循環, 147
詮釋學, 147
資料蒐集, 122, 124
跨學科, 168
實在論, 151-152, 161-163, 181
實證主義, 120, 138, 140-142
演繹法, 190
滾雪球效應, 215
肇因變項, 84
認識論, 23, 111-112, 119-122, 124,
價值中立, 198
模式, 44-45
論述分析, 155, 224
質性研究, 199-200, 202
質量二分法, 203-205
墨頓, 187
學術規範, 232, 236
檔案分析法, 221-222
隱喻, 56
歸納法, 190
雙重性, 96
雙重詮釋, 141, 145, 153
類型學, 47-48, 105
闡釋, 138
闡釋主義, 120, 138-139, 143-145, 182
變項, 83, 197

國家圖書館出版品預行編目資料

TOP 研究的必修課：學術基礎研究理論 ＝ The Foundations of Research / Jonathan Grixl 著；林育珊譯. -- 初版. -- [臺北市]：寂天文化，2012.7　面；　公分. –

ISBN　978-986-184-445-9　(20K 平裝)
ISBN　978-986-318-022-7　(20K 精裝)
1. 論文寫作方法　　2. 研究方法

811.4　　　　　　　　　　　　　　　　　101012361

TOP 研究的必修課：學術基礎研究理論
The Foundations of Research

Jonathan Grix　著

林育珊　譯

編輯	謝雅婷
主編	黃鈺云
製程管理	蔡智堯
出版者	寂天文化事業股份有限公司
電話	02-2365-9739
傳真	02-2365-9835
網址	www.icosmos.com.tw
讀者服務	onlineservice@icosmos.com.tw

First published in English by Palgrave Macmillan, a division of Macmillan Publishers Limited under the title *"The Foundations of Research"*, 1st edition by Jonathan Grix. This edition has been translated and published under licence from Palgrave Macmillan. The Author has asserted the right to be identified as the author of this Work.

出版日期	2012 年7 月　初版二刷	200101
郵撥帳號	1998620-0 寂天文化事業股份有限公司	

訂購金額 600（含）元以上郵資免費
訂購金額 600 元以下者，請外加郵資 60 元

若有破損，請寄回更換，謝謝。

the foundations of

Research

the foundations of

Research